Mehr Mord im Chalet

Weihnachtliche Krimigeschichten aus der Schweiz

Herausgegeben von
Miriam Kunz

Atlantis

www.atlantisliteratur.ch
Covergestaltung und Satz: Lara Flues
Covermotiv: Composing aus iStock
Gesetzt aus der Stempel Garamond LT / 230135
Druck und Bindung: GGP Media GmbH, Pößneck
ISBN 978 3 7152 5515 6

Inhalt

Marcel Huwyler

Ihr Kinderlein kokset

Zwei Tage nachdem Fredy das aufwändig verpackte und clever getarnte Paket per Kurierdienst verschickt hatte – die Billig-Logistikfirma lieferte schnell, unbürokratisch und ohne die Inhalte genauer zu kontrollieren –, meldet sich der erboste Empfänger. Der eben gar nichts empfangen hatte.

Die Ware sei nie bei ihm angekommen, brüllte der Kontaktmann am Telefon. Sein Boss sei deswegen stinksauer, der Clan gelinde gesagt gereizt und die Kundschaft hypernervös, weil sie nicht kaufen konnten. Und das ausgerechnet jetzt! Benötigten die Konsumenten doch insbesondere zur hochscheinheiligen Weihnachtszeit eine speziell pikante Sorte Kokain, um ihre glühenden Nerven zu beruhigen. Gegen all die überdrehten Familienzeremonien, geheuchelten Firmenfeiern und die Panik, bei der Gratifikation vom Chef herabgestuft zu werden, wirkte das weiße Zeugs wahre Wunder.

So ein Sträßchen ins Näschen euphorisierte den Geist, salbte das Gemüt und elektrisierte die Libido. Und verwandelte das Fest der Liebe zur Party der Triebe. Besagter Stoff machte happy, high und spitz – und trug darum in der Szene den Namen Matterhorny.

Fredy versuchte den Kontaktmann am Telefon zu

beschwichtigen. Es sei seines Wissens alles korrekt verschickt worden, der Fehler müsse darum beim Kurierdienst liegen, er werde sich selbstverständlich höchstpersönlich und noch heute darum kümmern.

Der Typ am anderen Ende knurrte nur und gewährte ihm drei Tage Zeit, das Problem zu lösen. Andernfalls kriege er seine Anzahlung zurück und Fredy einen Haufen Schwierigkeiten.

Fredys Besuch im Office des Kurierdienstes brachte dann tatsächlich Licht ins Dunkle. Unter Zuhilfenahme seiner brachial-motivierenden Art im Umgang mit Personal, löste er Hemmungen und Zunge eines Adressenadministrators, der ihm unter Schmerzenstränen Einblick in die Liefertätigkeit des Unternehmens gewährte. Dort fand Fredy, was er gesucht hatte. Sein Paket war, wie befürchtet, an die falsche Adresse zugestellt worden. Die Idioten vom Kurierdienst hatten die Ware versehentlich in ein Bauernkaff in den Voralpen gefahren.

In ein gewisses Müntschisberg.

***

Diesmal würde man Grittibach übertrumpfen. Solch eine Schmach wie im letzten Advent galt es heuer unter allen Umständen zu verhindern.

Die Grittibacher hatten im Jahr zuvor völlig überraschend mit der ganz großen Kelle angerichtet. Eine protzige Zwanzigmeter-Tanne aus dem gemeindeeigenen Wald war auf dem Schulhausplatz aufgerichtet worden. Geschmückt wurde sie von einer angeberisch langen Lichterkette mit achteinhalbtausend farbig glimmenden

Lämpchen, die sich in den fußballgroßen Christbaumkugeln widerspiegelten. Alles doch sehr dick aufgetragen. Sogar das *Tagblatt* hatte darüber berichtet und vom »pompösesten Weihnachtsbaum der ganzen Region« geschrieben. Was zwar der Wahrheit entsprach, aber dennoch unsympathisch großkotzig wirkte. Fanden jedenfalls die Leute im Nachbardorf Müntschisberg.

In diesem Advent würde man es den Grittibachern heimzahlen. Mit einem noch größeren, noch opulenter dekorierten Baum. Der Müntschisberger Gemeinderat hatte eigens einen Zusatzkredit bewilligt, damit die Abteilung Bauamt auf Weihnachtsbaumdekoshoppinggroßtour gehen konnte. Was Bauamtchef Stöckli und seine Mannen denn auch ungeniert taten.

Bereits im Sommer wälzten sie Spezial-Xmasdeko-Kataloge, mit denen sonst nur Großkunden wie Weltkonzerne, Hochhaus- und Flughafenbesitzer sowie Kreuzfahrtschiff-Reedereien ihre adventlichen Fassaden-Illuminationssysteme bestellten. Man entschied sich schließlich für vier Kilometer Kabel und das fünfzehntausend Einheiten zählende Systemlichter-Baukastenset »Empire State Building Plus«. Des Weiteren orderte man pompöse Girlanden in Dubaigold und Monacosilber und diverse Garnituren Deluxe-Christbaumkugeln.

Während die Großbestellungen bereits im Laufe des Herbstes eintrafen, hatten einige kleinere Dekohändler offensichtlich Lieferschwierigkeiten. Das letzte Paket – an dessen Bestellung sich die Bauämtler notabene nicht einmal mehr erinnern konnten – traf denn auch buchstäblich in letzter Sekunde ein. Einen Tag vor dem ersten Advent, an dem der Rekordbaum zum ersten Mal erleuchtet werden sollte.

Bei der Lieferung handelte es sich um ein bananenschachtelgroßes Paket voller Weihnachtsbaumkugeln in – welche Extravaganz – hochglänzendem Schwarz. Kaviarschwarz ganz genau, wie der Beipackzettel erläuterte. Die Kugeln besaßen zwar lediglich Normalgröße, waren dafür aber mit einer Lackschicht überzogen, die mit vierundzwanzigkarätigem Goldstaub angereichert war. Sehr exklusiv, sehr teuer, womöglich ein klitzekleinwenig versnobt – und die Farbe war sicher grenzwertig –, aber nichtsdestoweniger eine Rarität, die wohl deswegen auch nicht mit der herkömmlichen Post befördert wurde, weil besonders *Fragile*.

Ein Kurierdienst aus der Stadt brachte die Lieferung eigens nach Müntschisberg, wo Bauamtchef Stöckli und seine Mannen die Bestellung sofort auspackten und an den Baum hängten. Die kaviarschwarzen Kugeln waren erstaunlich schwer, was wohl mit dem Gewicht des Goldstaubes im Lack drin zu erklären war.

Möglicherweise lag es am Aperitif mit Weißwein, den der Bauamttrupp sich bereits am frühen Nachmittag gegönnt hatte, oder es war der Schlusshektik zuzuschreiben – jedenfalls glitt ausgerechnet Chef Stöckli eine der Kugeln aus den Fingern und zerplatzte auf dem Kopfsteinpflaster. Seltsamerweise ertönte nicht das zu erwartende Klirr- oder Knack- sondern ein widernatürliches Patschgeräusch. Die Kugel zerbarst und zwischen den schwarzen Scherben rieselte weißer Puder hervor.

Ziemlich sicher wäre die Geschichte an der Stelle zu Ende gewesen, hätte nicht Stöcklis Hund Rudi – ein uralter und darum lahmarschiger Cockerspaniel, der sein Herrchen bei der Arbeit stets begleitete –, den Puder beschnüffelt und zwei, drei Zungenspitzen davon gekostet.

»Pfui, Rudi, aus! Ist doch gruusig«, schalt Stöckli, scheuchte seinen Hund zur Seite und verwischte mit der Schuhspitze das weiße Zeugs.

Nur wenig später rannte Rudi wie eine Furie um den Weihnachtsbaum herum. Er bellte und japste, zeigte Luftsprünge und vollführte sogar Pirouetten, was er wegen der tierischen Arthrose in seinen Gelenken seit Jahren nicht mehr gewagt hatte. Als er dann sogar auf die zufällig vorbeispazierende Pudeldame Jeannette zuschwänzelte – an der Leine geführt von Zahnarztgattin Frau von Bergen –, sie intensiv beschnüffelte und schließlich gar Anstalten machte, die Hündin zu besteigen, schritt der Bauamtchef mit hochrotem Kopf ein und zerrte seinen giggerigen Rudi am Nackenfell zurück.

Es gab für Stöckli nur eine Erklärung für das hundegeriatrische Jungbrunnenwunder. Der weiße Puder. Was war das bloß für ominöses Zeugs?

Stöckli hatte vor seiner Karriere als Bauamtchef einige Jahre als Gärtner gearbeitet und bildete sich ein, etwas von Heil- und Giftpflanzen zu verstehen. Mit dem speichelnassen Zeigefinger tupfte er nun ein wenig von dem Pulverweiß aus den Ritzen des Kopfsteinpflasters und schnupperte daran.

»Riecht leicht kalkig und muffig, wie ein frisch getünchter Keller«, analysierte er mit der Degustiermiene eines Weinsommeliers und nickte seinen Mitarbeitern bedeutungsschwer zu.

»Ich muss das daheim genauer analysieren.« Er zog

sein Taschenmesser hervor, schabte mit der Klingenspitze noch mehr von dem Puder vom Boden und packte es in sein Taschentuch. Stöckli hatte zwar null Ahnung, was das Zeugs sein könnte, aber da er Zeuge von Rudis Auferweckung von den Hundegreisen geworden war, kam ihm eine Idee.

Nach Feierabend eilte er schnurstracks nach Hause und betrat als Erstes seinen kleinen Stall. Er war nämlich auch noch ein wenig Landwirt, ein Hobbybauer mit einem Dutzend Schafe, drei Ziegen sowie einer Kuh.

Um ebendiese, die Flora, bereitete Stöckli seit Tagen Sorgen. Sie war offensichtlich nicht zwäg, lag schwer im Stroh und wollte nicht recht fressen. Stöckli tippte auf Verdauungsprobleme. Es kam immer mal wieder vor, dass einer der vier Kuhmägen Zicken machte. Aber all seine bisherigen Heilversuche mit Viehsalz, Dystamoral-Forte und Weißbier (wegen der Hefe), hatten nicht angeschlagen. Jetzt füllte er einen Trinkzuber mit frischem Wasser und ließ etwas von dem weißen Puder hineinrieseln. Das gab er Flora zu trinken.

Keine fünf Minuten später stemmte sich die Kuh mit unerwartet viel Elan vom Boden hoch, begann mit ihrem Hintern zu wippen und bewegte dazu alle viere einzeln, als würde sie stepptanzen. Kurz darauf kaute Flora mit viel Appetit auf dem Gras in der Futterkrippe herum.

Das war unglaublich. Solch eine Blitzheilung hatte Stöckli noch nie gesehen. Der Puder war ganz offensichtlich ein wahrer Muntermacher, eine Arznei, ein Teufelszeug – oder wohl eher Wunderzeug.

Nachdenklich senkte er den Kopf und blickte auf seine Knie. Die knarzten und schmerzten seit Jahren. Bei Föhn und angekündigtem Schnee ganz besonders arg. Stöckli kratzte sich am Schädel und überlegte. Jää, und wenn er jetzt …

***

Der Lieferwagenfahrer des Kurierdienstes machte sich beinahe in die Hose vor Schreck. Ein ihm völlig unbekannter Mann nahm ihn nach Feierabend in den Schwitzkasten und nötigte ihn, preiszugeben, an wen im Ort Müntschisberg er heute ein ganz bestimmtes Paket geliefert hatte. »Name und Adresse, sonst breche ich dir einen Arm«, zischte der Typ mit den kalten Augen und dem Spinnennetz-Tattoo auf Gurgelhöhe.

Der Lieferwagenfahrer des Kurierdienstes hatte zu Hause Frau und Kinder und einen für seine Gehaltsklasse viel zu teuren und noch längst nicht abbezahlten Wagen, weswegen er keinen Widerstand leistete und bereitwillig auspackte.

»Na also, geht doch«, brummte der Kerl und ließ den Informanten vom Haken. Dann fischte er aus der Gesäßtasche seiner schwarzen Jeans ein Bündel Geldscheine und zählte fünf davon ab. »Und das hier gehört dir, wenn du dein Maul hältst, alles vergisst, was du eben erlebt hast und dich ganz schnell von hier verpisst.«

Der Kurierdienst warb an all seinen Fahrzeugen mit der Aufschrift *Keiner ist schneller*. Diesem Slogan machte einer seiner Mitarbeiter gerade ganz große Ehre.

***

Stöckli machte probehalber ein paar Freudensprünge. Dazu war er seit Langem nicht mehr fähig gewesen. Und ohne die geringsten Schmerzen in den Knien! Er hopste und hüpfte und genoss die auf wundersame Weise wiedererlangte Elastizität seiner Gelenke. Herrgottsterne, was war das bloß für ein Puder?

Und nicht nur die Knie waren plötzlich wieder wie neu, sein ganzer Organismus schien einen Energieschub erhalten zu haben. Zudem fühlte er sich angenehm leicht und fröhlich, er könnte Bäume ausreissen. Oder – jetzt gluckste er – Frauen aufreißen. Ja, es juckte ihn.

So voller Verlangen betrat er sein Haus und übermannte Gattin Marianne mit einer stürmischen Umarmung samt feucht-fordernder Küsse, wie die es seit vielen Jahren nicht mehr erlebt hatte.

»Jesses, Oski, was ist denn mit dir los?« Marianne Stöckli kicherte erst und zierte sich mädchenhaft, genoss dann aber seinen heißen Atem.

»Spürst du deinen dritten Frühling?« Statt einer Antwort ließ Ehemann Oski seine Finger sprechen.

Am anderen Morgen war Sonntag. Und erster Advent. Stöckli stiefelte nach einem intensiven Abschiedsprozedere – seine noch bettwarme Marianne wollte ihn partout nicht gehen lassen – schnurstracks zur Weihnachtstanne auf dem Hauptplatz.

Heute war der große Tag. Punkt sechs Uhr am Abend würde der Baum erstmals in vollem Lichterglanz erstrahlen. Ein Fest war geplant, das ganze Dorf würde kommen. Der Reporter vom *Tagblatt* natürlich auch. Ha, die in Grittibach drüben würden sich schön ärgern. Stöckli blickte die Tanne hoch und suchte nach diesen ganz bestimmten schwarzen Kugeln.

Als er sich vergewissert hatte, dass ihn niemand beobachtete, angelte er eine davon vom Baum und schlug sie mit dem Griff seines Taschenmessers auf, wie ein Dreiminutenei zum Frühstück.

Auch dieses Exemplar hier war voll davon. Gefüllt mit weißem Puder.

Stöckli hatte eigens eine von Mariannes Tupperware mitgenommen; dort hinein ließ er jetzt den Puder rieseln. Pflückte dann eine weitere Kugel, knackte sie und erntete auch deren Inhalt. Dann war das Tupperware auch schon voll. Stöckli drückte den Deckel fest darauf. Um die restlichen Wunderpuderkugeln würde er sich später kümmern.

Er versuchte sich an die Liefermenge zu erinnern. Es mussten so um die zwei Dutzend Christbaumkugeln sein. Machte summa summarum ... Sternesiech, fast zwei Kilo von dem Zauberweiß. Damit ließen sich eine ganze Menge alte Hunde, kranke Kühe und narkotisierte Ehen aufpeppen.

Stöckli musste grinsen und ertappte sich dabei, wie er an sein obligates Nickerchen nach dem Mittagessen dachte. Heute war schließlich Sonntag. Warum dann also nicht ausnahmsweise ein etwas ausgedehnteres Schläfchen halten? Und für einmal musste dieses ja auch nicht allein stattfinden.

***

Fredy traf gegen neun an diesem Sonntagmorgen in Müntschisberg ein. Er parkte seinen für dieses Kuhkaff viel zu teuren und darum auffälligen Geländewagen außerhalb des Dorfs und pappte sogar noch etwas Neuschnee an die Nummernschilder, um sie unleserlich zu machen. Ein Zürcher im Ort würde sich sonst schnell herumsprechen, das galt es zu vermeiden. Er wollte hier möglichst schnell und diskret sein fehlgeleitetes Matterhorny zurückholen und subito wieder abhauen.

Fredy hatte eine Lieferadresse, die der auskunftsfreudige Kurierfahrer ausgespuckt hatte. Ein gewisser Oskar Stöckli – Chef Bauamt, Depot, Marktstraße 12 – musste die Lieferung Christbaumkugeln irrtümlich erhalten haben. Fredy googelte die Anschrift auf seinem Handy und lief dann los.

Keine Viertelstunde später stand er auf dem Hauptplatz. Das Bauamt-Depot befand sich nur eine Seitengasse weiter, aber Fredy brauchte gar nicht mehr dorthin zu gehen. Er hatte seine Ware eben entdeckt.

Mit einer Mischung aus Andacht und Frust stand er vor dieser Mords-tanne und sah schwarz – seine Christbaumkugeln. Ganz bewusst hatte er das Kokain in kaviarschwarze Kugeln abgefüllt. Reine Vorsichtsmaßnahme. Falls durch einen dummen Zufall so eine Kokskugel tatsächlich für Weihnachtsschmuck gehalten würde, schreckte die Farbe todsicher ab. Niemand würde sich freiwillig solch düstere Kugeln ins Bäumchen hängen – und also bliebe diese unangetastet. Clean. Fredy blickte erneut in die Äste hoch und seufzte. So konnte man sich irren.

Manche Kugeln waren vom Boden aus greifbar, andere baumelten in zehn oder gar zwanzig Metern Höhe und konnten nur mithilfe einer Leiter oder eines Teleskopladers abgezupft werden. Er müsste sich etwas einfallen lassen. Und erst die Exemplare ganz zuoberst, beim Spitz, wie hoch war das, sicher um die …

»Fünfundzwanzig Meter«, sagte eine Männerstimme hinter ihm. Fredy zuckte zusammen und drehte sich um. Hätte er seine Pistole bei sich getragen, er hätte sie reflexartig gezogen.

»'tschuldigung, wollte Sie nicht erschrecken. Aber Sie haben doch eben überlegt, wie hoch die Tanne ist, stimmt's?«

Fredy war immer noch perplex und brachte nur ein Nicken zustande.

»Stöckli mein Name«, stellte sich der Erschrecker vor und gab ihm die Hand. »Bin der Bauamtchef hier im Dorf.«

Fredy drückte dessen Hand, vermied es seinen Namen zu nennen und dachte an die Adresse der fehlgeleiteten Kokskugeln. *Das* hier war sein Mann.

»Schöner Baum.« Endlich hatte er die Sprache wiedergefunden.

»Der allerschönste.« Stöckli strahlte. Und fragte dann: »Tourist oder Presse?«

»Wie?«

»Sind Sie als Besucher hier oder kommen Sie vom *Tagblatt*?«

»Ich? Nein … äh, nur so auf der Durchfahrt.« Blitzschnell hatte sich Fredy ausgerechnet, dass es nur eine Möglichkeit gab, ungesehen an die Kugeln zu kommen – in der Nacht. »Um welche Uhrzeit wird es denn hier dunkel?«

»Um die Jahreszeit bereits kurz nach fünf. Übrigens: Um sechs steigt dann unser Lichterfest. Gibt auch etwas zu trinken, mit Güx drin.« Stöckli zwinkerte dem Fremden verschwörerisch zu. »Kommen Sie auch?«

»Mal schauen«, knurrte Fredy und fragte dann nach einem Restaurant, das sonntags geöffnet habe. Stöckli deutete auf den Tapferen Gaul, der ebenfalls am Dorfplatz und in Sichtweite zur Tanne lag.

Im Gasthof setzte sich Fredy an einen Tisch am Fenster mit direktem Blick auf den Baum. Er hatte einen Plan. Er würde hier den ganzen Tag hocken, sich zwar eine Kaffeevergiftung holen, dafür aber seine wertvollen Kugeln nonstop im Auge behalten können. Um sechs war dann dieses Dorffest, danach – sobald der vom Glühwein angesoffene Pöbel wieder daheim in den Stuben hockte – würde er sich im Schutze der Dunkelheit seinen Stoff zurückholen. Irgendwo in dem Kaff würde er ja wohl eine Leiter auftreiben können. Fredy nickte. So wollte er es machen. Sollte klappen. Raub in stiller Nacht.

***

Das Mittagsschläfchen dauerte bis gegen halb vier und machte die Beteiligten ziemlich müde. Stöckli hatte nach dem Essen vorsorglich wieder etwas vom weißen Puder aus der Tupperware geschnupft und war dann mit seiner Marianne ins Bett gehupft.

Seit elf Jahren waren die beiden verheiratet, bislang kinderlos geblieben, aber so viel Glut und Leidenschaft wie in den letzten zwanzig Stunden hatten sie seit den Flitterwochen nicht mehr erlebt.

Schließlich stieg Stöckli wieder in seine Hose und eilte los. Es galt heute noch ein anderes Feuerwerk zu zünden. Mit Rudi an seiner Seite lief er zum Dorfplatz und kontrollierte mit seinen Kollegen nochmals alle Anschlüsse, Stecker und Sicherungen am Weihnachtsbaum. Vier Kilometer Kabel und fünfzehntausend Lämpchen waren parat.

»Das wird was«, feixte er seinem Team zu. »Sogar Auswärtige kommen extra hierher. Hab heute Morgen schon einen angetroffen.«

Zur gleichen Zeit, von der anderen Seite des Dorfplatzes aus, beobachtet Fredy durch das Fenster vom Tapferen Gaul jede Handbewegung der Bauamtmänner. Hin und wieder schoss ihm das Adrenalin durch die Adern, wenn einer der Kerle seinen schwarzen Kugeln zu nahe kam. Fredys Hände zitterten. Zu viel Kaffee oder zu viel Stress, dachte er. Und nahm sich vor, es über die Festtage etwas langsamer angehen zu lassen.

Kurz nach fünf wurde es dunkel, die ersten Müntschisberger kreuzten auf, und um viertel vor sechs schließlich war der Platz schwarz vor Menschen. Es begann leicht zu schneien. So ein Geflöckel machte den weihnachtlichen Festakt nur noch feierlicher.

Fünf Minuten vor sechs richtete sich der Gemeindepräsident an die versammelte Gemeinde, sagte ein paar Dankesworte, um dann – exakt zum Sechser-Kirchglockenschlag – einen roten Kontakthebel umzulegen.

Augenblicklich verwandelten fünfzehntausend Lämpchen an vier Kilometern Kabel eine hundsgewöhnliche Tanne aus dem Müntschisberger Forst in einen mirakulösen Lichterwunderbaum.

Die Menge schrie im Chor »Ah!« und war ansonsten absolut sprachlos ob der Pracht. Aberhunderte Staunmäuler klafften offen, Augen glänzen, Erwachsene wurden wieder zu Kindern, und der Reporter vom *Tagblatt* schoss seine Fotos.

Fredy stand in der hintersten Zuschauerreihe, die Kapuze seiner Daunenjacke mit Fellkragen über den Kopf gezogen, und beobachtete das Spektakel. Er fand das alles nur ein einziger, riesiger von Bauerntrampeln veranstalteter Oberkitsch. Jetzt sang auch noch ein Chor. »White Christmas« – was Fredy erst recht an seinen Puder denken ließ.

Über das, was dann geschah, existieren verschiedene Erzählversionen. Die einen wollten ein Eichhörnchen im Geäst gesehen haben, andere einen Marder oder Iltis. Wieder andere sagten später aus, eine Katze sei den Stamm hinaufgeklettert.

Welches Kleinvieh auch immer den Weihnachtsbaum entweihte – es wurde sofort verfolgt. Stöcklis Rudi und ein halbes Dutzend weiterer Hunde rissen sich trotz Leine los und folgten ihrem Jagdinstinkt. Das blutgeile Rudel hechtete den Baum an, brachte ihn dadurch ins Wanken – und schließlich ganz aus dem Gleichgewicht.

Mit einem nervtötend langgezogenen Ächzten kippte die Müntschisberger Weihnachtsikone zur Seite und schlug auf dem Boden auf. Gottlob tat er das langsam genug, sodass die in der Falllinie stehenden Zuschauer sich gerade noch zur Seite retten konnten.

War das ein Geklirre und Geklöpfe, als tausende Lämpchen barsten und Kugeln zerbrachen. Einen Moment lang brannten die Lichter noch, dann knisterknackte es, Funken sprühten, Sicherungen tätschten – und die ganze Herrlichkeit verlöschte.

O Pannenbaum.

Die Menge war im Schock und starrte zur Lücke am Himmel, wo eben noch ihre Rekordtanne gethront hatte. Mucksmäuschenstill war es. Nur die dämlichen Hunde kläfften und wetzten noch immer dem vermaledeiten Kleinvieh hinterher.

Die Wucht des Aufpralls wirbelte Tannennadeln auf, winzige Rinden- und Holzteilchen, aber auch Straßenstaub, Dreck und frisch gefallenen Schnee. Wie eine Dunstwolke schwebten diese Winzigstteilchen über dem Dorfplatz und senkten sich nun langsam herab auf die Menschen – die das Zeug unwillentlich einatmeten.

Plötzlich kam Bewegung in die Menge. Aber es herrschte nicht etwa Panik – sondern Heiterkeit. Zuerst gab es nur Gekicher, dann Gelächter, schließlich brüllten die Menschen vor lauter Ausgelassenheit. Sie begannen zu tanzen und schunkeln, Volkslieder wurden gesungen, Fußballfangesänge gegrölt, Weihnachtssongs gejohlt.

Alle spinnten, flippten, umarmten sich, taten komische Dinge, waren einfach nur happy und völlig aus dem Häuschen.

Und nur Fredy, der fassungslos und mit versteinertem Gesicht dastand und im Geiste einen Hunderttausender

Verlust abhakte, begriff wirklich, was hier gerade abging. Warum die Meute sich derart verzückt benahm.

Zwei Kilo mit etwas Puderzucker gestrecktes und in Christbaumkugeln verpacktes Matterhorny waren buchstäblich verpulvert worden. Hatten sich in Luft aufgelöst und waren von den Müntschisbergern tief inhaliert worden.

Rush, Flash, Kick – die Menschen waren im Vollrausch, ein ganzes Dorf im Hochgefühl.

Müntschisberg war high.

Am meisten ärgerte sich später der Reporter vom *Tagblatt*. Er hatte die Weihnachtsorgie zwar ausgiebig fotografiert – in Gedanken sah er sich bereits den Schweizer Journalistenpreis in der Kategorie »Crazy Story« entgegennehmen –, doch war seine Kamera plötzlich und unerklärlicherweise verschwunden und wurde auch nie wiedergefunden. So blieb die abartigste Story des Jahrzehnts undokumentiert und ist darum bis zum heutigen Tag lediglich ein Gerücht.

Wer diesen Sonntagabend am ersten Advent und die Kokskaterwehen tags darauf nicht selbst erlebt hatte, konnte diese Geschichte nicht glauben und hielt alles nur für eine herrliche Flunkerei. Und all jene, die diese Schrankenlosigkeit mitgemacht hatten, schwiegen tunlichst.

Fredy wurde zehn Monate später bei einer Razzia geschnappt und wanderte für ein paar Jahre ins Gefängnis. Er feierte nie wieder Weihnachten.

Marianne und Oski Stöckli bekamen neun Monate später Zwillinge. Einen Jungen und ein Mädchen.

Noel und Christa.

Und nur ihre Eltern wussten, warum die Kinder genau diese Namen trugen. Die Babys kamen Anfang August zur Welt. Darum wunderten sich manche Müntschisberger schon ein wenig über die Wahl des Sujets auf der Geburtsanzeige. Warum da drauf wohl ein Weihnachtsbaum abgebildet war.

Beat Grossrieder

Chlausbesuch am Züriberg

Rasch überflog Ruedi Keller den Zettel, den er aus dem vereinbarten Versteck unter dem Fensterladen beim Briefkasten hervorgeholt hatte. In fünf Minuten würden sie von der Familie Conrad zum Chlausbesuch erwartet; auf Pünktlichkeit legten die Privatbankiers bestimmt großen Wert. Den Zettel hatte gewiss die Mutter Mechthild Conrad vorbereitet und wie abgemacht draußen neben der Haustüre deponiert. Der Chlaus würde den Zettel in sein goldenes Buch legen und dann der Familie die Leviten lesen. Dafür gab es in solchen Kreisen in der Regel eine großzügige Entschädigung. Den normierten Tarif der Stadtzürcher St. Nikolausgesellschaft, der schon im Voraus online beglichen wurde, rundete man hier am Züriberg gerne mit zwei hübschen blauen Hundertern auf, die man dem Chlaus und seinem Gehilfen am Ende der Visite diskret in einem Couvert zustecken würde. Ruedi Keller war schon mehrmals in solchen Villen zu Gast gewesen und musste annehmen, dass ihn drinnen im Wohnzimmer ein paar schwierige Kinder und eine Handvoll nicht minder anspruchsvoller Erwachsener erwarten würden. Er stapfte auf und ab, um seine klammen Füße etwas aufzuwärmen. Unter seinen Schuhen knirschte der Schnee. Sein Schmutzli Livio Gmür nutzte die verbleibenden Minuten, um eine

Zigarette zu rauchen. Er starrte in den Sternenhimmel, der das weitläufige Anwesen überspannte wie ein Glitzervorhang das Chapiteau in einem Kinderzirkus.

Keller hatte die Einleitung der Conrads quergelesen. Sie triefte von Floskeln – die beiden Buben Jakob und Matteo seien ›aufgeweckt‹ und ›lebensfroh‹, was nichts anderes bedeutete, als dass es sich um ausgebuffte Nervensägen handelte, denen nur mit drastischer Strenge und viel Ritalin beizukommen war. In der Schule gäben sie sich »große Mühe«, murmelte Keller halblaut vor sich hin, während Schmutzli Gmür soeben eine Sternschnuppe entdeckt hatte und seinerseits ein halblautes »Oh!« ausstieß. Keller quälte sich weiter durch die Schulleistungen der Söhne und erreichte endlich die Freizeitaktivitäten, die ebenso verklausuliert waren und an Arbeitszeugnisse erinnerten, in denen zwischen den Zeilen mehr steht als in den Buchstabenreihen selbst. »Zeigt in der Geigenstunde ein wachsendes Interesse«, las der Nikolaus laut vor und schüttelte den Kopf. Ein Käuzchen rief, schwarz und mächtig ragten die alten Buchen zum Himmel. Bis auf eine schwache Funzel vor der Haustüre brannten keine Lichter im Garten des Anwesens. Die Zigarette von Schmutzli Gmür glühte noch einmal auf, bevor er sie in den Garten spickte, wo sie mit einem kleinen Funkenschweif im Schnee versank.

Beim nächsten Satz auf der Bonus-Malus-Liste von Mutter Conrad lief es Ruedi Keller eiskalt den Rücken hinunter. Am liebsten wäre er auf der Stelle umgekehrt, hätte den Auftrag abgesagt. Doch das ging nicht, ihr Auftritt war bereits bezahlt worden. Der Kodex der Chlausgesellschaft schrieb außerdem vor, auch bei schwierigen Familienverhältnissen bestehe ein Anrecht auf eine würdevolle Visite. Und hier musste der Haussegen so schief hängen, wie sich der Turm zu Pisa auf den Postkarten präsentiert. »Leider ist unser Matteo noch immer ein kleiner Bettnässer«, las Keller ungläubig vom Zettel ab, der in seiner schweißfeuchten Hand bereits ein paar Rümpfe abbekommen hatte. »Um Gottes Willen!«, murmelte er. Was geht in einer Mutter vor, die ihren neunjährigen Sohn vor dem versammelten Familienclan derart bloßstellen will? Niemals würde ein Nikolaus vom Schlag eines Ruedi Keller, pensionierter Pöstler und seit bald dreißig Jahren engagierter Chlaus, einem Kind gegenüber eine solche Ungeheuerlichkeit begehen.

Einfach ignorieren, lautete die Devise, verletzende Statements werden strikt überlesen. Besonders bei Kindern, klar – aber auch bei Erwachsenen? Keller geriet ins Strudeln, als er die Notizen zu Vater Johannes – Nickname Jo – Conrad, zur Schwiegermutter Anna Wegelin und zur Gemahlin Mechthild anschaute. Auch hier gab es reichlich Plattitüden; etwa das Lob an Johannes für dessen Aufstieg zum Vizechef seiner geliebten Privatbank und zum schönen fünften Rang im Halbmarathon um den Greifensee. Die Stichworte zur Ehefrau und zur Schwiegermutter fielen gar mager aus und erschöpften sich in der formidablen Betreuung der Hausangestellten, im kreativen Schaffen im neu angemieteten Schmuckatelier und im erfolgreich absolvierten Schlussexamen zur Yogalehrerin. Aber zu Johannes Conrad gab es einen Eintrag, der Ruedi Keller stutzig machte: »Unser Jo frisst leider immer noch gern über den Hag. Es wäre schön, er könnte vermehrt schätzen, was er in seinem Daheim hat.«

Was soll das, durchfuhr es Keller, während sein Gehilfe energisch mit dem rechten Zeigefinger aufs linke Handgelenk tippte, weil der abgemachte Besuchstermin immer näher rückte. Schmutzli Gmür packte den Sack, der laut Agreement auch hinter dem Briefkasten versteckt worden war und die Geschenke für die Familie beinhaltete. Er war groß und mordsschwer; die Zeiten, in denen der Nikolaus eine Handvoll Mandarinen und Lebkuchen, Nüsse und Schokolade mitgebracht hatte, waren vorbei. Heute wurden Snowboards und iPhones, Sneakers und Hoodies verschenkt, obschon keine drei Wochen später eine weitere Großbescherung unter dem Weihnachtsbaum liegen würde. Ruedi Keller und Livio Gmür bedauerten diese Entwicklung, stoppen konnten sie sie nicht. Oft sprachen sie auf ihren nächtlichen Fahrten zu den Familien und Firmen, die den Nikolaus bestellt hatten, über die Konsumwut, den Materialismus, die Oberflächlichkeit der Kundschaft. Und auch über die Botschaften an die Kinder und Erwachsenen, die auf den vielen Zetteln standen, die sie vor ihren Besuchen draußen in der Kälte zu studieren hatten. »Diese Zettel geben mehr preis über den Verfasser als über die Person, die gemeint ist«, dachte Keller bei sich. Einmal im Jahr durften Eltern in eine andere Rolle schlüpfen und ihre Brut wie von oben herab unter die Lupe nehmen. Was sie nach dieser Reflexion zu Papier brachten und dem Chlaus zukommen ließen, waren nichts als Projektionen des eigenen Glücks, das man selbst irgendwie verpasst hatte.

»Frisst leider immer noch gern über den Hag«, wiederholte Keller an Gmür gerichtet und fragte diesen: »Das bedeutet doch, dass der Typ fremdgeht, oder?«

Livio Gmür nickte, zupfte seinen schwarzen Theaterbart zurecht und hievte den Sack mit beiden Händen auf seine rechte Schulter. »Gehen wir!«, sagte er zu Keller, der den Zettel der Conrads in Gedanken noch einmal durchging, bevor er ihn in sein großes goldenes Buch legte und dort mit seinen weißen Glacéhandschuhen glattstrich.

»Ja, soll ich das wirklich sagen?«, wollte er von seinem Schmutzli wissen. »Soll ich den Hausherrn vor allen anderen dafür kritisieren, dass er über den Hag frisst?«

»Die Kinder müssen wir vor den Erwachsenen in Schutz nehmen«, sagte Schmutzli Gmür bestimmt. »Aber die Erwachsenen müssen sich selbst um ihren Schutz kümmern. Los jetzt, sonst kommen wir zu spät.«

***

Kaum hatte Ruedi Keller die Klingel gedrückt, gingen im Hausflur die Lichter an und eine elegant gekleidete, attraktive Mittvierzigerin öffnete die Tür. Sie trug einen knielangen Rock mit beige-blauem Schottenmuster, einen hellbraunen, ärmellosen Rollkragenpulli und schwarze Schuhe mit Absätzen. Unter der schönen Deckenlampe aus dem Jugendstil glänzten ihre schulterlangen Haare in einem satten Kastanienbraun. Frau Conrad besaß eine glamouröse Ausstrahlung und erinnerte Ruedi Keller sofort an die frühere amerikanische First Lady Jackie Kennedy. Vielleicht ist ihm das aber bloß deshalb in den Sinn gekommen, dachte Keller, weil deren Gate John F. bekanntlich auch fremdgegangen war? Wie auch immer; Keller ergriff Frau Conrads Hand, die sie ihm bereits vor einer Weile entgegengestreckt hatte, und sagte dann mit typischer, tiefer Samichlausstimme:

»Guten Abend, Frau Conrad, wir kommen aus dem tiefen, tiefen Wald und haben etwas mitgebracht.«

»Guten Abend, Samichlaus. Schön, dass Sie und der Schmutzli den weiten Weg bis zu uns gefunden haben. Kommen Sie herein.«

Als Reaktion auf Kellers abgesenkte Chlausstimme hob Mechthild Conrad ihr eigenes Stimmchen um mindestens eine Oktave und verfiel in einen gekünstelt anmutenden Singsang, wie man ihn von frischgebackenen Eltern kennt, die vermeintlich kindgerecht säuselnd mit ihren Säuglingen kommunizieren wollen. Oder von Hundebesitzern, die betont langsam und deutlich zu ihren Vierbeinern sprechen und dann tatsächlich glauben, die Kreatur würde irgendetwas vom Inhalt ihrer Botschaft verstehen.

»Jakob, Matteo, kommt, kommt! Der Nikolaus ist da! Und der Schmutzli auch. Sie haben einen großen Sack mit Geschenken dabei. Kommt schon, und gebt ihm die Hand!«

Ruedi Keller stutze und merkte, dass die langsame, säuselnde Sprechweise der Mrs. Kennedy nicht etwa eine Reaktion auf seine theatralische Bassstimme gewesen war. Nein, die gute Frau war ziemlich angesäuselt, konstatierte Keller. Da war Alkohol im Spiel; deutlich hatte er zwischen den Worten ein Lallen gehört. Auch fiel ihm jetzt auf, dass ihre Wangen gerötet waren und ihre Augenlider etwas schwer wirkten.

»Jakob und Matteo, jetzt kommt schon!«, lallte Mutter Conrad nochmals in Richtung Wohnzimmer, wo die Türe einen Spalt weit geöffnet war. Keine Reaktion.

Also forderte sie den Besuch mit einer Handbewegung auf, ihr in die Stube zu folgen. Sie öffnete die große Flügeltüre, hinter der sich eine ausladende Sofalandschaft auftat, die den Eindruck erweckte, die Firma De Sede würde demnächst genau hier ihr neues Schaulager eröffnen. Den Wänden entlang zogen sich Einzelsessel, Zweier-, Dreier- und Vierersofas aus flaschengrünem Leder. Eine raffinierte Kombination aus Stehlampen und Deckenleuchten traten gemeinsam den Beweis an, dass ein Beleuchtungskonzept in die Hände von Profis gehörte. Und sogar das Feuer, das im Kamin brannte, war wie aus dem Katalog – es loderte und verschenkte züngelnde Flammen, ohne dabei allzu forsch zu knistern. Ruhig saßen die Familienmitglieder in den Lederpolstern. Bestimmt würden sie sich innerlich sammeln und auf den Chlausbesuch vorbereiten, dachte Keller. Bis er erkannte, dass alle mit ihren Smartphones zugange waren. Die Söhne Jakob und Matteo blickten genauso auf die Bildschirme wie Vater Johannes und Schwiegermutter Anna. Diese hatte zudem ihren Dackel Mephisto auf dem Schoß, dem sie mit der linken Hand den Kopf kraulte, falls sie nicht gerade beide Hände zum Tippen von Nachrichten brauchte.

»So, lieber Samichlaus, hier ist meine Familie. Es sind alle schon ganz neugierig zu hören, was du zu berichten hast.«

Mechthild Conrad hatte so laut und deutlich, wie es ihr Rausch zuließ, in Richtung der Sofaberge gesprochen. Doch dort rührte sich nichts. Kein Kopf hob sich, alle acht Augenpaare blieben an den Handys haften. Die Mutter merkte, dass sie andere Saiten aufziehen musste. Sie stöckelte zum Kamin, auf dessen Sims eine Blumenvase von der Größe einer Milchkanne stand. Mit spitzen Fingern riss sie die dunkelroten Rosen aus dem Wasser, schmiss sie auf ein Glastischchen und schmetterte die Vase mit voller Wucht auf den gefliesten Boden bei den Sofas, wo sie mit einem lauten Knall zerbarst und dann als Sprühregen an Glasscherben auf den Boden prasselte.

Nun hatte Mama Kennedy die volle Aufmerksamkeit der Familie auf sicher. Jakob und Matteo, zwei Blondschöpfe mit Seitenscheitel, edlen Carhartt-Jeans und Kapuzenpullis, rissen die Augen auf und ließen ihre iPhones fallen. Jakob quengelte etwas wie »fast einen Herzinfarkt bekommen«, während Matteo »Holy Shit, geht's noch?!« stammelte. Vater Conrad, der wohl erst gerade in seiner Bank Feierabend gemacht hatte und noch die Anzughose und das weiße Hemd trug, hatte das Handy ebenfalls weggelegt und besah sich kopfschüttelnd die Stelle, wo die Vase eingeschlagen hatte. Der schlanke Mittfünfziger mit dem noch immer vollen Haar und dem markigen Kinn murmelte Floskeln wie »schade um das gute Stück« und »ein Fall für die Hausratversicherung«. Dann klatschte er zweimal in die Hände und rief nach dem Dienstmädchen Magdalena, das »die Sauerei aufputzen« solle. Auch Schwiegermutter Anna Wegelin, die sich für diesen Abend extra eine Strickjacke mit rot-weiß-grünen Weihnachtsmotiven über ihren hellblauen Hosenanzug gestreift hatte, war erschrocken. Sie fuhr sich über ihre graublau gefärbten Haare und schüttelte seufzend den Kopf. Noch mehr erschrocken war ihr Dackel Mephisto. Mit einem Jaulen war er in die Luft gesprungen und unter einen Sessel geflüchtet. Oma Wegelin wusste aber, dass ihre Tochter zu impulsivem Verhalten neigte. Also blieb sie ganz Dame, schwieg und zeigte ihre Verachtung nur mit ihrem eiskalten Blick, in dem mehr Herablassung steckte als ein Zürcher Verkehrspolizist aufbringen könnte, wenn er eine Parksünderin in flagranti erwischt hat. Schließlich richtete sich Wegelin doch noch in ihrem Sessel auf und gab einen kurzen Kommentar ab: »Das fängt ja mal gut an!«

»Ja, fangen wir an«, nahm Mechthild Conrad den Faden auf. Zuvor hatte sie von einem Drink, den sie offenbar auf dem Kaminsims platziert hatte, einen großen Schluck genommen. Ihr Lallen und Schwanken wurden noch etwas ausgeprägter. Immer mehr tauschte sie die Aura der unvergesslichen Jackie Kennedy gegen jene der heftigen Trinkerin Amy Winehouse ein, dachte Ruedi Keller bei sich.

»Jetzt begrüßen wir einmal alle den Nikolaus und den Schmutzli, die den langen Weg durch die kalte Nacht bis zu uns gefunden haben. Los, los, meine Buben, gebt ihm die Hand!«

Murrend und im Schneckentempo, als hätten sie sich zu einem Kindergeburtstag verirrt, dessen Buffet nur aus Salaten und Rohkost bestand, bewegten sich Jakob und Matteo in Richtung des Besuchs. Während Jakob, der Ältere, genervt zur Decke starrte, blickte der kleine Matteo stur zu Boden. Das änderte sich nicht, als die beiden dem Chlaus nacheinander die Hände reichten und sie so rasch wie möglich wieder zurückzogen. Nachdem die Kinder ins Sofaland zurückgetrottet waren, raffte sich Vater Jo dazu auf, den Nikolaus mit einem jovialen »Ja, Sali Chlaus« zu begrüßen. Kräftig schüttelte er Kellers Hand und klopfte ihm ebenso kräftig auf die Schulter. Oma Wegelin lockte ihren Mephisto aus seinem Versteck hervor. Als sie den Dackel wieder bei sich hatte, hob sie ihn auf und nahm ihn an die Brust. Das Tier schnaufte noch schwer, als sie mit ihm beim Chlaus angelangt war. Sie reichte Keller kurz und etwas umständlich die linke Hand, weil sie mit der rechten ihren Mephisto festhalten musste.

Doch als der Dackel direkt vor dem merkwürdigen Mann mit dem roten Mantel, dem weißen Bart, der Kapuze und dem langen Stab zu stehen kam, geriet er in Panik. Er ließ ein unfreundliches Knurren vernehmen und begann zu zappeln. Auch der Schmutzli mit seiner tief bis zu den Augen gezogenen Kapuze und dem schwarzen Bart schien dem Hund Angst einzujagen. Auf jeden Fall hielt es Mephisto plötzlich nicht mehr an Wegelins Busen aus. Japsend und kläffend befreite er sich aus den massigen Armen seiner Herrin und sprang zu Boden. Er landete direkt vor dem großen Jutesack, den der Schmutzli vor sich hingelegt hatte. Blitzschnell steckte er seine Nase in die Öffnung; gerade so, als gehörte er zum britischen Königshof und ginge in den schottischen Wäldern mit den Royales auf Fuchsjagd. Im Nu war Mephisto im Innern des Sacks verschwunden und beschnupperte blitzschnell dessen Inhalt. Synchron zu seiner Schnüffelei hob und senkte sich der Sack ruckartig von einem Ende zum anderen. Noch bevor der Schmutzli intervenieren konnte, schoss Mephisto wieder aus dem Sack heraus. In der Schnauze trug er ein kleineres, längliches Paket, das mit rotem Papier eingewickelt und mit einer goldenen Schleife verziert war. An einem dünnen Goldfaden baumelte ein Geschenketikett, auf dem mit roter Tinte *Für Johannes* geschrieben stand.

Wendig kurvte Mephisto durch die Sofalandschaft und stürmte durch die geöffnete Flügeltüre zum Wohnzimmer hinaus. Es dauerte einen Augenblick, bis sich die Chlausgesellschaft gefasst hatte und die Verfolgung aufnehmen konnte. Während die beiden Buben stoisch aus der Wäsche schauten und nur ein müdes Grinsen zeigten, brach Vater Jo in schallendes Gelächter aus. Mutter Mechthild hätte dem Dackel nur zu gern nachgestellt, sie fletschte bereits die Zähne und reckte angriffslustig die Arme in die Luft. Zu mehr aber war sie nicht fähig, sie brachte keinen Fuß vor den andern – offensichtlich lähmte sie der Alkohol. Ruedi Keller kam mit seinem roten Wams als Hundefänger nicht infrage. Also blieben nur der Schmutzli und die Schwiegermama übrig. Doch mit seinem sperrigen Mantel und dem lästigen Bart konnte Schmutzli Gmür auch nicht lossprinten wie ein Usain Bolt. Rentnerin Wegelin wiederum verspürte Rheuma in den Gliedern und Arthrose in den Knien und konnte sich auch nur gemächlich auf die Fährte des Hundes machen. Begleitet wurde die Szenerie von den Lachsalven, die der Hausherr noch immer ausstieß, weil er die Situation so absurd fand. Hier gebe es nichts zu lachen, schnaufte Gemahlin Winehouse wutentbrannt.

Dann begann sie lauthals ihren Partner zu beschimpfen, was diesen nur noch mehr erheiterte. Die beiden Buben witterten ihre Chance, setzten sich wieder in die Polster und hielten sich sogleich ihre Handys vor die Augen.

Als der Schmutzli und die Schwiegermama die Flügeltüre erreicht hatten, war der Dackel wie vom Erdboden verschwunden. Da die Haustüre geschlossen war, konnte er wenigstens nicht nach draußen entwischt sein. Schmutzli Gmür bemerkte, dass die Türe zum Keller einen Spalt weit offen stand und schlüpfte durch die Öffnung, gefolgt von Oma Wegelin.

Kaum waren die beiden im Keller angelangt, hörten sie ein Knurren aus der Waschküche. Auch die Türe zu diesem Raum stand offen, und tatsächlich hockte Mephisto dort in der Ecke hinter dem Tumbler auf dem lindgrünen Betonboden und schien etwas zu verspeisen. Neben seinen Pfoten verstreut lagen Schnipsel des roten Geschenkpapiers, das er zerfetzt hatte; es sah aus, als hätte ein enttäuschter Kunde vor einem Kiosk eine Handvoll Lottoscheine mit lauter Nieten in der Luft zerrissen und zu Boden geworfen. Mephisto kaute und kaute. Zwischen seinen Stockzähnen lugte kurz ein kleines Stück Etwas hervor, dann verschwand auch dieses im Mahlwerk des Hundegebisses. Ein dünner Speichelfaden tropfte ihm von den Lefzen. Er kaute ein letztes Mal und schluckte alles hinunter. Dann begann er schwanzwedelnd zu hecheln.

»Mephisto, komm daher! Komm, komm!«, rief Anna Wegelin ihrem Vierbeiner zu. Der Hund stellte den Kopf schräg, glotzte sie treu aus seinen braunen Augen an und zottelte gemächlich zu ihr. Wegelin hielt ihn am

Halsband fest, sodass Schmutzli Gmür den Rest des Pakets behändigen konnte. Es handelte sich um mehrere Tafeln exquisitester Schokolade, wie Gmür aus den übrig gebliebenen Stücken und den Teilen der Verpackung schließen konnte. Mehrere Tafeln Schoggi hatte sich Mephisto vollständig einverleibt, von manchen hatte er ein paar Reihen abgebissen. Anna Wegelin tätschelte den Bauch ihres Lieblings und meinte, man könne nun wieder hochgehen. Zum Schmutzli gewandt sagte sie:

»Geben Sie mir doch den Rest der Schokolade. Und gehen Sie ruhig hoch, ich bringe das hier rasch in Ordnung.«

Gmür nickte, reichte ihr die Schokoladenreste und verließ die Waschküche. Wegelin hatte derweil einen Kehrwischer und eine Schaufel gefunden und pützelte die Papierfetzen und Schoggistücke mit weit ausholenden Armbewegungen zusammen. Als sie mit Mephisto die Kellertreppe wieder hochgestiegen war, blieb sie etwas atemlos bei der Türe zum Wohnzimmer stehen. Nach einer Verschnaufpause griff sie zum Türknopf der Glasscheibe, die das Kaminfeuer abschirmte. Sie öffnete das Törchen und schüttete den Haufen an Papierschnipseln und Schokoladenbruch, den sie in der Kehrichtschaufel balancierte, mit einer kräftigen Vorhand-Bewegung in die Flammen. Das Feuer prasselte kurz auf, es gab ein Knistern, Funken stoben. Schmutzli Gmür, der wieder beim Chlaus stand, sah das Glimmen und wäre am liebsten für eine Zigarette nach draußen verschwunden. Stattdessen musste er die Schwiegermama dabei beobachten, wie sie das Kamintörchen wieder schloss, ihren Mephisto packte und erneut fest an die Brust drückte.

Als sie zur wartenden Chlausgemeinschaft geschlendert kam, überschüttete sie ihren Mephisto mit Koseworten: »Du schlimmer, schlimmer Schlingel, du schlimmer!«

***

»Wir hatten jetzt eine unvorhergesehene kleine Bescherung für unseren Vierbeiner, für die wir uns entschuldigen. Nun sollen aber endlich die Kinder und die Erwachsenen drankommen.«

Ruedi Keller sprach ruhig und mit sonorer Stimme zum Conrad-Clan. Er hatte sich inzwischen mit den turbulenten Verhältnissen arrangiert, indem er begonnen hatte, das Ganze aus gesunder Distanz leicht von oben herab zu betrachten. Die Einlage der Wegelin mit ihrem Dackel hatte ihn an Szenen aus dem Buch *Wir alle spielen Theater* von Erving Goffman erinnert, das er als Jugendlicher verschlungen hatte. Darin beschreibt der amerikanische Soziologe die Conditio Humana als eine einzige Abfolge von Aufschneidertum, Flunkerei und Rankünе. Jeder Mensch sei stets und ständig darum bemüht, vor und hinter den Kulissen Eindruck zu schinden. Und lief hier nicht exakt ein solches pompöses Schauspiel ab? Eine Familie mit viel Geld aber wenig Empathie bemüht sich krampfhaft um einen heimeligen Chlausabend. In seiner Rolle als Chlaus sah sich Keller als Trigger und Projektionsfläche in einem. Er lieferte mit seinem Besuch ja überhaupt erst den Auslöser für all diese Begegnungen. Und zweitens würde er mit seiner Art, die von Mutter Winehouse verfassten Stichworte zu jedem Familienmitglied in die Runde zu tragen, maßgeblich die Stimmung prägen. »Der Sohn ein Bettnässer, der Partner ein Seitenspringer« – nein, dachte Keller, niemals würde er der Hausherrin den Gefallen tun, am Samichlaustag im Plenum genau das vorzubringen, worüber man sonst das ganze Jahr über lieber schwieg. Eine Jahresbilanz mit Generalabrechnung und Mandarinenduft – nein, das konnte es nicht sein. Dafür war er nicht zuständig, fand Keller; sollten sich die Conrads doch in eine Familientherapie begeben. Geld dafür wäre bestimmt vorhanden. Und an Themen fehlte es auch nicht, wie der Chlaus feststellen musste, als er seinen Blick wieder über die Sofadünen schweifen ließ. Jakob und Matteo waren erneut an den Handys. Auch Vater Casanova hielt seins einsatzbereit in den Händen, womöglich erwartete er ein Tinder-Date.

»Lieber Jakob, der Chlaus ist nicht auf Insta oder TikTok. Und er hat auch keine Serie auf Netflix oder Spotify, lieber Matteo. Er ist jetzt einfach da bei euch, und das solltet ihr genießen. Also legt doch das Handy weg, so wie es auch euer Papa macht.«

Das angesprochene männliche Conrad-Trio hob kurz die Köpfe, starrte zum Chlaus hinüber und legte dann mit nahezu synchronen Bewegungen die drei Smartphones aufs grüne Leder – gerade so, als würden die drei Musketiere von Alexandre Dumas nach einem beendeten Angriff ihre drei Schwerter wieder in die Gürtel stecken. Sie waren jetzt so wach und aufmerksam, wie es wohl maximal möglich war, dachte Keller. Auch Anna Wegelin und Mephisto machten einen präsenten Eindruck, wobei das Hundchen noch ein bisschen aufgeregt schien und etwas gar hastig schnaufte. Als er Richtung

Kamin schielte, sah der Chlaus, dass auch Lady Winehouse im Empfangsmodus zu sein schien. Sie lehnte mit locker verschränkten Beinen an den Kaminsims, starrte etwas groggy ins Nichts und hatte ihre rechte Hand sanft um ihren Longdrink gelegt.

»Ich beginne mit den Kindern. Zuerst mit Jakob, dem Älteren.«

Keller schlug das goldene Buch auf und blätterte feierlich bis zu jener Stelle, an welcher er Mutter Conrads Spickzettel verstaut hatte.

»Der Samichlaus ist zufrieden mit dir. Du bist aufgeweckt und lebensfroh, das macht mir Freude.«

Mehr Positives über Jakob konnte Keller in den Aufzeichnungen von Mrs. Cocktail beim besten Willen nicht finden. Also würde er sich auf sein Improvisationstalent verlassen, das ihm in ähnlichen Momenten schon so oft von Nutzen gewesen war.

»Du bist aber jemand, der nicht nur an sich denkt, sondern auch an andere. Du teilst vieles mit deinem Bruder und hast einen schönen Kontakt zu deinen Freunden und zu den Kollegen in der Schule.«

»Das ist überhaupt nicht wahr!«, krähte eine Stimme mitten in die Parade hinein. Sie kam vom Kamin her und gehörte zu Mama Winehouse-Kennedy, die sich mit geröteten Wangen und aufgerissenen Augen einen Schritt vom Feuer entfernt hatte. Nun stand sie leicht schwankend auf dem weißen Schaffellteppich vor dem Kamin und echauffierte sich sichtlich. Ihre Arme hatte sie grimmig vor sich verschränkt, die Hände waren zu Fäusten geballt.

»Was der Chlaus sagt, das stimmt hinten und vorne

nicht. Jakob ist total unsozial, und Freunde hat er gar keine, nicht einmal Kollegen in der Klasse. Weil er sich für nichts anderes interessiert als für sein Scheißhandy mit den furchtbar stupiden Games. Mit seinem Bruder etwas teilen? Ha, höchstens eine Tracht Prügel. Aber was steht da denn sonst noch im Buch, Samichlaus?«

Keller hatte es die Sprache verschlagen. Er schluckte leer, senkte den Blick, blätterte theatralisch im Buch vor und zurück. Dann hob er die Augen und warf der Winehouse am Kamin einen bösen Blick zu, was diese in ihrem Furor nicht einmal bemerkte. Nach einer Weile hatte er sich wieder gefasst und versuchte einfach, die Einträge ab Blatt zu lesen, ohne sich Gedanken zum Inhalt zu machen.

»Unser Jakob ist jetzt in der sechsten Klasse. Im Frühling gehst du an die Gymiprüfung, was ja für dein Weiterkommen an der Schule und überhaupt für dein ganzes Leben ganz, ganz wichtig ist.«

Brüsk stoppte Keller seinen Versuch, ab Blatt zu lesen, wieder. Es folgte ein Passus, den er so niemals vorbringen konnte. Da stand doch schwarz auf weiß, Jakob habe den Ernst der Lage noch nicht erkannt, sei faul und lerne viel zu wenig. Er müsse sich nicht wundern, wenn er sein Leben verpfuschen würde, was er sich dann selbst zuzuschreiben habe und wofür seine Eltern nichts könnten. Keller atmete einmal tief ein und hörbar wieder aus.

»Jetzt geht unser Jakob in die sechste Klasse. Im Frühling hast du die Aufnahmeprüfung fürs Gymi. Da musst du sicher noch etwas fleißig sein, gell; aber der Chlaus wünscht dir viel Glück. Und kommt jetzt zum kleinen Bruder Matteo.«

Schon hatte die Winehouse am Kamin Luft geholt, um zu protestieren. Aber das ging nicht mehr, weil sie einsehen musste, dass es doch der Chlaus war, der hier das Protokoll vorgab. Außerdem war Schmutzli Gmür diskret Schritt für Schritt in ihre Nähe gerückt und stand jetzt direkt neben ihr, um sie im Falle weiterer Ausrutscher im Zaum zu halten. So machte es das Duo Keller-Gmür immer, wenn es bei schwieriger Kundschaft zu Besuch war.

»Matteo, du bist auch ein aufgewecktes, lebensfrohes Kind, das den Eltern viel Freude macht.«

Weil Schmutzli Gmür merkte, dass die Hausmutter Luft holte und etwas erwidern wollte, stupste er sie diskret, aber kräftig genug mit dem Ellbogen an. Zähneknirschend ergab sich Frau Conrad und spülte ihren Ärger mit einem Schluck vom Sims hinunter.

»Matteo ist in der Geigenstunde, wo er schöne Fortschritte macht. Wobei er schon noch etwas mehr üben könnte.«

Die Mutter hielt sich im Zaum, der Rest der Familie blieb ebenfalls ruhig. Einzig Hündchen Mephisto hatte beim Atmen noch einen Zacken zugelegt und hechelte jetzt mit der Zunge ein und aus, als wäre sie das Sekundenpendel einer Kuckucksuhr, der man aus Versehen zu leistungsstarke Batterien eingelegt hatte. Seine Augen waren weit aufgesperrt, sein Fell glänzte schweißnass.

»Jetzt ist unsere liebe Mama Mechthild an der Reihe.«

Kellers Versuch, das heikle Thema des Bettnässens zu ignorieren, scheiterte. Wie von der Tarantel gestochen schoss Lady Cocktail in die Höhe und brüllte den Nikolaus regelrecht an.

»Und dass wir fast jeden Morgen Berge an Bettwäsche zu waschen haben? Das sagt der liebe Nikolaus nicht, hä? Hat er das vielleicht vergessen, obschon es doch im Buch stehen muss!«

»Der Nikolaus hat nichts vergessen«, holte Keller zur Antwort aus. »Aber er sagt nur Sachen, die für uns alle wichtig sind. Die Bettwäsche gehört nicht dazu. Sie wird ja sicher nicht von der Mama Conrad von Hand gewaschen, oder? Es ist die Waschmaschine, die sie wäscht, nicht wahr? Und zwar durch das Dienstmädchen Magdalena, stimmt's? Die Mama Conrad muss also überhaupt nicht selber Hand anlegen. Und hat dafür aber ganz viel Zeit, sich um ihren lieben Matteo zu kümmern, damit es diesem gut geht ...«

Das hatte gesessen. Resigniert begab sich die Winehouse zurück an den Kaminsims, griff zum Longdrink, nahm einen großen Schluck und ließ das Glas mit Schwung wieder aufs Holzboard knallen. So als spielte sie in einem Westernfilm mit, in dem die Cowboys im Saloon ihre Whiskys ex kippen und die Gläser dann auf den Tresen schmettern.

»Dann komme ich jetzt zu Mama Conrad. Auch sie hat dem Chlaus viel Freude gemacht im letzten Jahr. Sie hat ihre Yogaausbildung abgeschlossen und ihr neues Schmuckatelier bezogen ...«

»... das ich ihr für teures Geld gekauft und eingerichtet habe«, sagte Jo Conrad wie aus der Pistole geschossen.

»Ach ja, wie großzügig«, wieherte die Gemahlin. »Aber das hast du nur gemacht, weil ich dir auf die Schliche gekommen bin mit deinen Tinder-Flirts und du ein schlechtes Gewissen hattest.«

»Du bist mir nicht auf die Schliche gekommen, ich habe dir freiwillig davon erzählt. Und was kann ich dafür, wenn bei uns im Bett nichts mehr läuft, bloß weil du Menopause und ständig Migräne hast.«

Zwischen den Eheleuten entfachte sich ein wüster Disput. Dem Gatten wurde um die Ohren geschlagen, er zeige als Ü-Fünfziger eine so affige Männlichkeit, dass man glauben könne, er würde noch pubertieren. Er brauche junge Frauen, um sein Ego aufzublasen, das ansonsten etwa so klein sei wie sein bemitleidenswertes bestes Stück. Er bilde sich ein, mit seinem vielen Geld könne er es sich erlauben, die Gefühle seiner Nächsten einfach zu ignorieren. »Und du selbst hast überhaupt keine Gefühle«, schrie Mechthild Conrad und schmetterte ihrem Mann das leere Longdrinkglas vor die Füße. Johannes Conrad wich aus, es knallte und stob, die Glasscherben rieselten über die Fliesen wie draußen der Schnee auf die Thujahecke. »Du hast dafür überhaupt keinen Sinn für Geld«, begann Jo Casanova seine Verteidigung. Sie habe sich immer von ihm aushalten lassen, habe jede Kreditkarte schamlos überzogen und das Haushaltskonto geplündert wie Präsident Zuma die Staatskasse Südafrikas. Außerdem sei sie ja nur neidisch auf seinen gesunden Körper und seine gute sportliche Form, wogegen sie sich mit ihrem Alkohol völlig zugrunde richte. »Dass ich fremdgehe ist deine Schuld«, bellte Jo Conrad seiner Frau ins Gesicht. Diese setzte zur Retourkutsche an: »Und wessen Schuld bitte ist es, dass unsere zwei Buben einen Vater haben, der sich keinen Deut um sie kümmert? Weil er entweder in der Bank, am Joggen oder im Kraftraum ist? Oder weil er gerade ein Tinder-Date hat und irgendwo in einem schummrigen Hotel absteigt? Ist das vielleicht auch meine Schuld, hä; so wie …«

Weiter kam Mechthild Conrad nicht. Noch während des Streits mit ihrem Mann hatte Dackel Mephisto begonnen leise zu jaulen. Ihn hatten Zuckungen am ganzen Leib erfasst, wie Frauchen Wegelin bestürzt festgestellt hatte. Seine Lefzen hatten eine blaue Färbung angenommen, auch die Haut wirkte bläulich. Oma Wegelin hatte ihre Hand auf Mephistos Bauch gelegt und irritiert festgestellt, dass der Schweiß auf dessen Fell eiskalt war. Mitten im Wortgewitter der Eheleute hatte sich der Dackel losgerissen und lag nun wimmernd zu Füßen seines Frauchens. Gerade als Lady Winehouse einen weiteren Schrotschuss an Beschimpfungen in Richtung ihres Mannes abfeuern wollte, erbrach sich Mephisto mit einem japsenden Würgegeräusch.

In hohem Bogen ergoss sich ein grünbrauner Strahl mit Magenflüssigkeit auf die hellbeigen Fliesen. Augenblicklich roch es in der Sofalandschaft nach Galle und Vergorenem. Die Buben zogen reflexartig die Beine hoch, um ihre weißen Sneakers nicht zu bekleckern. Ihre streitenden Eltern wurden still und blickten auf das Häufchen Elend zu ihren Füßen, das einst ein stolzer Dackel gewesen war. Gelähmt wie die Gletschermumie Ötzi starrte Oma Wegelin auf ihren Liebling und stammelte Unverständliches vor sich hin. Jetzt schleifte der Hund mit seinen Krallen über den Keramikboden, was ein unangenehmes Geräusch erzeugte, fast wie wenn die Lehrerin ihren Kreidestift im falschen Winkel über die Wandtafel führt und dabei diesen grässlichen Kreischton erzeugt. Mephisto lag nun bäuchlings da, alle viere von sich gestreckt. Er schnappte nach Luft und wimmerte. Da ergoss sich ein zweiter, gleichfarbiger Strahl aus seinem Hinterteil auf die Keramikfliesen. Nun roch es nicht nur nach Galle, sondern auch nach Kot und Urin. Jakob und Matteo hopsten noch eine Stufe tiefer in die Polster, während sich Oma Wegelin keuchend aus dem Sessel hievte. Gerade wollte sie ihren Mephisto greifen und hochheben, da fing das Hündchen kläglich an, sich am Boden zu winden. Es rollte sich in den eigenen Exkrementen, paddelte mit den Beinen wie beim Schwimmen – und hatte damit seine letzte Wegstrecke hinter sich gebracht. Mephisto vollbrachte noch ein finales Zucken und Zappeln, dann war er augenscheinlich tot.

***

Betroffen schauten die Anwesenden zu Boden auf die leblose Kreatur. Oma Wegelin schluchzte und legte kurz ihre Hand auf den Hundekopf. Als sie merkte, dass er kalt und ohne Spannung war, schaute sie allen reihum in die Augen und nickte vielsagend. »Mein lieber Mephisto«, heulte sie, »mein lieber, lieber Mephisto.« Ihre Tochter kam zu ihr und reichte ihr mit einer aufmunternden Geste ein Taschentuch. Jakob hatte das Handy hervorgeholt und schoss Fotos vom toten Dackel. Matteo schaute grimmig zu Boden; so, wie jemand schaut, wenn die eigene Familie gegen den Willen des Betroffenen intime Details aus dessen Leben preisgegeben hat. Der Hausherr aber machte sich Sorgen um den schönen unversiegelten Keramikboden, weshalb er nach hinten ging, um Magdalena zu rufen.

Nun merkte Ruedi Keller, dass er das Steuer wieder an sich reißen musste.

»Stopp, Herr Conrad. Magdalena hat noch genug Zeit, sich um die Spuren des armen toten Hundes zu kümmern. Ich bin schon seit fast dreißig Jahren Chlaus, aber so etwas ist mir noch nie passiert, nicht annähernd. Wir lassen bei Mephisto alles so liegen, wie es ist; ich muss die Haftungsfrage abklären. Der Hund hat sich aus unserem Schmutzlisack etwas geschnappt, futtert das weg und stirbt dann – ja, wer trägt jetzt die Verantwortung dafür? Unsere Chlausgesellschaft hat für ihre Mitglieder eine Haftpflichtversicherung, aber ob die hier gilt? Solange wir das nicht wissen, müssen wir alles so belassen, wie es ist. Und den Vorfall wohl auch dokumentieren.«

Ruedi Keller beauftrage den Schmutzli, den Hund und den Ort des Unglücks ausgiebig zu fotografieren. Dann solle er die Hotline der Chlausgesellschaft kontaktieren. Sicher wüssten sie dort, was zu tun sei.

Die Conrads gehorchten. Die Erwachsenen setzten sich wieder in die Polster zu den zwei Buben, die erneut am Gamen waren. Hatten die Eheleute kurz zuvor noch einen orkanartigen Streit geführt, waren Jo und Mechthild jetzt niedergedrückt und still. Wieder einmal hatten sie sich gegenseitig bis aufs Fleisch verletzt, was ihnen auch in Anwesenheit anderer immer wieder passierte. Schwiegermutter Wegelin hatte ihre Stirn auf die Handflächen gestützt, war in sich gekehrt und schüttelte schluchzend den Kopf hin und her.

Weil er lieber ungestört telefonieren wollte, war Schmutzli Gmür in den Garten verschwunden. Dort holte er augenblicklich seine Zigaretten hervor und steckte sich eine an. Seine Hand zitterte, als er das Feuerzeug zum Tabak führte und sich der Glimmstängel mit einem spröden Rascheln entfachte. Er nahm einen tiefen Zug, starrte in die dunkle Nacht. Am gegenüberliegenden Rand des Anwesens ragte Immergrün in den taubenblauen Himmel. Es war vom Gärtner in eckige und runde Formen gebracht worden, die Gmür an übergroßes Duplospielzeug erinnerten. Er blies den Rauch aus der Lunge, nahm sofort einen neuen Zug. Was sollte er bloß tun? Aus einem peinlichen Robin-Hood-Gefühl heraus hatte er heimlich eine der Schokoladentafeln, die Mephisto gepackt hatte, eingesteckt. Sie war noch völlig intakt gewesen, also hatte er sich gesagt, es wäre doch ein Jammer, die gute Schokolade einfach bei den stinkreichen Leuten zu lassen. Unsereins könnte sich so eine ja gar nicht leisten. Also hatte er sie in die Tasche seines Mantels gleiten lassen, wo er ihren Kartoneinband spürte. Was, wenn Frau Conrad, die wohl alle Geschenke organisiert hatte, irgendwie dahinterkam, dass eine Tafel fehlte? Oder wenn die Oma ihn dabei beobachtet hatte, wie er die Tafel hatte verschwinden lassen? Ein Schmutzli, der Geschenke klaute, konnte sich seine weitere Karriere abschminken wie der Chlaus seine roten Backen vor dem Garderobenspiegel am Feierabend.

Gmür rauchte zu Ende und verscheuchte diese Gedanken, indem er sein Handy hervorholte und die eingegangenen Meldungen auf WhatsApp überflog. Dann wählte er die Nummer der Nikolausgesellschaft, wo er eine vertraute Stimme hörte, kaum hatte es zweimal geklingelt.

»St. Nikolausgesellschaft Stadt Zürich, Mirella Brun, Sie wünschen?«

»Mirella, gut bist du dran. Hier ist der Livio, Gmür, grüß dich.«

»Grüß dich Livio. Wo brennt's denn?«

»Ich bin mit dem Ruedi unterwegs, jetzt grad am Züriberg bei Familie Conrad, unser letzter Einsatz für heute. Solltest du in der Dispo sehen, gell. Jetzt ist uns etwas passiert, das könnten wir glatt für eine neue Werbung der Mobiliar-Versicherung einreichen. Die mit diesen lustigen Schadenskizzen, weißt du.«

»Ja, ich kenne diese Werbungen, klar. Also, erzähl!«

Gmür berichtete, was passiert war. Mirella hörte zu und schluckte ein paar Mal leer.

»Jetzt ist die Stimmung in der ganzen Villa natürlich total im Keller. Und ich und Ruedi müssen wissen, was wir tun sollen. Nicht, dass da noch ein blöder Versicherungsfall draus wird oder eine Klage kommt wegen Schadenersatz.«

Aufgeregt nestelte der Schmutzli eine nächste Zigarette aus der Packung. Ein kühler Luftzug strich über das Anwesen und brachte eine Plastikplane zum Rascheln, die eine üppige Gartenmöbellounge abdeckte. Mit der rechten Schulter drückte er das Telefon ans Ohr, damit er sein Feuerzeug halten und mit der anderen Hand einen Windfang formen konnte.

»Wow, mein lieber Livio, das ist ja echt eine Story. Ich denke, bis jetzt habt ihr alles richtig gemacht. Todesfall während eines Chlausbesuchs – das hatten wir glaub noch nie. Aber bei sonstigen Sachbeschädigungen oder Unfällen machen wir immer ein Protokoll und schicken nach Möglichkeit eine Fachperson vorbei. Das werden wir hier nicht anders handhaben. Ich kenne einen Tierarzt, der wohnt ganz in der Nähe der Conrads und ist bei uns Gönnermitglied. Er heißt Konrad Zbinden, ich rufe ihn an und bitte ihn, bei euch vorbeizuschauen, falls er das spontan kann.«

»Ja, das wär sehr gut, danke dir.«

»Wenn es klappt mit Zbinden, dann melde ich mich nicht mehr. Falls wir weitersuchen müssen, hörst du nochmals von mir.«

Als Mirella Brun aufgehängt hatte, wurde es plötzlich still um Schmutzli Gmür. Die Erlebnisse bei den Conrads hatten ihn doch etwas mitgenommen, merkte er jetzt. Durch die hohen Fenster konnte er von draußen mitverfolgen, was im Wohnzimmer vor sich ging. Das Kaminfeuer loderte immer noch, die Lampen verströmten Behaglichkeit, die Familie saß scheinbar harmonisch im Kreis; einzig der tote Dackel störte das Bild. Er verspürte Ekel gegenüber dieser stinkreichen Familie und dem ganzen egozentrischen Gehabe. Aber zugleich waren da auch Trauer und Mitleid angesichts der verpfuschten Existenzen, vor allem gegenüber den zwei Kindern. Gmür hatte selbst eine Tochter im Teenageralter und wusste, wie süchtig machend das Handy für Kinder und Jugendliche war. Umso wichtiger war es, Eltern zu haben, die mit beiden Beinen auf dem Boden standen und Halt geben konnten. Hier wuchsen die Kinder zwar in einem goldenen Käfig auf und mussten materiell auf nichts verzichten: Aber der Preis dafür war hoch. Alles Emotionale und Zwischenmenschliche war regelrecht am Verkümmern. Und wie die Mutter vor der ganzen Runde betont hatte, Jakob sei asozial und habe überhaupt keine Freunde, tat ihm jetzt noch weh.

Eine WhatsApp-Nachricht holte ihn wieder aus seinen Grübeleien heraus. Auf dem Display seines Handys leuchtete grünlich eine Mitteilung von Mirella Brun auf. Veterinär Zbinden sei zu Hause und habe die Anfrage angenommen. Er treffe in wenigen Minuten vor Ort ein. Bitte alles so belassen, wie es sei.

Erleichtert schnaufte Schmutzli Gmür auf und ging wieder nach drinnen.

***

»Die Chlausgesellschaft meint, wir sollten vorsichtig sein. Sie schicken uns einen Tierarzt vorbei. Konrad Zbinden heißt er. Sollte in wenigen Minuten da sein.«

Was sein Schmutzli ihm mitzuteilen hatte, beruhigte Ruedi Keller. Auch ihm war es sehr unwohl, seitdem der Dackel verstorben war. Keinesfalls wollte er den Vorfall bagatellisieren und das Hündchen einfach so entsorgen. Und es brauchte jetzt eine Fachperson, um die richtigen Schritte vorzunehmen. »Sehr gut, Livio, vielen Dank«, sagte Keller zu seinem Schmutzli und lächelte aufmunternd.

Im Wohnzimmer der Conrads herrschte jetzt eine betretene Stille. Das Feuer war abgebrannt, niemand hatte je ein Stück Holz nachgelegt. Ob der Hausherr das sonst wohl selbst macht, überlegte Ruedi Keller; oder muss sich Magdalena darum kümmern? Außer dem Ticken der kostbaren Vitra-Wanduhr aus den sechziger Jahren, die über dem Kamin hing, und dem gelegentlichen

Klirren der Eiswürfel in Madame Winehouses Glas, war es ruhig. Die Kinder waren am Handy, die Winehouse ebenfalls. Der Hausherr versuchte sich im Sofa zu entspannen. Er hängte tief nach hinten gebeugt in den Kissen, hatte die Hände hinter dem Nacken verschränkt und starrte an die Decke. Aus der Küche hörte man Besteck klirren; vermutlich würde Magdalena oder sonst wer einen Apéro vorbereiten. ›Apéro riche‹, dachte Ruedi Keller mit einem Anflug von Sarkasmus. Er war sich sicher, dass dieser Begriff genau für Anlässe dieser Art erfunden worden war.

Da schoss Mama Winehouse aus ihrem Sessel hoch und begann zu schreien: »Oh mein Gott, oh mein Gott!« Sie hatte sich in der Küche einen neuen Longdrink gemixt, den sie gut zur Hälfte bereits wieder weggekippt hatte. »Oh mein Gott, ich habe gegoogelt«, ereiferte sie sich und schwenkte ihr Handy hin und her. »Hunde können tatsächlich an Schokolade sterben. Es gibt da einen Stoff im Kakao, der heißt …« Sie stockte, hielt sich ihr Handy näher vor die Augen und entzifferte mühevoll den gesuchten Fachbegriff: »The-o-bro-min! – Kakao hat dieses Theo…dings drin, und das ist für Hunde absolut unverträglich. Je dunkler die Schokolade ist, desto mehr Kakao und Theo…dings enthält sie. Und das kann tatsächlich zum Tod führen.«

»Mein armer Mephisto ist an einer Überdosis Schokolade verendet«, mischte sich Oma Wegelin ein. Mit einem Ruck stand sie auf und verschaffte sich mit lauter Stimme Gehör. »Jetzt, wo wir die Ursache kennen, können wir Mephisto endlich aus dieser unwürdigen Lage befreien. Ich kann es nicht mehr mitansehen, wie er hier in seinem Erbrochenen und in seiner eigenen Kacke liegt. Lieber nehme ich ihn jetzt an mich und bringe ihn zur Kadaverstelle.«

Schon wollte sich Anna Wegelin zum Hündchen hinunterbücken, da intervenierte der Samichlaus energisch:

»Auf keinen Fall, Frau Wegelin. Wir können noch nicht mit Sicherheit sagen, ob es wirklich die Schokolade gewesen ist, die Ihren Dackel über den Jordan geschickt hat. Ein Tierarzt ist unterwegs, er wird das mit Bestimmtheit rasch feststellen können. Er sollte jeden Moment da sein.«

Vergeblich bemühte sich Anna Wegelin noch einige Male, den Chlaus umzustimmen und ihren Hund sofort wegschaffen zu können. Auch das Argument, die Exkremente würden doch grausam stinken und obendrein den hellen Fliesenboden ruinieren, verfing nicht. Nicht einmal bei Johannes Conrad, dem es inzwischen auch nicht mehr ganz wohl war angesichts des toten Tieres. Hatte er bei Mephistos drolligem Sackspurt und Schokoladenraub noch Tränen gelacht, war er jetzt nachdenklich geworden. Sollte Mephisto nicht wegen der Schokolade verstorben sein, weshalb dann? Er hatte das Vieh nie gemocht und sich vehement zur Wehr gesetzt, als seine Frau ihm vor drei Jahren mitgeteilt hatte, ihre Mutter würde mitsamt Mephisto bei ihnen einziehen. Jo Conrad hatte weder die Oma noch den Dackel unter seinem Dach aufnehmen wollen, doch Widerstand war zwecklos gewesen. Seine Gattin hatte einfach das Killerargument eingebracht: »Bist du nicht willig, lasse ich deine Tinder-Geschichten auffliegen und reiche die Scheidung ein.« Seither hatte Jo Conrad seine Schwiegermutter und deren Hund schon oft zum Mond gewünscht. Aber jetzt, wo das Tier tot war, ergriff ihn doch so etwas wie Mitgefühl, was ihm sonst fremd war. Für seine Ehefrau aber hatte er, das merkte der Casanova gerade jetzt, als er sie vom Sofa aus beobachtete, wirklich keine Gefühle mehr übrig. Sie blieben verheiratet, um seinen guten Ruf als Privatbankier zu wahren. Eine Scheidung hätte sich über Jahre hingezogen und wäre auch für die Kinder zum Desaster geworden. Aber sobald Jakob und Matteo aus dem Gröbsten heraus wären, dachte Jo Conrad, würde er ...«

»Der arme, arme Mephisto ist verendet, nur weil ich Jo mit einem Pack Bitterschokolade eine Freude machen wollte.«

Mama Winehouse hatte weiter gegoogelt und sich im Schnelldurchlauf alles Mögliche über Schokoladenvergiftungen bei Hunden angeeignet.

»Dabei hat der Lump das gar nicht verdient; also nicht Mephisto, klar, sondern Jo, meine ich, die Schokolade hätte ich besser ...«

In diesem Augenblick klingelte es an der Türe. Magdalena öffnete und führte den Veterinär Konrad Zbinden ins Wohnzimmer. Er trug einen silbergrauen Anzug, ein weißes Hemd mit einer weinroten Krawatte und geflochtene schwarze Lederschuhe. Sein lockiges Haar war ebenfalls silbergrau und stand ihm wirr vom Kopf ab, was ihn wie Albert Einstein aussehen ließ, bloß fehlte der Schnauzer. Er hatte eine Ledertasche dabei, die er neben Mephisto auf den Boden legte. Während er kurz angebunden die Familienmitglieder und Chlaus und Schmutzli begrüßte, stülpte er sich Gummihandschuhe über. Er befühlte den Bauch des Tieres, besah sich dessen Augen, hob eine Pfote an. Seine Arbeit vollzog er schweigend und bedächtig; niemand in der Runde wagte es, ihn zu unterbrechen und Fragen zu stellen. Er holte zwei leere Reagenzgläschen aus seiner Tasche, öffnete die Verschlüsse und spachtelte mit zwei Holzstäbchen je eine Probe der Kotze und der Kacke in die Gläschen. Bevor er die Behälter wieder schloss, roch er kurz an jeder Probe, ohne dabei eine Miene zu verziehen. Nachdem er die Reagenzgläser wieder verstaut hatte, richtete er sich vor den Anwesenden auf und begann, die Handschuhe abzustreifen. Mit jedem Finger, den er von der Latexhülle befreite, richtete er seinen Blick abwechselnd auf den Chlaus, den Schmutzli, die Wegelin und die Conrads. Und er brauchte kaum mehr als zehn Worte, um nicht nur reihum den Latex von seinen Fingern zu zupfen, sondern auch seinen medizinischen Befund mitzuteilen:

»Der Hund ist an akuter Vergiftung verendet, vermutlich Arsen.«

In der Stube wurde es totenstill. Das Ticken der Designeruhr am Kamin schien sich zu synchronisieren mit dem Herzklopfen, das die Familienmitglieder bis zum Halse verspürten. Mephisto war vergiftet worden. Von wem? Das Gift musste jemand der Schokolade beigemischt haben, etwas anderes hatte das Hundchen in der fraglichen Zeit nicht gefressen. Das schön verschnürte Bündel mit Schokoladentafeln war ein Geschenk der Hausherrin an ihren Gatten gewesen. Also hatte Mechthild Conrad ihren Mann Johannes …

Alle im Raum dachten dasselbe und starrten wie auf

Kommando Mama Winehouse an. Die Frau des Hauses spürte die vorwurfsvollen Blicke auf ihrem Körper wie die Nadelstiche, die sie jeweils mittwochs von ihrem Akupunkteur verpasst erhält. Noch schwerer wogen die unausgesprochenen Anschuldigungen, die in der Luft lagen und sich mit dem Odeur der Pfütze vermischten, in der Mephisto ruhte. In den Sofareihen wurde getuschelt. Die Buben legten ihre Handys weg, ohne dass es ein Erwachsener gefordert hätte. Jo Conrad aber war kreidebleich im Gesicht, schüttelte den Kopf, seufzte und biss sich auf die Lippen. Dann raffte sich Mechthild Conrad auf und versicherte unter Schluchzen:

»Ich habe nichts getan, sicher nicht. Niemals würde ich Jo vergiften, was fällt euch ein! Ich liebe ihn so sehr, liebe ihn viel zu fest, das ist ja mein Problem. Und jetzt brauche ich einen Drink …«

Sie stürmte heulend und mit klappernden Absätzen der Küche zu, von wo man bald die Kühlschranktüre aufgehen und die Eiswürfel aus der Formschale poltern hörte. Die Soda zischte, ein Korken ploppte, ein Löffel wurde gerührt. Dann war die Winehouse wieder da und hielt sich an einem neuen Longdrink fest, der noch longer war als die beiden vorherigen.

Zum Glück behielt Veterinär Zbinden einen kühlen Kopf. Als Mediziner analysierte er Vorfälle nach deren Logik und ließ Emotionen weitgehend beiseite. Nachdem Mechthild Conrad auf einem Einzelsessel Platz genommen hatte und alle gebannt lauschten, holte er zu einem Befund über die möglichen Ursachen von Mephistos Ableben aus.

»Liebe Frau Conrad, beruhigen Sie sich. Bevor wir

nicht genauere Analysen gemacht haben, wissen wir den Grund für den Gifttod des Hundes nicht, können also nur spekulieren. Was aber sicher ist: Die Schokolade alleine hat den guten Kerl nicht umgebracht. Zwar hat er eine große Menge zu sich genommen, es waren ja mehrere Tafeln im Paket drin. Also hat er reichlich Theobromin gefuttert, das für ihn toxisch ist. Es ist ein Alkaloid aus der Gruppe der Methylxanthine und bekommt dem Tier gar nicht. Als Faustregel kann man sagen, dass ein Hund bei 40 Milligramm Milchschokolade pro Kilo Körpergewicht gefährdet ist, bei der dunklen Schoggi mit hohem Kakaoanteil sind es bloß 20 Milligramm. So viel hat Mephisto mit Sicherheit gefressen. Aber bis ein Hund im Schoggirausch tatsächlich Vergiftungssymptome zeigt, dauert es zwei bis vier Stunden. Und dass er daran stirbt, tritt in der Regel frühestens zwölf Stunden nach dem Verzehr ein. Somit waren bei Mephisto eindeutig auch andere Stoffe am Werk. Da tippe ich eben auf Arsen. Es ist ein Gift, das praktisch geruchlos ist und süßlich schmeckt, sodass man es unbemerkt in Schokolade mischen kann. Für die mögliche Täterschaft hat das Gift aber einen bedeutenden Nachteil: Es ist gut nachweisbar, auch in kleinen Mengen. Jede medizinische Laborantin und jeder Forensiker bei der Polizei kann den Stoff aus jedem noch so kleinen Beweisstück filtern.«

Als Veterinär Zbinden das Wort »Polizei« ausgesprochen hatte, war die Abendgesellschaft sichtlich zusammengezuckt. Jakob und Matteo hatten sich erwartungsfrohe Blicke zugeworfen. Endlich würde in ihrer Villa einmal richtig etwas los sein; gerade so, wie sie es von den vielen Serien her kannten, die sie bei Netflix ständig schauten. Polizei im Haus, das wäre auch ein schöner Post auf Insta und bei TikTok. Anders reagierten Mutter und Schwiegermutter. Auch sie hatten sich einander zugewandt und schauten sich an. Doch in ihren Augen schimmerten nur Angst und Panik. Jo Conrad lag apathisch auf dem Sofa und kaute offensichtlich noch immer an der Erkenntnis herum, dass seine Frau ihm vergiftete Schokolade in den Chlaussack gelegt hatte. Der Chlaus und der Schmutzli hielten sich abseits und versuchten, so unbeteiligt wie möglich dreinzuschauen.

»Ich bin überzeugt«, richtete Veterinär Zbinden wieder das Wort an die Runde, »es ist im Interesse von uns allen, wenn wir den Vorfall mit Mephisto gründlich abklären lassen. Von daher schlage ich vor, die Polizei zu rufen. Die Quartierwache ist gleich hier ums Eck, ich kenne deren Leiter, Wachtmeister Ackermann, persönlich. Ich werde ihn jetzt anrufen und bitten, sogleich herzukommen.«

Die Frauen protestierten. Mechthild Conrad wollte keine Polizei in ihrem Haus haben. Was würden die Nachbarn denken, wenn sie den Dienstwagen vor dem Gartentor und den Polizeibeamten auf dem Areal sehen würden? Anna Wegelin fand, man mache einen zu großen Wirbel um den Vorfall. Bestimmt habe sich ihr Hündchen mit der Schokolade überfressen und nichts weiter; man solle das arme Tier jetzt ruhen lassen. Womöglich käme man noch auf die Idee, Mephistos Bauch aufzuschlitzen, was sie aber vehement verweigern würde.

Die Männer sagten nichts. Jakob und Matteo hatten dem Tierarzt mit glänzenden Augen zugenickt, als er sich dafür ausgesprochen hatte, die Polizei zu holen.

Weil Vater Jo diesen Vorschlag nicht abgelehnt hatte und auch Chlaus und Schmutzli ihre Zustimmung signalisiert hatten, wischte der Tierarzt die Bedenken der Mutter und der Schwiegermutter beiseite. Er zückte sein Handy, wählte eine Nummer und hatte bald schon seinen Kollegen Ackermann am Draht. Kurz und bündig schilderte Zbinden, was vorgefallen war. Dann beendete er das Gespräch mit den Worten: »Ja, sofort, das wäre prima, danke.«

»Der Wachtmeister ist verfügbar und sollte in wenigen Minuten bei uns eintreffen«, ließ er die Runde wissen.

***

Friedlich lag Mephisto auf dem Wohnzimmerboden in seinen eigenen Körpersäften, die langsam einzutrocknen begannen. Es sah aus, als hätte Pieter Bruegel der Ältere eine absurde Jagdszene in Öl festgehalten und beim grünlichbraunen Waldboden etwas zu dick aufgetragen. Oder als hätte ein exzentrischer Zürcher Szenekoch ein gewagtes Wildmenü aufgetischt und wäre noch kurz in die Küche geeilt, um ein Büschel Petersilie zu holen, das er dem Dackel in den Mund schieben wollte. Samichlaus Keller erinnerte sich plötzlich daran, dass es in Mexiko üblich war, Hühnchen mit Schokoladensauce anzurichten. Dieses Pollo con mole hatte er selbst gegessen, als er einmal längere Zeit durch Südamerika gereist war. Und damals war ihm auch ein Burger untergejubelt worden, der als Kaninchen angepriesen worden war, in Wahrheit aber aus Leguan bestanden hatte. Unwissend hatte er den ganzen Snack verspeist, genüsslich beobachtet von der Schar seiner Kollegen. Als er sich am Schluss zu den merkwürdigen Knöchlein und den zähen Hautfetzen äußerte, brachen seine Freunde in schallendes Gelächter aus, klärten ihn über den Leguan auf und ermunterten ihn, ein großes Glas Tequilla zu kippen. Er fand sich dann auf der Toilette wieder, spuckte seinen Mageninhalt unter Krämpfen in die Schüssel und kämpfte auch Tage später noch gegen Montezumas Rache – so nennen die Einheimischen den starken Durchfall, der die Touristen reihenweise befällt.

Die Glut im Kamin war vollständig erloschen, wie Keller feststellte. Auch die Stimmung im Kreise der Familie Conrad war in den Keller gesunken wie eine Münze, die ein Romreisender in den Trevi-Brunnen wirft und die schillernd und sich langsam drehend auf den schlammigen Grund fällt. Jakob und Matteo hatten angefangen, sich im Flüsterton darüber zu streiten, welche Kriminalserie auf Netflix die allerbeste sei. War es *Breaking Bad*, *Stranger Things* oder *Narcos*? Mama Winehouse schluchzte abwechslungsweise in ein Taschentuch und schlürfte von ihrer Spirituose. Ab und zu warf sie ihrem Jo einen verstohlenen Blick zu, was dieser nicht zu bemerken schien. Er saß in sich versunken auf dem Polster, hatte die Hände noch immer hinter dem Kopf verschränkt und starrte zur Decke. Oma Wegelin lief unruhig auf und ab. Sie blickte kurz zu ihrem Mephisto nieder, dann ging sie ans Fenster, wo sie nach dem Wachtmeister Ausschau zu halten schien. Dann kam sie zurück zum Sessel und begann ihren Rundgang von Neuem. Samichlaus Keller und Schmutzli Gmür hielten sich abseits und waren froh, dass der Einsatz am Züriberg ihr letzter Auftritt dieses Tages war und sie hoffentlich bald Feierabend haben würden.

Dann klingelte es an der Türe.

Wachtmeister Emil Ackermann wartete nicht auf Magdalena oder sonst jemanden, sondern öffnete die Haustüre selbst. Wie ein Flaschengeist stand er plötzlich mitten im Wohnzimmer, in der rechten Hand trug er ein schwarzes Köfferchen. Er war ein kleines, drahtiges Männchen, trug einen braunen Anzug aus Samt, der fast Ton in Ton zum Dackelfell passte. Er hatte struppige, graue Haare, ein Ziegenbärtchen und hellwache Augen, die sofort die Situation vor Ort zu erfassen begannen. Seine Stirn legte sich in Falten, während er ein Mitglied der Familie nach dem andern inspizierte. Nur dem Veterinär Zbinden reichte er freundschaftlich die Hand, die beiden kannten sich ja. Sonst mochte er sich nicht mit Höflichkeiten aufhalten, sondern kam grad zur Sache.

»Guten Abend, meine Damen und Herrschaften. Ich bin Wachtmeister Emil Ackermann, Mitglied der Kriminalpolizei Zürich. Gerufen hat man mich, weil der Dackel Mephisto im Laufe des Chlausbesuchs eine Packung Schokolade entwendet und gefressen hat. Wenig später zeigte das Tier ungewöhnliche Exkretionen und ist gestorben. Veterinär Zbinden hat Ihnen ja schon mitgeteilt, dass es für Hunde in der Tat tödlich enden kann, wenn sie Schokolade fressen. Aber eine Vergiftung mit Kakao passiert bei Hunden niemals so rasch, es dauert einen halben Tag oder länger, bis ein Tier in Lebensgefahr schweben würde. Hier aber wirkte der toxische Stoff sofort, innert Minuten. Also waren in der Schokolade Fremdstoffe drin, die jemand absichtlich beigefügt hat.«

Der Wachtmeister machte eine Kunstpause wie ein Fallensteller, der in der Prärie Rebhühner fangen will und noch einmal in Ruhe nachprüft, ob alle Schlingen schön festgezurrt sind. Ja, das liebte er an seinem Beruf, dachte Ackermann in diesem Moment. Diese Gewissheit, dass jeder Übeltäter früher oder später überführt werden würde, weil man ihn in die Enge getrieben hatte und sein Kartenhaus mit einem Schlag jämmerlich in sich zusammengefallen war.

»Ich möchte jetzt gerne sehen, was vom Schokoladenpaket noch übrig geblieben ist.«

»Nichts ist übrig geblieben«, meldet sich Oma Wegelin barsch zu Wort. »Der Hund ist in die Waschküche gerannt und hat aus der Verpackung Konfetti gemacht. Von der Schokolade hat er das meiste aufgefressen. Ich habe die Krümel und die Papierfetzen zusammengewischt und dann mit der Kehrichtschaufel ins Feuer geworfen. Da ist jetzt alles verbrannt.«

Die Falten auf der Stirn von Wachtmeister Ackermann wurden tiefer. Skeptisch blickte er Anna Wegelin in die Augen wie ein Jogger, dem der Besitzer eines kläffenden Dobermanns weißmachen will, das Tierchen wolle bloß spielen.

»Von der Schokolade und der Verpackung ist nichts mehr da, stimmt das?«, fragte er in scharfem Ton. Jakob und Matteo rieben sich die Hände, langsam schien Spannung aufzukommen.

»Doch, es ist noch etwas da«, sagte Schmutzli Gmür unverhofft und trat auf den Wachtmeister zu. In der Rechten hielt er jene Tafel Schokolade, die er unversehrt neben Mephisto gefunden und für sich eingesteckt hatte.

Die Lust, von dieser Schoggi zu essen, war ihm sowieso gründlich vergangen. Andererseits war es ihm etwas peinlich, sich jetzt als Naschdieb outen zu müssen. Er stammelte etwas von »zufällig« und »unversehrt« und »vorübergehend«, dann reichte er die Tafel sichtlich erleichtert dem Polizisten weiter.

Dieser fackelte nicht lange. Er öffnete sein Köfferchen, zupfte Gummihandschuhe heraus, zog sie über, öffnete die Kartonpackung und und die Alufolie vorsichtig mit einem Skalpell. Er gab ein paar Brocken Schokolade in ein Glasgefäß und ließ aus einer Plastikflasche Lösungsmittel darauf tropfen. Bald hielt er einen Kartonstreifen in die aufgeweichte Masse. Auf dem Streifen bildeten sich Farbverläufe, die der Polizist exakt unter die Lupe nahm, bevor er den Streifen Tierarzt Zbinden zeigte, der neben ihm stand. Nach einem kurzen Wortwechsel im Flüsterton und einem letzten Blick auf den Streifen nickten sich die beiden Männer zu. Ackermann trat wieder vor die Runde und räusperte sich.

»Die Schokolade ist mit Arsen versetzt. Der Schnelltest ergab ein eindeutiges Resultat. Es handelt sich nicht um elementares Arsen, sondern um die viel toxischere Variante Arsenik. In der Tafel, die unser Schmutzli sichergestellt hat, dürfte sich hochgerechnet etwa 30 Milligramm der Substanz befinden. Das reicht alleweil, um einen Hund in die ewigen Jagdgründe zu schicken. Für einen erwachsenen Menschen bräuchte es aber noch etwas mehr. Wie viele Tafeln Schokolade waren im Paket? Wer hat das Paket gemacht?«

Die Conrads wirkten wie Kinder, die beim Bauern Kirschen verputzt hatten und alles abstritten, obschon ihre

Münder weitherum sichtbar tiefrot verschmiert waren. Alle wussten, dass sich etwas Unsägliches zugetragen hatte, doch niemand hatte den Mut, etwas zur Aufklärung beizutragen. Weil man dann in Abgründe blicken würde. Weil man alte Wunden aufreißen könnte. Enttäuschte Hoffnungen endgültig begraben müsste. So war es der Kleinste, Matteo, der Auskunft gab und sich stolz dabei fühlte, einem echten Polizisten behilflich zu sein.

»Die Geschenke macht immer die Mama. Wir können aber sagen, was wir uns wünschen. Ich möchte dieses Jahr ein Skateboard und neue Sneakers. Jakob hat sich ein iPad und auch Sneakers gewünscht. Und für Papa hat sie dunkle Schokoladen gekauft, er mag die sehr. Auf dem Päckchen war ja auch sein Name drauf.«

Während Matteo sprach, bewegte sich Ackermanns Ziegenbärtchen hin und her wie ein Schneebesen in der Hand eines Konditors. Der Wachtmeister schien so intensiv zuzuhören, dass er jedes Wort aus dem Munde des Kindes zwischen die eigenen Zähne sog und dort gründlich wiederkäute.

»Frau Conrad, wir wissen jetzt also, dass Sie die Schokolade besorgt haben. Wie viele Tafeln waren es?«

»Fünf. Es waren fünf Tafeln«, sagte Mechthild Conrad leise. Sie schluchzte noch immer und zerknüllte mit der linken Hand ein Taschentuch, mit der rechten hielt sie sich am Longdrink fest. Wie sie leicht schräg auf der äußersten Kante des Sofas saß, sodass ihre langen Beine und ihr elegantes Kleid zur Geltung kamen, hatte sie sich wieder etwas vom Glanz der Jackie Kennedy zurückgeholt, den sie zu Beginn des Chlausbesuchs verströmt hatte.

»Fünf Tafeln«, wiederholte Polizist Ackermann. »Fünfmal 30 Milligramm pro Tafel geben 150 Milligramm. Das reicht, um einen erwachsenen Mann tödlich zu vergiften. Und es wäre wohl nicht sonderlich aufgefallen, weil Herr Conrad ja nicht alle Tafeln aufsmal zu sich genommen hätte, sondern verteilt auf Tage oder Wochen. Das funktioniert bei Arsen gut. Wir sprechen von chronischer Intoxikation, einer Vergiftung auf Raten. Hätte die Dosis nicht gereicht, hätte man ja einfach noch weitere Schokoladen nachschenken können. Solche Fälle gibt es oft, sie sind in der Kriminalistik bestens dokumentiert. Wie haben Sie sich dieses Wissen angeeignet und das Arsen beschafft, Frau Conrad?«

Mechthild Kennedy glaubte, ihren Ohren nicht zu trauen.

»Ich soll das Gift besorgt haben, um meinen Jo umzubringen? Das ist ja ungeheuerlich! Nie im Leben würde ich das tun. Ich wünsche mir meinen Jo zurück, nur für mich, von ganzem Herzen. Das ist alles, was ich will, mein sehnlichster Wunsch. Niemals würde ich ihm ein Haar krümmen. Viel eher würde ich diese Tindertussis aus dem Weg schaffen, was ich ja auch schon versucht habe. Aber kaum habe ich mit viel Mühe eine davon weggeeckelt, taucht die nächste auf. Und die übernächste. Es hatte keinen Sinn, ich musste aufgeben. Seither versuche ich, mein Schicksal zu ertragen. Ich habe zwei Freunde gefunden, die mir dabei helfen. Sie heißen Mister Gin und Mrs. Tonic.«

Wachtmeister Ackermann hatte Mama Conrad während ihres Statements genau beobachtet. Die Frau war authentisch, befand der Polizist. Was sie sagte, kam ungefiltert von ihrem Herzen. Er fühlte Mitleid mit der attraktiven Mittvierzigerin, die im goldenen Käfig saß und sich offenbar damit arrangiert hatte, bis auf Weiteres keinen Ausweg aus ihrer Misere zu finden. Wie sie so dasaß, eine zierliche Person auf der Kante eines Mammutsofas, den Blick zu Boden gerichtet, die Hände mit einem Taschentuch und einem Glas beschäftigt, hätte sie eine Hauptfigur in einem Kaurismäki-Film abgeben können. Stattdessen spielte sie die Ehefrau eines untreuen Privatbankiers und die Mutter zweier ADHS-Kinder, die unter der Obhut der eigenen Mutter in einer Villa am Züriberg den ganz normalen Wahnsinn lebte.

Plötzlich hob Mechthild Conrad ihren Kopf und blickte Ackermann in die Augen. Dann sagte sie:

»Außerdem habe ich die Schokoladen nicht selbst eingekauft und verpackt. Den Einkauf hat Magdalena für mich erledigt. Und eingepackt hat die Tafeln meine Mutter, sie macht das so gern. Ich habe bloß *Für Johannes* auf das Namensschild geschrieben.«

Wie ein Wetterhahn auf der Kirchturmspitze, der augenblicklich die neue Windrichtung aufnimmt, drehte sich Polizist Ackermann Oma Wegelin zu. Sie wirkte etwas blass um die Wangen, der Tod ihres Dackels schien sie mitgenommen zu haben. Sie saß auf demselben Sessel, auf dem sie zuvor noch Mephisto in den Tod begleitet hatte. Ackermann begann sein Verhör so sanft wie möglich.

»Frau Wegelin, es ist gewiss nicht immer einfach, mit Tochter und Schwiegersohn unter einem Dach zu leben. Wie wir jetzt wissen, gab es große Spannungen zwischen den Eheleuten. Wie haben Sie sich dabei gefühlt?«

»Wie ich mich gefühlt habe? Wen interessiert das schon, wie ich mich fühle? Ich habe meiner Tochter seit Jahren gesagt, sie solle diesen Mann verlassen, er bringe ihr nur Unglück. Aber sie wollte nicht, sie ist völlig blind vor Liebe, ist ihm ganz verfallen. Und jetzt sehen wir ja, wohin das geführt hat. In den Alkoholismus. Und Depressionen hat sie auch, sie schluckt Tabletten von früh bis spät.«

»Was ich schlucke, geht niemanden etwas an«, sagte die Tochter halblaut und starrte in ihr Glas.

Dann berichtete Anna Wegelin, wie sich Mechthild und Johannes kennengelernt hatten, dass zu Beginn die Schmetterlinge getanzt hätten und der Himmel voller Geigen gehangen sei. Auch die zwei Buben seien Wunschkinder gewesen. Doch nach und nach, als Jo in der Bank Karriere gemacht habe, seien Probleme aufgetaucht. Er sei immer später nach Hause gekommen, die spärliche Freizeit habe er nicht der Familie geschenkt, sondern in den Sport investiert. Und dann sei es eben eskaliert, als Mechthild herausgefunden habe, dass er über Tinder laufend mit jungen Frauen angebandelt habe.

Jakob und Matteo hatten wieder ihre Handys in Betrieb genommen. So spannend war diese Befragung durch diesen komischen Polizisten auch wieder nicht. Es passierte ja keine Action wie bei den Serien auf Netflix. Und was hier über die Eltern berichtet wurde, wussten sie doch schon längst und fanden sie zum Gähnen. Jo Conrad aber schien allmählich wieder von den Scheintoten aufzuerstehen und verfolgte das Verhör. Ab und zu senkte er den Blick und stieß einen Seufzer aus.

Nach einer Weile hatte Wachtmeister Ackermann genug gehört und schritt zur Konfrontation:

»Frau Wegelin, Ihre Schilderungen nähren den Verdacht, dass Sie die Schokolade vergiftet haben, die als Geschenk für Ihren Schwiegersohn bestimmt gewesen war. Sie hegten starke Aversionen gegen ihn, machten ihn für das ganze Unglück Ihrer Tochter verantwortlich. Sie konnten es nicht länger ertragen, mitanzusehen, wie Ihre Tochter nichts gegen diese Misere unternahm. Sie wollte keine Trennung, keine Scheidung – alles, was sie wollte, war, bei ihrem Mann zu sein. Da haben Sie beschlossen, den Spieß umzudrehen: Würde Ihre Tochter nicht gehen, müsste halt der Schwiegersohn verschwinden, notfalls mit Gewalt. Sie dachten, Sie würden ihm das Leben schwermachen, als Sie vor drei Jahren hier eingezogen sind, obschon er dagegen gewesen war. Sie piesackten ihn, gingen ihm mit Ihrem Dackel auf die Nerven – aber Herr Conrad räumte das Feld nicht. Er war hart im Nehmen, außerdem selten zu Hause. Da bot sich der Chlausbesuch an, ihm ein besonderes Geschenk zu machen, nicht wahr? Fünf Tafeln seiner Lieblingsschokolade, angereichert mit Arsenik. Hätte er die Tafeln nach und nach über ein paar Tage oder Wochen hinweg gegessen, wäre er schleichend krank geworden und sein Tod hätte vielleicht wie ein Herzstillstand ausgesehen. Nun hat Ihnen aber Mephisto einen Strich durch die Rechnung gemacht. Das Bürschchen war neugierig, was im Sack steckte, und hat das einzig Essbare davon herausgeholt, die präparierte Schokolade. Für ihn war die Giftmenge so hoch, dass er sofort sterben musste. Und was haben Sie getan? Sofort alle Reste zusammengewischt und im Kamin verbrannt. Ist das nicht auffällig in einem Haus, in dem man sonst das Dienstmädchen nur schon ruft, um einen Lichtschalter zu drücken? Es spricht vieles gegen Sie, Frau Wegelin. Ich denke, Sie dürfen jetzt ein Geständnis ablegen.«

Anna Wegelin stöhnte und schnappte nach Luft. »Das ist ja ungeheuerlich, nichts davon ist wahr, Herr Kommissar. Es stimmt, ich mag Johannes nicht, und ich wünschte meiner Tochter einen besseren Mann. Aber dass ich mir deswegen die Finger schmutzig machen und einen Giftanschlag planen würde, das ist einfach nur lächerlich, ridicule. Dafür gibt es keinerlei Beweise.«

Als hätte er auf das Stichwort »Finger schmutzig machen« gewartet, trat Schmutzli Gmür zwei Schritte nach vorne und sagte:

»Die Tafel Schokolade, die ich gerettet habe, müssen wir einfach auf Fingerabdrücke untersuchen. Ich als Schmutzli trage nämlich immer Handschuhe, und ich habe sie heute Abend nicht ein einziges Mal abgelegt. Auch nicht im Keller, wo ich bei Mephisto die letzte Tafel Schokolade gefunden, aufgehoben und eingesteckt habe.«

Jetzt wusste Frau Wegelin nichts mehr zu sagen als ein leise gezischtes, langgezogenes »Mon Dieu«.

***

Nachdem Wachtmeister Ackermann Verstärkung aufgeboten hatte, wurde Schwiegermutter Wegelin auf den Posten geführt. Den leblosen Körper Mephistos packte

Tierarzt Zbinden in einen Plastiksack. Er würde ihn in seiner Praxis im Kühler zwischenlagern und am nächsten Tag zur Kadaverstelle bringen. Im Wohnzimmer der Conrads hatten sich die Exkremente des Dackels mit ihren aggressiven Harnstoffen tatsächlich in die unlasierten hellen Fliesen eingefressen. So sehr Magdalena auch schrubbte, die Flecken gingen nicht mehr ganz weg. Sie würden die Familie künftig an diesen bemerkenswerten Chlausabend erinnern.

Mama Conrad hatte den Chlaus und den Schmutzli zur Türe begleitet. Sie entschuldigte sich für die Umtriebe und reichte den beiden je ein Couvert mit der Bitte, die Vorkommnisse von heute Abend unter allen Umständen für sich zu behalten. Keller und Gmür nickten und verabschiedeten sich. Als sie im Autos saßen und den Motor starteten, schauten sie in die Umschläge. Darin fanden sie je eine Tausendernote. »Schweigegeld«, sagte Ruedi Keller. »Schweigegeld«, wiederholte sein Schmutzli.

Noch bis spätnachts machte Magdalena das ganze Wohnzimmer sauber. Sie entsorgte auch die Asche im Kamin, die längst erkaltet war. Dann wurde es dunkel im Haus. Mechthild Winehouse-Kennedy schlief mit einer weichen Binde auf den Augen in ihrem üppigen Schlafzimmer mit dem begehbaren Kleiderschrank ihren Rausch aus. Flach ging ihr Atem, unruhig zuckte sie gelegentlich mit den Beinen und Armen. Jakob und Matteo waren auch längst auf ihren Zimmern und im Bett, schauten aber noch heimlich Serien auf Netflix. Zwar hatten sie ihre Handys brav um zehn Uhr an die Mutter abgegeben, wie sie es jeden Abend tun mussten.

Doch hatten sich beide heimlich Tablets gekauft, mit denen sie nonstop im Netz surfen konnten.

Um Mitternacht trat Vater Jo aus der Türe, weil er kurz einmal ums Haus schlendern wollte. Dabei sah er in den beiden Kinderzimmern das grünliche Schimmern und wusste sofort Bescheid. Doch sagen würde er nichts, weshalb auch; er wollte die Buben lieber einfach machen lassen. Und sowieso wollte er in diesem Moment nur seine unbändige Freude darüber genießen, endlich die Schwiegermutter und deren Dackel losgeworden zu sein. »Das ist doch einfach nicht zu fassen«, sagte der Hausherr mit schelmischer Freude zu sich selbst.

Dann spürte er das Vibrationssignal seines Handys in der Gesäßtasche. Auf dem Display leuchtete eine neue WhatsApp-Meldung. Sie war von Jeannette, seiner neuesten Bekanntschaft. Sie wünschte sich, ihn morgen über Mittag im Hotel 25hours zu treffen. Er schmunzelte, freute sich und schickte ihr zum Einverständnis ein Emoji zurück. Es war ein Samichlaus mit Bart, stechenden Augen und rot-weißer Zipfelmütze.

Ulrich Knellwolf

Drei Könige ihrer Branche

Im Osten waren sie aufgebrochen, die drei älteren Herren, Meister ihres Fachs, die Kings der Branche. Chasp fuhr im grünen Jaguar von seinem Weingut in der Bündner Herrschaft nach Zürich, Melk im roten Lamborghini von seinem Gestüt im Thurgau und Balz im cremefarbenen Rolls aus seiner schlossähnlichen Villa mit Rundsicht über den Bodensee. Seit über einem halben Jahrhundert kannten sie einander, seit Jahrzehnten arbeiteten sie zusammen, seit Jahren jedoch beschränkten sie sich auf eins, höchstens zwei ihrer Bravourstücke pro Jahr. Letztes Jahr der Raub im Hauptsitz der Nationalbank, der erst nach zwei Tagen bemerkt wurde, vorletztes Jahr die lautlose Entfernung der Holbeinmadonna in Solothurn und so fort, eine glänzende Perlenreihe. Der Coup in den Tagen vor Weihnachten war eine liebe, alte Tradition. Keiner von ihnen hätte ihn missen mögen.

»Ich fürchte, die schweizerischen Polizeikorps wären höchst beunruhigt, wenn er ausbliebe«, sagte Melk lächelnd, als sie am Vorabend unter den Augen von Varlins Mutter Zumsteg standesgemäß in der Kronenhalle speisten. Er logierte im Grand Hotel Dolder, Chasp im Hotel Baur au Lac, Balz im Hotel Eden, ebenfalls au Lac.

»Letztes Jahr haben sie in der Kurdenszene gesucht«, kicherte Balz in sich hinein.

»Vorletztes Jahr vermuteten sie Südostasien«, fügte Chasp nicht minder vergnügt hinzu.

Die Behörden auf eine falsche Fährte zur Herkunft der Täter zu locken, war eine ihrer Spezialitäten. Dazu übten sie ausländische Akzente, verwendeten ausgesuchte Accessoirs und eigneten sich charakteristische Techniken an. ›Ethnolook‹ nannten sie es unter sich. Dieses Jahr war Russenmafia angesagt. Im Visier hatten sie eins der berühmten Juweliergeschäfte an der Zürcher Bahnhofstraße.

»Alles bereit?«, fragte Melk in der Kronenhalle und roch an einem paradiesischen alten Cognac.

»Alles bereit«, bestätigten die beiden andern. »Dann also toi, toi, toi für morgen.«

Melk, ganz der Herrenreiter in exquisiten englischen Stoffen, bestieg am Bellevue ein Taxi. Chasp, in erstklassigem bayerischem Lodengrün, schritt selbstzufrieden über die Quaibrücke, und Balz, Mailänder Herrenmode bevorzugend, sagte, er nehme bis zur übernächsten Station das Vierertram.

Es war gegen drei Uhr am folgenden Nachmittag, als der Lieferwagen der Sicherheitsfirma sich einen Weg durch die dichte Menge der vorweihnachtlich kauflustigen Fußgänger auf der Bahnhofstraße bahnte und direkt vor dem Juweliergeschäft stehen blieb. Heraus stiegen drei Männer in blauen Overalls mit aufgedrucktem Firmenlogo auf dem Rücken, mit blauen Mützen auf dem Kopf, und verfügten sich, Reparaturkoffer tragend, eilig ins Geschäft.

»Ihre Alarmanlage ist nicht in Ordnung«, sagte der erste der Männer in gebrochenem Hochdeutsch, aber in bestimmtem Ton zum Geschäftsführer und ließ sich ins Büro führen. Kaum schloss sich die Tür hinter ihnen, räumten die zwei andern wieselflink in kleine Jutesäcke zusammen, was in Schaufenstern und Vitrinen lag.

»Was tun Sie da?«, fragte eine Kundin empört. Die Verkäuferin drückte wortlos, wie sie es gelernt hatte, den Alarmknopf und hoffte auf die Polizei.

Das Ganze dauerte weniger als drei Minuten. Kein lautes Wort, kein Schuss, keinerlei Gewalt. Nur, dass der eine der Räuber mehrmals »Towarischtsch« zum andern sagte, registrierten die später vernommenen Zeugen. Dann kam der Geschäftsführer zurück, gefolgt vom ersten der drei Männer.

»Alles in Ordnung«, sagte dieser in seinem fremd klingenden Deutsch. »Muss ein Fehlalarm gewesen sein.«

Bei dem Stichwort »Fehlalarm« hasteten die drei Männer aus dem Geschäft und in den Lieferwagen. »Was soll denn das?«, fragte ahnungslos der Geschäftsführer.

»Überfall!«, kreischte eine Kundin. Die Verkäuferin drückte immer noch auf den Alarmknopf und sah aus, als würde ihr jeden Augenblick schwarz vor Augen.

»Haltet den Wagen an!«, schrie der Geschäftsführer, rannte hinaus und stellte sich vor das Auto. Doch am Steuer saß keiner, und der Wagen stand still. Als fünf Minuten später die Polizei eintraf und den Lieferwagen untersuchte, fand sie ihn leer, bis auf drei Overalls mit aufgedrucktem Firmenlogo, drei blaue Mützen, dazu eine russische Zeitung.

»Die Kerle haben die Verkleidung abgestreift und sind

auf der anderen Seite wieder hinaus. Offenbar Russen. Kann jemand brauchbare Angaben über ein Signalement machen?« Blaue Overalls mit Firmenlogo, blaue Mützen, Hochdeutsch mit Akzent, »Towarischtsch« und schwarze Schnauzbärte, lautete die einhellige Auskunft.

»Wissen Sie«, ergänzte eine Zeugin, »so wie Stalin einen hatte.«

»Ich sag's ja: Russen«, nickte der Polizist.

Derweil spazierten drei ältere Herren gemächlich durch die Bahnhofstraße, jeder mit der Tragetasche eines exklusiven Geschäfts in der Hand und darin ein paar Jutesäcklein. Der zweite der beiden Herren schien erkältet zu sein, denn er musste sich schnäuzen. Als er das Schnupftuch aus der Hosentasche zog, fiel ein dunkler Gegenstand auf die Straße. Nummer drei hinter ihm bückte sich danach und überholte den zweiten. »Vorsicht«, flüsterte er, »du hast deinen Russenschnauz verloren.«

Im Hotel St. Gotthard setzten sie sich wie zufällig an einen Tisch.

»Hat ja wieder wunderbar geklappt«, sagte Chasp. »Wenn ich's so überschlage, müssen es mindestens zwei Millionen sein.«

»Aber fünfzehn Sekunden, bis Overalls, Mützen und Schnäuze weg und die Mäntel an sind, ist zu lang. Wir müssen intensiver trainieren«, meckerte Melk.

»Wir sind nicht mehr die Jüngsten, solltest du bedenken«, erwiderte Balz.

»Was man in der Rekrutenschule gelernt hat, bleibt einem bis an sein Lebensende«, beharrte Melk.

»Gehen wir«, sagte Chasp. »Um acht Uhr Abendessen im Königstuhl. Der Tisch ist reserviert.«

Als hätten sie nichts miteinander zu tun, bummelten sie Richtung See. »Nimmt mich wunder, wie es vor dem Geschäft jetzt aussieht«, hatte Balz noch gesagt und den Juwelier gemeint. Auch der still triumphierende Spaziergang am Tatort vorbei war eine Gewohnheit, die sie nicht hätten missen mögen.

Auf der Höhe des Pestalozzi-Denkmals kam ihnen auf Motorrädern die Polizei entgegen. Melk, der zuvorderst ging, wandte sich um. Die zwei andern taten das gleiche. Auch hinter ihnen war Polizei. Da verlor Melk die Nerven. Er stiefelte, so schnell es seine alten Knochen erlaubten, über die Wiese auf das Globus-Gebäude zu, gefolgt von Chasp und Balz. Vor dem Globus standen zwei Lastwagen, und am Eingang des Warenhauses hatte sich ein halbes Dutzend Nikoläuse aufgestellt. Die nahmen von den Leuten Päcklein und Pakete und Säcke entgegen. Melk streckte, als wolle er sie möglichst schnell loswerden, einem der Nikoläuse seine Tragetasche hin, Chasp und Balz ebenso. Der Nikolaus rief: »Als Schlussbouquet noch drei Tragetaschen mit vier, sechs, sieben, acht Nikolaussäcken. Besten Dank den edlen Spendern.«

Sie durften nicht rennen, wenn sie nicht auffallen wollten. Sie hörten eine Verkäuferin sagen: »Die Polizei gibt dem Transport das Geleit.« Da blieben sie stehen und sahen sich um. Sie lasen das große Transparent, das zwischen den Lastwagen aufgespannt war. *Weihnachtshilfe für Tschernobyl* stand in großen Buchstaben darauf. Unter dem Transparent hatte sich der schönste aller Nikoläuse aufgestellt: »Liebe Spender«, brüllte er ins Mikrophon, »wir danken Ihnen, dass Sie unserem

Aufruf gefolgt sind und sich an der Weihnachtsaktion beteiligt haben. Sie haben uns über fünfhundert Päcklein und Nikolaussäcke gebracht. Wir werden dafür sorgen, dass sie an Weihnachten in den Händen der Leute von Tschernobyl sind. Wir danken Ihnen in ihrem Namen schon heute für Ihre Großzügigkeit. Und hiermit sage ich: Motoren anlassen und gute Fahrt!« Die Motoren brummten und, eskortiert von zwei Polizeimotorrädern vorne und hinten, setzten sich hupend und unter dem Applaus der Zuschauer die beiden Lastwagen in Bewegung. Melk, Chasp und Balz sahen zu, wie sie langsam in der Beatengasse verschwanden.

An diesem Abend, als drei ältere Herren im Königstuhl nach dem Dessert einen Cognac schlürften und eine Montecristo anzündeten, sagte der eine: »Ich muss zugeben, dass mich noch keine einzige unserer Weihnachtsaktionen so befriedigt hat wie die heutige. Wahrhaft meisterlich. Wir sollten uns überlegen, ob wir in Zukunft nicht jedes Mal … also, die Sache in diese Richtung, na ja, ihr wisst schon, was ich meine.«

Worauf die andern beiden nickten und glückliche Gesichter dazu machten.

Sunil Mann

Vom Himmel hoch

Vom Himmel hoch, da komm ich her …« Hohl scheppert der Gesang des Kinderchors aus den Lautsprechern über dem Eingang des Spielzeugladens und hallt durch die verlassene Einkaufsstraße. Die bunten Lichter der Schaufenster spiegeln sich in den nass glänzenden Pflastersteinen, Engel und Nikoläuse starren ins Leere, Schnee aus gezupfter Watte und gigantische Geschenkpakete überall. Die beiden Christbäume brechen unter der Last des Weihnachtsschmucks beinahe zusammen, an der Grenze zur Hysterie blinken ihre elektrischen Kerzen um die Wette.

Rita zieht noch einmal an der Zigarette und schnippt sie achtlos auf den Gehsteig, kurbelt das Fenster hoch, eine bitterkalte Nacht. Ein Hüsteln entfährt ihr, als sie das Autoradio ausschaltet, eigentlich raucht sie gar nicht. Eigentlich ist sie auch nicht der Typ für verbrecherische Aktionen, doch die Umstände lassen ihr keine Wahl. Achtundzwanzig Jahre, kein einziger Tag krank, bereit, auch gratis Überstunden zu leisten – und dann war plötzlich von »Umstrukturierung« die Rede, der Chef kündigte Sparmaßnahmen an, die gesamte Belegschaft zitterte drei Woche lang. Am Ende wurden zwei Kollegen aus der Logistik frühpensioniert, gefeuert wurde nur sie. Die Geschäftsleitung bedankte sich für die jahrelange Mitarbeit, bedauerte das Ganze außerordentlich und wünschte ihr das Beste für die weitere berufliche Laufbahn. Ein Eintritt in den Europapark Rust als Abschiedsgeschenk, dazu ein Blumenstrauß aus dem Supermarkt, das Preisschild klebte noch an der Verpackungsfolie. Am letzten Arbeitstag schüttelte der Chef ihre Hand und hielt sie viel zu lange fest, während er ein betroffenes Gesicht aufsetzte. Als wäre er untröstlich, dass er sie entlassen hatte.

Lernten sie in diesen Managementkursen, hat Rita gedacht. Empathieübungen für Leute, die nicht einmal wissen, wie man dieses Wort buchstabiert.

»Welche Laufbahn?«, knurrt Rita beim Gedanken an diesen Tag und beobachtet ein älteres Paar, das Arm in Arm durch die Fußgängerpassage schlendert und hin und wieder vor einem Schaufenster stehen bleibt, um sich die Auslagen anzusehen. Sie hat in der Seitengasse neben dem Bankgebäude parkiert, quer gegenüber des Spielzeugladens.

Mit vierundfünfzig wirst du nicht gerade mit Jobangeboten überhäuft, das hat Rita auf die harte Tour gelernt.

Auf ihre Bewerbungen erhält sie stets dieselben Antworten. Überqualifiziert sei sie, was eine fadenscheinige Formulierung für ›zu alt‹ ist.

Natürlich steht jetzt an ihrer Stelle eine Jüngere im Laden. Zwei Wochen nach Ritas Abgang eingestellt, hat ihr eine Kollegin verraten. Hübscher. Billiger, in so mancher Hinsicht. Ritas spürt die Wut hochwallen, ihre Finger krallen sich um das Lenkrad. Sie würde sich holen, was ihr zusteht. Es hat eine ganze Weile gedauert, bis ihr aufgegangen ist, dass sich Ehrlichkeit und Diensteifer nicht in jedem Fall auszahlen. Die Guten gewinnen nur in Filmen.

»Ach, Sie arbeiten gar nicht mehr da?«, hat eine Stammkundin erstaunt gefragt, als Rita sie kürzlich in einem Café angetroffen hat. »Wie lange denn schon?«

Ja, sie ist unscheinbar, man übersieht sie gern, das ist ihr bewusst. Doch das spielte heute keine Rolle. Der letzte Verkaufstag vor Weihnachten ist derjenige mit den rekordverdächtigen Einnahmen – der Spielzeugladen wird traditionellerweise von gehetzten Eltern, Patenonkeln und Omas förmlich leer geräumt. Rita weiß, wo sich der Tresor befindet, kennt die Kombination, besitzt immer noch die Schlüssel zum Laden und zum Chefbüro, die sie sich einst hat nachmachen lassen. Für Notfälle. Sie ist zur Einsicht gelangt, dass dies einer ist.

Rita öffnet die Wagentür, als ihr eine etwas korpulente Gestalt auffällt. Weite Trainingsjacke, die Kapuze hochgeschlagen, ausgeleierte graue Jogginghose. Langsam setzt sie einen Fuß vor den anderen, als wäre sie tief in Gedanken versunken. Eine Frau vermutlich. Sie überquert die Einkaufsstraße und verschwindet dann auf der anderen Seite des Bankgebäudes. Rita holt tief Luft und steigt aus. Der Gesang des Kinderchors schlägt ihr entgegen, ansonsten kommt es ihr vor, als stehe die Stadt still. Heiligabend. Es wird keine Zeugen geben.

Nie ist es hier so ruhig wie an diesem Abend. In einiger Entfernung hört Susanne die Straßenbahn mit einem hellen Klingeln vorbeifahren, danach herrscht wieder Stille. Beinahe. Ein Kinderchor ist zu vernehmen, mehr ein Echo, das durch die Straßenschluchten weht. Vom

Fußmarsch hierher und, mehr noch, vom Aufstieg über die Feuertreppe zum Dach – sie hat den Hintereingang der Bank benutzt – ist sie außer Atem. Sie stützt sich am Geländer ab, schnappt nach Luft und blickt über die Stadt. Seltsam, denkt sie, dass an Weihnachten alles so friedlich wirkt, während in den Tagen zuvor pure Hektik und Chaos herrscht. Als hätte man der Welt für einen kurzen Moment den Stecker gezogen.

Susanne kramt in ihrer Handtasche. Ein letzter Schokoriegel. Der Himmel ist klar bis auf ein paar Wolken im Westen, die im Lichterschein der Stadt sanft schimmern; vereinzelt tanzen Schneeflocken durch die Luft. Susanne beobachtet ein Flugzeug, das hoch über sie hinwegfliegt. Ihr Entschluss steht fest.

Rita schließt die Tür des Personaleingangs auf, schlüpft hinein und durchquert den Laden im Dunkeln. Es kommt ihr vor, als verfolgten sie die Puppen mit ihren unheilvoll glänzenden Augen. Die Teddybären wirken mit einem Mal bedrohlich. Sie eilt durch das Treppenhaus hoch, den Aufzug traut sie sich nicht zu nehmen. Sie will sich lieber nicht ausmalen, was geschehen würde, wenn er ausgerechnet heute steckenbliebe. Erst als sie den dritten Stock erreicht hat, knipst sie die mitgebrachte Taschenlampe an. Das Büro liegt am Ende des Ganges, rechts der Mitarbeiterraum und das Sekretariat, links die Toiletten. Der Getränkeautomat mit dem wohl wässrigsten Kaffee seit Menschengedenken steht matt leuchtend im Flur und summt leise. Ansonsten herrscht Totenstille. Sie holt den Schlüsselbund erneut aus der Handtasche und schließt das Chefbüro auf. Schaler Zigarrengeruch empfängt sie, vermischt mit einem Hauch des Parfüms, das der Chef benutzt. *Old Spice* oder so, irgendetwas, das seine Männlichkeit betont. Das ist ihm wichtig. Rita lässt den Kegel der Taschenlampe über die Einrichtung wandern. Schwere Möbel aus dunklem Holz, schwarze Lederbezüge auf den Stühlen, ein Chesterfieldsofa vor einem Rauchglastisch, tannengrüner Teppichboden. Auf dem Schreibtisch teure Kugelschreiber in mondän aussehenden Etuis, obschon er nur auf dem Laptop schreibt, im Regal dahinter wuchtige Bildbände und goldene Trophäen, vermutlich bei Golfturnieren gewonnen, vielleicht aber auch online bestellt.

Wie aus einem Einrichtungsmagazin für Männer in der Midlife-Crisis, denkt Rita.

Entschlossen durchquert sie das Büro. Der Tresor befindet sich in der Wand, versteckt hinter der lausigen Reproduktion eines Monet-Gemäldes. *San Giorgio Maggiore in der Dämmerung*. Sie ist überzeugt, dass der Chef das nicht einmal weiß. Aber ein protziger Goldrahmen, der dem Werk nicht gerecht wird, das schon, klar.

Behutsam hängt sie das Bild ab.

Der Ort, wo jeder Einbrecher als Erstes nachgucken würde, denkt Rita kopfschüttelnd. Doch der Chef wollte nicht auf sie hören. Das hat er nun davon.

Dumpf ist von der Straße her Gelächter zu hören. Rita zuckt zusammen, knipst die Taschenlampe aus und hastet zum Fenster. Versteckt hinter dem Vorhang späht sie hinaus. Eine Gruppe Jugendlicher läuft durch die leere Einkaufsstraße; sie rempeln sich gegenseitig an, grölen, rufen sich Neckereien zu. Wie tapsige Welpen kommen sie ihr vor. Rita entspannt sich.

Eine Woche vor ihrem letzten Arbeitstag kam es zu diesem Zwischenfall, ein Tag voller Wut und Enttäuschung, da wusste sie längst von ihrer Entlassung. Vielleicht hätte sie die Kleinen nicht ausschimpfen sollen, sie benahmen sich ja bloß, wie sich Kinder im Spielzeugladen nun mal verhalten: aufgeregt, laut, begeistert. Doch Rita ertrug das Geschrei an jenem Morgen nicht. Es gab diese Tage, an denen sich die gesamte Kundschaft entschlossen zu haben schien, sich kompliziert zu verhalten. Anstatt zu Hause zu bleiben und bei einem warmen Tee abzuwarten, bis sich ihre Gemütsverfassung normalisiert hatte, brachen sie allesamt auf, um Rita einen Besuch abzustatten. So kam es ihr zumindest vor. Sie waren ungeduldig und harsch, schimpften schon, ehe Rita sie überhaupt begrüßen konnte, ließen sich ewig lange beraten, um sich dann doch nicht entscheiden zu können. Verlangten nach Produkten, die weder im Sortiment zu finden waren, noch bestellt werden konnten. Ritas Nerven lagen schon vor der Mittagspause blank.

»Haben Sie Ihre Blagen eigentlich überhaupt nicht im Griff?«, fuhr sie die untersetzte Frau an, nachdem sie deren Kinder mehrmals vergebens zurechtgewiesen hatte. Eine treue Kundin, manchmal begleitete sie ihr Mann – ein linkischer, öder Typ, bei dessen Anblick Rita jeweils eine unsägliche Müdigkeit erfasste.

Wenig überraschend ließ sich die Kundin Ritas Beleidigung nicht gefallen, es kam zu einer gehässigen Keiferei, in deren Verlauf Rita der Frau vorwarf, eine lausige Mutter zu sein, worauf diese wiederum erbost schrie, ob sie, Rita, denn überhaupt Kinder habe und wisse, wovon sie spreche. Was das bedeute, Tag für Tag systematisch und auf hinterhältigste Art terrorisiert zu werden. Ein wunder Punkt, Rita sah rot und verlor für einen kurzen Moment die Beherrschung. Dabei rutschte ihr etwas raus, das sie eigentlich für sich hatte behalten wollen. Sie bereute ihre Aussage auf der Stelle und hätte sie zurückgenommen, wenn sie gekonnt hätte, doch da war es bereits zu spät. Wie erstarrt glotzte die Frau sie an und gab einen erstickten Laut von sich. Ihre Augen quollen hervor und sie wurde leichenblass, dabei schluckte sie immer wieder, als steckte ein trockenes Stück Toastbrot in ihrem Hals. Ruckartig drehte sie sich dann um und stürmte samt ihren Kindern aus dem Geschäft.

Seit einigen Minuten wandert das Licht einer Taschenlampe durch den dritten Stock des gegenüberliegenden Gebäudes. Susanne kneift die Augen zusammen, doch sie kann die Person nicht erkennen. Ein Einbrecher womöglich? Ist ihr egal. Sie hat gerade ganz andere Probleme. Was gibt es in einem Spielzeuggeschäft schon zu holen? Ein Spidermankostüm? Abfällig stößt sie die Luft aus. Unten auf der Straße lärmen Jugendliche.

Susanne hat nichts geahnt, nicht das Geringste vermutet, sie hat ihm blind vertraut. Bis es ihr diese dämliche alte Kuh von einer Spielzeugverkäuferin während eines lächerlichen Streits in aller Deutlichkeit entgegengeschrien hat. Heute Abend hat Anton die Kinder mitgenommen, damit sie seine Freundin kennenlernen. Sechzehn Jahre jünger ist sie, blondes Haar, straffer Busen, knackiger Po, die Lippen sind vermutlich nicht ganz echt, aber welcher Mann hält sich schon gern mit

Details auf? Dass die Neue aussieht wie ein permanent enttäuschter Karpfen, erkennt wohl nur Susanne.

Sie schluckt. Abgestreift wie ein vergammelnder Gartenhandschuh, so kommt sie sich vor. Anton hat es ihr mit einer Lässigkeit mitgeteilt, die sie sprachlos gemacht hat, und es hat eine Weile gedauert, bis sie das Ausmaß zur Gänze begriffen hat. Er hat sie zurückgelassen, verlassen für immer. Ausgerechnet an Weihnachten hat er die Kinder mitnehmen müssen. Als gäbe es sonst keine passenden Abende, um ihnen die Karpfenfrau vorzustellen. Wahrscheinlich freuen sie sich jetzt gerade gemeinsam über das ungeborene Geschwisterchen, die Kerzen flackern am Baum, Geschenke darunter, Weihnachtslieder werden gesungen. Womöglich hat sie sogar Fischstäbchen gebraten, die die Kleinen so gern mögen, und serviert Vanilleeis mit heißen Beeren zum Nachtisch. Susanne wehrt sich nicht gegen die Tränen.

Sie haben zusammen im Spielzeugladen Babysachen gekauft, ganz unverhohlen, *sie* und er, und geküsst haben sie sich, schamlos und in aller Öffentlichkeit. Diese garstige alte Verkäuferin hat ihr die Details lautstark um die Ohren gehauen.

Der Wind, der an ihren Haaren zerrt, ist eiskalt. Fröstelnd schlägt Susanne den Kragen ihres Mantels hoch und schiebt sich das letzte Stück des Schokoriegels in den Mund. Die Verpackung lässt sie einfach fallen. Sie sieht ihr zu, wie sie silberglänzend in die Tiefe schwebt, mit abgehackten Bewegungen um sich selber wirbelt, bis sie sanft auf den Pflastersteinen der Einkaufsstraße landet. Einer der Jugendlichen wird auf den Aluminiumfetzen aufmerksam, bleibt stehen, betrachtet ihn und hebt unerwartet den Kopf.

Sorgfältig hängt Rita das Bild zurück an seinen Platz. Die Handtasche ist bis obenhin vollgestopft mit Banknoten. Glücklicherweise bezahlt die ältere Kundschaft meist mit Bargeld, die Ausbeute ist entsprechend hoch. Hastig verlässt sie den Raum, sie muss achtgeben, damit die Scheine nicht aus der Tasche herausflattern. Mit der einen Hand drückt sie behelfsmäßig deren Öffnung zu, mit der anderen schaltet sie die Stablampe aus, dann eilt sie die nur vom Notlicht erhellte Treppe hinunter.

Als sie durch das Ladenlokal dem Eingang zustrebt, hört sie die Sirene. Ruckartig bleibt sie stehen und lauscht mit angehaltenem Atem. Das Geräusch nähert sich eindeutig und zwar mit rasender Geschwindigkeit. Sekunden später fährt der erste Polizeiwagen vor, mit quietschenden Reifen bremst er direkt vor dem Spielzeugladen ab, ein zweiter schlittert ein kurzes Stück über die nassen Pflastersteine und stellt sich quer zu ihm.

Wie zur Salzsäule erstarrt, bleibt Rita an Ort und Stelle stehen. Ihr Fluchtweg ist blockiert, sie sitzt in der Falle. Erst nach ein paar Herzschlägen, die sich in ihrer Brust anfühlen wie Donnerschläge, beginnt ihr Gehirn wieder zu arbeiten. Hat sie jemand beobachtet? Hat sie womöglich einen Alarm ausgelöst? Bemerkt hat sie nichts, es ist auch kein schriller Warnton zu hören, aber sie hat von diesen Systemen gehört, die direkt die Polizei alarmieren. Hat der Chef womöglich eine solche Anlage installieren lassen? Ohne die Belegschaft zu informieren?

Draußen ist eine weitere Sirene zu hören, ein roter

Feuerwehrwagen hält vor dem Gebäude. Männer in rotgelber Einsatzbekleidung springen aus dem Wagen, die Polizeibeamten rollen gelbe Absperrbänder aus und bellen dazu kurze Befehle in ihre Funkgeräte, einer telefoniert.

Wozu die Feuerwehr?, wundert sich Rita.

Beinahe gleichzeitig kristallisiert sich ein Plan aus dem Gedankengewirr in ihrem Kopf, und sie setzt sich unverzüglich in Bewegung. Sie versteckt die Handtasche mit dem Geld unter einem Plüschelefanten, nimmt einen Teddybären in die Hand und legt eine Banknote auf den Tresen. Zugegeben, etwas gar fadenscheinig, aber auf die Schnelle fällt ihr nichts Besseres ein. Ein Geschenk in letzter Minute, sie hätte keine andere Möglichkeit gesehen. Das würde sie gleich der Polizei mitteilen.

Ritas Puls rast, während sie mitten im Laden steht, den Teddybären wie ein Schutzschild an die Brust gepresst und das geschäftige Treiben auf der Straße verfolgt. Gleich werden sie das Gebäude stürmen, denkt sie.

Wie werden ihre ehemaligen Kolleginnen und Kollegen über sie lachen. Und erst der Chef! Aus der Traum vom Urlaub am Strand, von der neuen Küchenmaschine und diesem gewagten Kleid aus der Boutique weiter vorn.

Die Beamten formieren sich nun, die Feuerwehrmänner tragen etwas aus dem Fahrzeug, das sich beim Entfalten als Sprungtuch entpuppt.

Rita blinzelt. Das Adrenalin, das durch ihre Adern rauscht, blockiert jede neue Information, deswegen dauert es einen Moment, bis sie begreift, dass die Polizisten sich gar nicht für sie interessieren. Vielmehr konzentrieren sich ihre Tätigkeiten auf die Bank gegenüber, dem höchsten Gebäude der ganzen Stadt, immer wieder schauen sie die Fassade hoch.

Wie in Zeitlupe bewegt sich Rita auf die Ecke mit den Plüschtieren zu. Stellt den Teddy an seinen Platz zurück, langt danach unter den Plüschelefanten und zieht ihre Tasche hervor. Im Vorbeigehen schnappt sie sich die Banknote vom Tresen und hält auf den Personalausgang zu. Nur nichts anmerken lassen, sagt sie sich immer wieder, nur nichts anmerken lassen. Schon hat sie eine weitere Ausrede bereit, eine vergessene Brille im Sekretariat, doch als sie ins Freie tritt, haben sich bereits die ersten Gaffer versammelt und legen ihre Köpfe in den Nacken, Handys vor dem Gesicht. Sie fragt sich, wo die Leute plötzlich herkommen, sie scheinen aus dem Nichts aufgetaucht zu sein. Aber gut für sie. Keiner bemerkt, wie Rita aus dem Seiteneingang tritt und gemessenen Schrittes auf ihren Wagen zusteuert, der in der Seitengasse neben der Bank steht.

Blaulicht flackert über die Fassade des Spielzeugladens, spiegelt sich in den Schaufenstern, taucht die Zuschauer unten auf der Straße in seinen kalten Schein. Die in den Nacken gelegten Köpfe sehen von hier oben lächerlich klein aus, die beiden Beamtinnen versuchen mit allen Kräften, die stetig vorwärtsrückende Menge hinter die Absperrung zurückzudrängen.

Mit sechsundvierzig doch noch Youtube-Star, denkt Susanne und ein spöttisches Lachen entfährt ihr, das allerdings auf halbem Weg in ein Schluchzen umschlägt.

Nicht hier, entscheidet sich Susanne, nicht direkt in

die Menge. Rasch tritt sie einen Schritt zurück, was unten von einem vielstimmigen Chor enttäuscht kommentiert wird. Sie eilt zur Querseite des Gebäudes. Nicht mehr nachdenken, ermahnt sie sich und klettert auf die Brüstung.

Ein tiefer Atemzug, ein Stoßgebet, wozu, weiß sie selbst nicht. Dann lässt sie sich fallen.

Die CD läuft in Endlosschlaufe, der Kinderchor singt erneut »Vom Himmel hoch, da komm ich her …«

Rita geht mit gesenktem Kopf auf ihren Wagen zu und dreht sich erst um, als sie die Menge hinter sich gelassen hat. Sie blicken immer noch nach oben, jetzt allerdings zu einem seitlich gelegenen Punkt. Direkt über ihr. Jemand schreit auf, und als Rita den Kopf hochreißt, erkennt sie gerade noch den dunklen Schatten, der in rasendem Tempo auf sie zustürzt.

Andrea Fazioli

Ein Kinderspiel

Für Fabrizio Fazioli, zum Gedenken

An einem Oktoberabend, kurz vor Einbruch der Dunkelheit, lief ein Mann über ein Fußballfeld. Der Rasen war schwarz, ebenso wie die Ränge. Der Mann stieg die Stufen hoch und nahm auf einem Plastiksitz auf der Tribüne Platz. Aus einem Fenster in einigen Metern Entfernung drang ein Lichtstrahl: Der Präsident war noch im Büro.

Was für ein Chaos, dachte der Mann. Wie bin ich überhaupt in dieser Stadt gelandet? Am liebsten hätte er an die Bürotür des Präsidenten geklopft und ihn aufgefordert, endlich Klartext zu reden. Aber er wusste, dass er rhetorisch gesehen den Kürzeren ziehen würde. Mit einem tiefen Atemzug sog er die kalte Luft in sich ein und es schien ihm, als könnte er das feuchte Gras riechen. Das neue Spielsystem war recht vielversprechend. Wenn nur die Gehälter kommen würden …

Die Dunkelheit brach herein und der Mann, der sich Milovan Vukic nannte, blieb sitzen und starrte weiter vor sich hin.

Er war kein Neuling. Nach einer unbedeutenden Karriere als Fußballer, hatte er in Deutschland, in den unteren Ligen, als Trainer angefangen. Im Lauf der Jahre konnte er einige Erfolge verzeichnen und war zweimal befördert worden. Als er Lust auf einen Tapetenwechsel verspürte, hatte er einen Vertrag in der Deutschschweiz angenommen. Im Jahr darauf hatte er sich von Alfio Patocchi abwerben lassen, dem Präsidenten einer Tessiner Mannschaft in der zweiten Liga, mit guten Aufstiegschancen.

Gute Aufstiegschancen? Von wegen, die Mannschaft war auf dem Abstieg ...

Vukic wühlte in den Manteltaschen, auf der Suche nach Zigaretten. Allein im Stadion zu sitzen, half ihm ruhig zu werden. Früher oder später würde eine neue Stadt kommen, mit einem Stadion, ähnlich dem, in dem er gerade saß, so ähnlich, dass er irgendwann anfangen würde sie in der Erinnerung zu verwechseln, und ihm ein weiteres Stück seines Lebens abhandenkäme.

Vukic war melancholisch veranlagt, aber nicht depressiv. Er fand sich mit seinem provisorischen Schicksal ab und verstand es, mit seiner Sehnsucht zu leben, ja er schaffte es sogar, seine Kraft daraus zu ziehen und durch sie an Stärke zu gewinnen. Er lief durch die Ränge und nahm ein paar tiefe Züge an der Zigarette.

»Verzeihung!«

Eine Stimme ließ ihn zusammenfahren.

»Sie wissen, dass der Aufenthalt hier nicht gestattet ist, sofern nicht ... oh, ach du bist es!« Alfio Patocchi näherte sich über den Tribünenkorridor. »Was treibst du hier draußen im Kalten?«

Vukic wandte sich um und sah ihn an. »Ich habe nachgedacht ...«

Patocchi war um die sechzig, während Vukic die fünfzig noch nicht erreicht hatte. Doch Patocchi hatte sich zweifellos besser gehalten: braungebrannt, glatte Haut, keine Falten, ein einnehmendes Lächeln. Vukic hatte dagegen zwei wachsame, tiefliegende, von Runzeln eingefasste Augen.

»Ich wollte dich sprechen. Bei der letzten Sitzung hast du gesagt, dass …«

»Sitzungen, Sitzungen«, schnaubte Patocchi. »Erzähl mir nicht, dass du jetzt auch in dieses Klischee verfällst!«

Vukic setzte erneut an:

»Wenn die Gehälter nicht kommen …«

»Alles Klischee«, unterbrach ihn Patocchi. »Du weißt, warum ich dich angestellt habe, Milo? Weil du eine Vision vermitteln kannst, weil du die Kunst beherrschst, zu begeistern.«

»Ja, aber das Geld …«

»Das Geld wird kommen. Wenn wir unseren Job machen, kommt es.«

»Die Zeitungen sagen Nein.«

»Und glaubst du den Zeitungen?«

Vukic antwortete nicht.

»Na, merkst du, was dein Problem ist, Milo? Du lässt zu, dass dieses Unkraut die Gefühle überwuchert, aber Fußball ohne Gefühle ist nichts. Genauso wenig wie das Leben, die Literatur, Reisen … ja selbst die Liebe!«

Die Liebe.

Genau das hatte er gesagt: die Liebe.

Vukic murmelte ein paar Worte zum Abschied und ließ den Präsidenten allein zurück. Es war nicht das erste Mal, dass er darüber nachdachte, aber an diesem Abend hatte er eine plötzliche Eingebung: Alfio Patocchi hatte den Verstand verloren.

Auch wenn er ein Vermögen besaß, dachte Vukic, auch wenn er eine schöne Ehefrau, ein schönes Haus, ein schönes Auto und obendrein noch einen Fußballverein hatte, war bei dem Kerl doch echt was durchgebrannt. Anfangs war Vukic, wie alle, seinem Charisma erlegen, aber in der letzten Zeit schien es mit dem Präsidenten bergab zu gehen. Inzwischen machten sich sogar die Journalisten über ihn lustig.

Doch im Lauf seiner langjährigen Karriere hatte Vukic gelernt, den Journalisten nicht zu trauen. Es war ihm zuwider, eine Mannschaft mitten während der Meisterschaft im Stich zu lassen und sich wie ein Dieb aus dem Staub zu machen. Aber natürlich war er nicht bereit, umsonst zu arbeiten.

Er verließ das Stadion und überquerte zu Fuß den Parkplatz. Er hatte ganz in der Nähe, am Flussufer, eine Wohnung gemietet, doch er verbrachte wenig Zeit dort: Lieber war er mit dem Fahrrad unterwegs, kehrte in einer Bar ein und hielt sich vor allem im Stadion auf. Sein Zuhause war nur ein Ort mit einem Bett und einem Kühlschrank, oder ein Rückzugsort, an dem man seine Wunden lecken konnte.

Neben dem Mercedes des Präsidenten parkte der kleine Audi seiner Ehefrau. Vukic schaute sich um, sah sie aber nicht. Also schlug er eine neue Richtung ein und lief auf die Bar am anderen Ende des Parkplatzes zu.

Sie war dort, saß allein. Verena Patocchi war eine schöne Frau um die dreißig, mit langen schwarzen Haaren. Sie bewegte sich bedächtig und wählte auch ihre Worte bedächtig, sodass Vukic bisweilen, einem zerstreuten Musiker gleich, aus dem Rhythmus kam.

Hinter dem Tresen, der von Wimpeln konkurrierender Mannschaften, von schillernden Pokalen und halb leeren Flaschen umrahmt war, bereitete Viola ein Tablett mit Aperitif-Häppchen für vier am Fenster sitzende Gäste zu. Verena hatte hingegen in der düstersten Ecke Platz genommen.

»Wartest du auf deinen Mann?«, erkundigte sich Vukic.

Sie wandte sich um und lächelte. Bedächtig.

»Du auch?«, fragte sie.

»Nein, ich habe schon mit ihm gesprochen.«

»Und bist du über ihn verärgert?«

Vukic nickte, wobei er Platz nahm. Verena streifte mit den Fingern über eine seiner Hände.

»Nimm es ihm nicht übel, er tut es nicht aus Bosheit.«

Nein, natürlich nicht. Aber welchen Unterschied machte das? Vukic hatte jedoch keine Lust, sich über den Präsidenten zu unterhalten. Er bestellte bei Viola ein Bier und schlürfte es gemächlich, beschränkte sich auf ein paar einsilbige Worte, um das Gespräch am Laufen zu halten. Es gefiel ihm, hier in der Ecke zu sitzen, ohne reden zu müssen, derweil Verena hin und wieder etwas sagte und ihn dann ansah.

»Du magst nicht fort, stimmt's?«, fragte sie ihn irgendwann.

»Wohin fort?«

»Zu einer anderen Mannschaft, in ein anderes Land ...«

Was lag in Verenas Augen? Vukic hätte viel darum gegeben, es zu erfahren. Vielleicht Neid, weil er fortgehen konnte, vielleicht Kummer oder Bedauern. Vukics Augen hingegen drückten mehr aus, als alle Worte es vermochten.

»Ich werde noch mal mit ihm reden«, sagte Verena. »Auch Marino sollte mit ihm reden, denn alle sagen, wir müssten ein Zeichen setzen …«

Alle Gespräche landeten immer wieder an diesem Punkt. Ein kleiner Fußballverein ist wie eine große Familie, in der jeder seinen Platz hat. Der Vizepräsident, Marino Minoli, war Journalist, eingefleischter Fußballfan und Kenner der lokalen Befindlichkeiten. Patocchi stammte zwar ursprünglich aus der italienischen Schweiz, war aber jahrelang fort gewesen und galt daher als ein Fremder: geheimnisvoll und faszinierend, solange die Dinge gut liefen, nicht vertrauenswürdig, sobald sie schlecht liefen. Und Verena? Verena lächelte traurig, mit einem Blick, der von ihrem in die Stirn fallenden Haar verschleiert wurde.

»Droht uns die Pleite?«, wagte Vukic schließlich zu fragen.

»Ich weiß nicht, Milo, ich weiß es nicht …«

Vukic wollte nicht darauf herumreiten. Er wusste, dass auch Verena ein Opfer war und in die Kapriolen ihres Mannes hineingezogen wurde. Patocchi hatte alle zum Staunen bringen wollen, indem er mit Unmengen an Geld, ehrgeizigen Plänen und geschliffenen Reden aufwartete, um zu zeigen, dass Sport nicht nur Sport ist, sondern Kulturförderung, soziale Aufwertung und ein Motor für wirtschaftliche Entwicklung …

Bis der Motor ins Stottern geraten war.

»Mach dir keine Sorgen«, sagte Vukic und erhob sich. »Du wirst sehen, die Dinge kommen wieder ins Laufen. Genug Geld hat dein Mann ja eigentlich, oder?«

Verena schwieg einige Sekunden.

»Hat er doch ... oder?«, wiederholte Vukic.

»Ja, Geld ist vorhanden, vorläufig.«

Vorläufig. Die Wahrheit lag in diesen Worten. Vukic knöpfte den Mantel zu und trat ins Freie. Ein Jahr ums andere schlief die kleine Stadt, während die Generationen sich ablösten, die Wege sich änderten, Saison für Saison, mit den Sonntagen im Stadion, dem gezähmten Fluss zwischen den Uferböschungen und den kleinen, scheinbar ewig währenden Gewohnheiten. Die kleine Stadt schützte sich vor dem Sturm, träumte ihren süßen Traum auf den Plätzen, in den Cafés, den alten Häusern. Doch der Traum war heikel, ganz und gar vorläufig.

Entscheidend für den, der von außen kam, war es, zu erkennen, wann diese Vorläufigkeit ein Ende hatte.

Es war Dezember, Weihnachten stand vor der Tür. Der Himmel hing über dem See wie ein schmutziges Tuch, und das Grau schien bis in das Zimmer vorzudringen. Contini stand auf, um das Licht anzuschalten, und nahm dann wieder in dem knarzenden Korbsessel hinter dem Schreibtisch Platz. Erneut warf er einen Blick aus dem Fenster: der Himmel, der See und die Berge waren nun nur noch eine dunkle Kulisse. Er wandte seine Aufmerksamkeit Milovan Vukic zu und fragte: »Hielten Sie es nicht für angebracht, einen Anwalt einzuschalten?«

Der Trainer schüttelte den Kopf.

»Ich möchte lieber diskret bleiben ... zumindest vorläufig.«

Sie schwiegen, dann fragte Contini: »Glauben Sie, ein Privatdetektiv sei diskreter?«

»Das ist Ihr Job. Wenn Sie dazu nicht in der Lage sind ...«

Contini wurde bewusst, dass er den Eindruck erweckte, als wolle er den Auftrag nicht. In der Tat war das Herumschnüffeln in der Vereinsführung einer Fußballmannschaft nicht gerade das Optimum, aber es galt zu bedenken, dass er noch ein, zwei Aufträge brauchte, um für diesen Monat über die Runden zu kommen. In der Woche zuvor hatte sich der Chef einer Baufirma an ihn gewandt, weil er – zu Recht – den Verdacht hegte, dass einer seiner Angestellten mit der Arbeitsunfähigkeitsbescheinigung schummelte. Jetzt hingegen bat ein Angestellter ihn um Hilfe, in der Angst, Patocchi könne pleitegehen.

»Ich will keinen Gewerkschafter oder Anwalt einschalten«, erklärte Vukic, der, abgesehen von einem leichten Akzent, perfekt Italienisch sprach. »Im Fußball genügt eine Kleinigkeit, um alles zu vermasseln. Wenn die Jungs mitbekommen, dass ich kein Vertrauen mehr habe, kann ich sie nicht mehr trainieren. Aber ich mag auch nicht weitermachen, wenn wir nach der Winterpause dichtmachen müssen, verstehen Sie?«

»Verstehe. Ich werde versuchen, Ihnen zu helfen ...«

»Darf ich fragen, wie Sie vorgehen werden?«

Contini nahm ein Zittern in Vukics Gesicht wahr, wie eine Art Grimasse. Ihm gefiel dieser Kerl, die Eleganz seiner Kleider – der dunkle Regenmantel, die schmale schwarze Krawatte zu dem perfekt gebügelten weißen Hemd – und vor allem die sorgsame Eleganz, die er in jede seiner Gesten legte. Er gehörte zu jener Art von Männern, die geistreich sein und dabei ein ernstes Gesicht bewahren können.

»Es ist schwer herauszukriegen, wie viel Patocchi hat«, sagte Contini. »Er bringt das Geld in Umlauf. Er hat eine Firma für Kunststoffverpackungen und auch ein paar Restaurants, wenn ich mich richtig erinnere. Was die Umsätze betrifft, die in der Schweiz getätigt werden, habe ich meine Quellen, aber ...«

»Wo? Beim Finanzamt?«

»Lassen Sie mir mein Berufsgeheimnis. Aber sagen Sie, hat Patocchi einen Geschäftsführer, eine Sekretärin, jemanden, der verwundbar ist?«

»Nun ... natürlich hat er eine Sekretärin, und auch jemanden, der sich um die Geschäfte kümmert. Was den Fußballverein betrifft, kümmert sich Vizepräsident Marino Minoli mit um die Finanzen.«

»Ich kenne ihn. Aber war der nicht Journalist?«

»Ich glaube, er hat Wirtschaft studiert. Dann gibt's da noch Verena, die Ehefrau, und die Anwälte Patocchis. Es sind ein Haufen Leute mit im Spiel ...«

»Das ist immer so. Ich werde mich ebenfalls ins Spiel bringen müssen, wissen Sie? Ich muss mich dort umsehen, in den Büros vorbeischauen, mit der Sekretärin sprechen. Manchmal genügt ein kleines Detail, ein Umschlag, ein Wort ...«

»Werden Sie Abhörgeräte installieren?«

Diesmal war es Contini, der lächelte.

»Mal sehen«, sagte er. »Sie sind also bereit, mich als Sonderberater einzustellen?«

Milovan Vukic rannte über die harte Erde der Uferböschung. Ganz in der Nähe, hinter einer Hecke, lagen der Fluss und die Autobahn. Auf der anderen Seite befand sich ein wenig befahrenes Sträßchen, umgeben von Baumgruppen, ein paar Feldern und den ersten Häusern der Stadt. Vukic lauschte dem Rhythmus seiner Schritte und seines keuchenden Atems. Er war Raucher, aber gleichzeitig Sportler, und jedes Mal, wenn er laufen ging, büßte er für seine Zigaretten.

Er hielt an, um zu verschnaufen, in Gedanken bei dem Detektiv, der am nächsten Tag anfangen würde in seinem Umfeld, rings um die Mannschaft, zu ermitteln. Es war das erste Mal, dass er auf ein solches Mittel zurückgriff, und er hätte nie geglaubt, es ausgerechnet an einem Ort zu tun, an dem alles so harmlos wirkte. Doch allmählich begann Vukic zu begreifen, als wie gefährlich die italienische Schweiz sich erweisen konnte. Es war ein seltsames Land, stets auf der Suche nach dem Gleichgewicht zwischen dem Wunsch, in Ruhe gelassen zu werden, und der Tatsache, mitten in Europa zu liegen, eine Durchgangsstation, aber auch erstrebenswertes Ziel für die unterschiedlichsten Leute zu sein: Manager, Unternehmer, Köche, Mediziner und Journalisten, Arbeiter und von Narben gezeichnete Trainer.

Der Detektiv würde eine weitere Narbe sein.

Er stieg die Böschung hinab und schlug den Weg in Richtung Stadt ein. Bevor er sein Wohnhaus erreichte, kam er an dem Einfamilienhaus von Marino Minoli vorbei und sah ihn, wie er in einer Ecke des Gartens trockenes Laub zusammenhäufte. Neben ihm seine beiden Hunde: ein Pitbull und ein Foxterrier. Vukic hatte sich immer gefragt, wie sie miteinander auskamen, ob es nicht gefährlich war, aber Minoli behauptete, es hinge bloß von der Erziehung ab.

»Marino!«

»Oh, sieh mal einer an …«

Minoli kam näher, den Rechen in der Hand. Er war ein kräftiger Mann um die vierzig, mit freundlichem Gesicht und zwei rundlichen, speckigen Händen, die aussahen, als könnten sie kein bisschen zupacken.

»Mensch, du gehst auch im Winter joggen, was?«

»Ich mach nur in den Weihnachtsferien Pause.«

»Wie die Jungs …«, bemerkte Minoli.

Die Fußballspieler waren ein schwarzes Loch bei all den Diskussionen um die Vereinsführung und die Verwaltungskosten … alles hing von den »Jungs« ab, aber wenn es schlecht lief, wurde nie darüber geredet. Vielleicht, um sich nicht in Erinnerung zu rufen, dass es um Fußball ging, was letztlich hieß, dass ein paar junge Männer in kurzen Hosen einem Ball hinterherjagten. Doch für Vukic und Minoli bedeutete Fußball so gut wie alles: Sie vergaßen die Jungs nicht.

»Wie geht's, hattet ihr nicht eine Sitzung heute Morgen?«

Minoli wurde finster. Nach kurzem Schweigen murmelte er. »Was soll ich dir sagen? Man steigt da nicht durch …«

»Aber das Geld …«

»Geld, Geld! Es gehört schließlich nicht mir, dieses Geld, glaubst du ich wüsste was davon? Ich schau immer, dass wir über die Runden kommen, aber bezahlen muss letzten Endes Alfio.«

»Ich habe vor ein paar Wochen mit Verena darüber geredet, und sie meinte …«

»Vergiss es«, unterbrach ihn Minoli. »Sie ist die Ehefrau und keine Buchhalterin. Weißt du, um aus dieser Geschichte rauszukommen, braucht es mehr als nur Geschwätz, das kannst du mir glauben …«

»Ich mach gar kein Geschwätz.«

»Ich weiß, Milo … tut mir leid, dass ich so ungehalten bin.«

Minoli war ein anständiger Kerl, aber er hing mit drin. Alle hingen mit drin, darin bestand das Problem: der Bürgermeister der Stadt, die Ladenbesitzer, der Erzpriester, der Betreiber der Bar vor dem Stadion … selbst Viola, die Barkeeperin, die sich wie die Chefin der Mannschaft fühlte. Ganz zu schweigen von den Ultras, die samstagvormittags nach dem Markt zusammenkamen, um Spruchbänder zurechtzuschneiden und zu bemalen. Auch sie hatten eine Kurve, wie die großen Vereine, und ein Repertoire an Sprechchören, um die Jungs anzufeuern. Schade nur, dass oft mehr Jungs auf dem Spielfeld als Ultras in der Kurve waren.

»Kein Problem«, sagte Vukic und zog die Zigaretten aus einer Tasche des Trainingsanzugs. »Hast du Feuer?«

Nachdem er sich von Minoli verabschiedet hatte, lief er nach Hause. Signor Gustavo auf dem Fahrrad hob die Hand zum Gruß. Eine Frau mittleren Alters mit einem Kinderwagen lächelte ihm zu. Zu alt, um die Mutter zu sein, dachte Vukic, wahrscheinlich die Großmutter. Und er, Milovan Vukic, war nicht der Trainer, der Coach, sondern nur einer aus dem Viertel, ein Mann mittleren Alters, der an einem Nachmittag Anfang Dezember im Jogginganzug herumlief.

Anfangs hatte sich Vukic darüber gewundert, wie er aufgenommen worden war. Niemand behelligte ihn, weder im Guten noch im Schlechten: Man ließ ihn in Ruhe, und das gefiel ihm. In dieser Stadt hätte er alt werden können. Aber er wusste, dass es nicht so kommen würde: Trainer müssen immer in Bewegung bleiben, das ist die Regel. Wer sich nicht bewegt, stirbt.

Später, am Abend, schaute Vukic in der Bar am Stadion vorbei. Viola brachte ihm, ohne seine Bestellung abzuwarten, den üblichen halben Liter Gezapftes. Es war ein ruhiger Abend, auch weil draußen, trotz des klaren Himmels, ein eisiger Wind wehte, der einem die Ohren abfrieren ließ.

»Wie geht's, Herr Trainer?«

»Hm«, lautete Vukics einzige Antwort.

Viola verwies ihn darauf, dass noch drei Tage bis zum Spiel fehlten. Sie wusste, dass Vukic am Vortag immer ziemlich ungenießbar wurde und sich meist nur noch in Form von Brummen äußerte.

»Bis zum Anpfiff dauert es noch, Milo, du kannst also guter Laune sein!«

»Ja, du hast recht, verzeih mir …«

Viola lächelte ihm zu. Sie war eine kräftig gebaute, herzliche Frau um die dreißig, die der Bar durch ihre Gegenwart eine heimelige Note verlieh, mit jenem Quäntchen an Chaos, das die Orte auszeichnet, an denen Menschen zuhause sind und nicht bloß vorbeischauen. Es gab einen Mahagoni-Tresen, ein schwarzes Resopal-Regal mit weißen Sprenkeln, etwas hellere runde Holztischchen und ein paar Regalbretter, in denen sich alte und neue Zeitschriften ungeordnet aufeinanderstapelten. An den Wänden etwas Weihnachtsdeko. Alles hatte einen Bezug zur Mannschaft, und die ältesten Autogramme verblassten auf den sorgfältig gehüteten und mit Rahmen versehenen Fotos von Fußballern, die niemand mehr kannte.

Vukic blieb dort und wälzte seine Sorgen hin und her, bis Viola ihm gegen halb elf erklärte, sie würde nach Hause gehen. Die Bar schloss zwar erst um Mitternacht, aber da wenig Gäste da waren, würde sich der Betreiber, der ein Stockwerk drüber wohnte, darum kümmern.

»Ich habe eine Babysitterin für meine Kleine«, sagte Viola. »Aber noch eine Stunde kann ich mir nicht erlauben ... diese jungen Mädchen wollen bezahlt werden, weißt du?«

»Ich geh dann auch«, murmelte Vukic.

Der Parkplatz war praktisch leer. Der Wind hatte nachgelassen, aber regenschwere Wolken ballten sich zusammen. Vukic spürte die Feuchtigkeit in den Knochen, nahm den herben Geruch wahr, der über dem Asphalt hing.

»Geht der eigentlich nie schlafen?«

Viola deutete auf das Fenster des Präsidenten. Auch Vukic hob den Blick.

In diesem Augenblick fasste er schlagartig den Entschluss, zu ihm hinaufzugehen und ihm alles zu sagen. Er würde ihn vor die Wahl stellen: Entweder gibst du mir, was mir zusteht, oder ich hau ab. Ohne langes Drumherumgerede. Er fühlte sich sofort erleichtert und begriff, dass der Privatdetektiv letztlich keine gute Idee gewesen war, dass dadurch nur diese von Andeutungen, sinnlosen Pressekonferenzen und ausweichenden Blicken geprägte Atmosphäre in die Länge gezogen wurde.

»Ich schau kurz bei ihm vorbei«, sagte er zu Viola.

Die Barkeeperin wohnte ein paar hundert Meter weiter. Vukic sah, wie sie sich entfernte, und dachte, dass sie ihm fehlen würde, mit ihren Witzchen und ihrer ein wenig sarkastischen Liebe zur Mannschaft. Innerlich verabschiedete er sich auch von ihr. Das war seine Art, das Heimweh zu vertreiben: es im Voraus zu erfassen, es heraufzubeschwören, bevor es so weit war.

Ein Geräusch ließ ihn zusammenfahren wie der Widerhall eines Donners. Er hob den Blick zum Himmel, aber noch regnete es nicht. Gleich darauf ein weiterer dumpfer Knall. Besser, er beeilte sich, wenn er dem Regen zuvorkommen wollte.

Der Präsident reagierte nicht auf das Klingeln, aber die Eingangstür war nur angelehnt. Vukic war verblüfft. Er glaubte, eine Bewegung wahrzunehmen.

»Ist da jemand?« Er lief einen Schritt. »Alfio, bist du da?«

Vorsichtig stieg er die Treppen hinauf. Er dachte nicht daran, das Licht anzuschalten, zumal er nicht wusste, wo der Schalter war, doch er lief auf den Lichtschimmer zu, der unter der Bürotür hervordrang.

Er versuchte es mit Klopfen. Nichts. Zaghaft drückte er die Klinke.

»Alfio?«

Der Präsident saß am Schreibtisch. Eine Pendeluhr hinter seinem Rücken schlug mit einer Reihe metallischer Schläge die Uhrzeit, während eine aufwärtsgedrehte Schreibtischlampe die Decke anstrahlte. Instinktiv folgte Vukic dem Lichtstrahl, dann senkte er eilig den Blick und heftete ihn auf den Präsidenten, der über den Tisch gebeugt war, die eine Hand über die Tischkante gestreckt, die andere unter dem Kopf, wie um sich im Schlaf weicher zu betten.

Zwischen den Schlägen der Pendeluhr begann die Zeit sich in die Länge zu dehnen, zäher zu werden, beklemmender. Inmitten der Stille stach die bräunliche Lache auf der Schreibtischplatte hervor, und der schwarze Revolver, reglos wie ein dickes, totes Insekt. Die Lache hingegen blieb nicht still, sondern überzog nach und nach die Papiere, drang bis zur Computertastatur vor, dehnte sich aus, wie die Stille, wie die Zeit zwischen einer Sekunde und der nächsten.

Der Präsident war tot. Oder war er nur verletzt?

Vukic trat näher, beugte sich zur Seite, sah die starren, hervorquellenden Augen, die, wie es schien, von einem Augenblick auf den andern aus den Augenhöhlen rollen konnten. Er war tot, unbezweifelbar. Vukic schnellte auf. Ohne darüber nachzudenken, wich er ein paar Schritte zurück.

Als er im Flur war, warf er einen Blick durchs Fenster. Vor den Straßenlaternen ging ein feiner, fast unsichtbarer Regenschleier nieder.

In diesem Augenblick, während er auf den beinahe leeren Parkplatz schaute, schien ihm, als nähme er eine Bewegung wahr, einen flüchtigen Schatten. Was war das? Schwer zu sagen: viel zu schnell. Doch Vukic handelte impulsiv, ohne nachzudenken. Später, als der ganze Ärger begann, sollte er sich mehr als einmal nach dem Warum seiner Handlung fragen, ohne jedoch eine Antwort darauf zu finden.

Der Präsident hatte sich umgebracht.

Welche Fußballmannschaft hätte das ausgehalten, welcher menschlichen Gemeinschaft hätte es angesichts eines gewaltsamen Todes nicht das Herz gebrochen? Es fällt schwer, weiterzumachen, wenn du bei allem, was du tust, auf Abwesenheit stößt.

Contini spürte die Leere in den Worten der Barkeeperin, der Sicherheitsbeamten, der einfachen Fans. Alfio Patocchi war eine auffällige Erscheinung gewesen, mit seinen Effekthaschereien, seinen unberechenbaren Worten, seiner Art, sich stets an die gesamte Stadt, den ganzen Kanton zu richten, selbst wenn er nur auf die Fragen eines zweitklassigen Journalisten antwortete.

Und dennoch trainierte die Mannschaft weiter.

Contini lief durch den Korridor des Stadions und gelangte hinaus unter einen Himmel voller weißer Wolken. In den kommenden Stunden würden sie wahrscheinlich dicker und dunkler werden, bis gegen Abend erneut Regen einsetzen würde. Doch bis dahin tummelten sich die Spieler auf dem Feld, einige tatsächlich in kurzen Hosen.

Milovan Vukic stand etwas abseits, in der Hand ein Bündel Papiere und einen Bleistift. Er trug einen Trainingsanzug in den Vereinsfarben und unterhielt sich mit einem Mann mit schwarzem Bart und breiten Schultern, in dem Contini Eugen Kovacs, den Co-Trainer, zu erkennen glaubte.

Als Vukic den Detektiv bemerkte, kam er auf ihn zu und reichte ihm die Hand.

»Das wäre nicht nötig gewesen«, sagte er. »Wir hätten bis zum Nachmittag warten können. Aber trotzdem danke, dass Sie gekommen sind.«

Contini spürte seine Erregung, und um ihn auf andere

Gedanken zu bringen, stellte er ihm eine Frage zum Training. Vukic erklärte ihm, dass keine drei Tage mehr bis zum Spiel blieben, und dass sie in Absprache mit Marino Minoli beschlossen hätten, es zu wagen.

»Wir wollen mit allem weitermachen wie bisher, aus Respekt gegenüber dem Präsidenten.«

»Aber geht das denn?«

Vukic zuckte die Schultern. »Wir werden sehen …«

Die Spieler auf dem Feld trainierten gerade Ausdauer. Vukic kam von einem Detail zum nächsten, leierte Contini das Trainingsprogramm herunter, klammerte sich an das Aufzählen von Techniken, die er aus dem Effeff kannte.

»Gerade üben wir ein paar Minuten Ballbesitz, dann eine Viertelstunde drei gegen zwei mit großen Toren und vor dem Endspurt dann zwei gegen zwei mit Tor an Tor.«

Contini unterließ es, weitere Fragen zu stellen. Er bemerkte lediglich: »Ihr seid also beschäftigt.«

Vukic warf ihm einen Blick zu, als wollte er sich vergewissern, dass er sich nicht über ihn lustig machte. Contini sah ihn unschuldig an.

»Wenn Sie einen Augenblick mitkommen würden, kann ich Ihnen zeigen, was mir Sorgen bereitet.«

Als sie allein unter dem Plexiglasdach einer Bank am Spielfeldrand waren, setzte Vukic eine noch finsterere Miene auf und sagte: »Die offizielle Version lautet, dass der Präsident sich das Leben genommen hat.«

»Aber Sie sind nicht davon überzeugt?«

Genau das war die Frage. Vukic zögerte, und Contini sah ihn gleichsam am Rande eines Abgrundes schwanken. Etwas in ihm schien ihn dazu zu treiben, die Augen zu verschließen, und etwas anderes – vielleicht ein Schuldgefühl? – hatte ihn dazu gebracht, Contini anzurufen. Am Ende gab er sich mutig: »Ich glaube, dass er vielleicht umgebracht wurde.«

Schweigen. Schließlich sagte Contini: »Vielleicht?«

Vukic breitete die Arme aus. Contini begriff, dass es sich um eine Aufforderung handelte: Das ist dein Metier, du musst mir helfen. Aber Vukic wusste offenbar nicht, dass ein kleiner Detektiv eher mit Fällen von entlaufenen Haustieren als mit geheimnisvollen Morden zu tun hatte.

»Haben Sie irgendwelche Anhaltspunkte, um den Verdacht …«

Vukic unterbrach die Frage und hielt Contini sein Handy hin.

»Schauen Sie.«

»Was …«

»Das habe ich an besagtem Abend gemacht. Ich stand vor dem Fenster im Flur und habe ein Foto geschossen. Ich hatte den Eindruck, etwas zu sehen …«

Später, während er nach Hause fuhr, ließ Contini die verdächtigen Elemente Revue passieren. Erstens, die beiden Schüsse: Entweder, es war ein Test seitens des Selbstmörders gewesen, oder irgendjemand hatte, nachdem er Patocchi umgebracht hatte, einen weiteren Schuss abgefeuert und dem Toten zuvor die Pistole in die Hand gedrückt, um entsprechende Spuren zu hinterlassen. Zweitens waren da die offene Tür und die zur Decke gerichtete Lampe, Zeichen dafür, dass etwas in

Eile geschehen war … ein Mörder, der keine Zeit hatte, alles zurück an seinen Platz zu räumen? Drittens, das Gefühl, das Vukic am Eingang verspürt hatte, als würde sich jemand im Dunkeln verstecken. Vielleicht war der Mörder noch dort gewesen …

Schließlich gab es noch das Foto. Eine Aufnahme des verlassenen Parkplatzes und eines Mannes, der mit gebeugtem Rücken zwischen den wenigen Autos hindurchlief. Warum hatte Vukic dieses Bild aufgenommen? Dieser Mann konnte irgendjemand sein. Aber vielleicht hatte Vukic bereits wenige Sekunden, nachdem er die Leiche gefunden hatte, geahnt, es könne sich um Mord handeln. Oder es war ein Mittel, um die Spuren zu verwischen … Letztlich war auch Vukic nicht gegen jeden Verdacht gefeit.

Niemand ist das, dachte Contini, während er den Wagen parkte. Nun fing er also an, wie ein echter Detektiv zu überlegen: Verdächtige, Indizien, der Schuldige. Aber mit welchem Recht durfte er sich da eigentlich einmischen? Und vor allem: Wer würde ihn bezahlen?

Ich sehe, du bist nervös, Contini. Der graue Kater glitt unter dem Verandadach hervor und zog die Aufmerksamkeit des Mannes auf sich. Geh rein, trink ein Bier, was soll die Aufregung? Ich bin nicht nervös, ich bin nur …

Nur was?

Neugierig war nicht das richtige Wort. Es war, als sei er getroffen worden, als habe sich eine kleine Wunde geöffnet. Er spürte einen Stich, ein Brennen, das ihn daran hinderte, sich zurückzulehnen und die kleine, durch den Tod in Aufruhr versetzte Stadt zu vergessen, die Fußballer, die unter dem weißen Wolkenhimmel herumrannten, die Fans in der Bar, die den neuesten Tratsch austauschten.

Er gab dem Kater etwas Futter, nahm dann ein Bier aus dem Kühlschrank und setzte sich, ohne die schwere Winterjacke auszuziehen, unter dem Verandadach in die Kälte, um es zu trinken. Die Dunkelheit brach herein. Es war, als dränge die Finsternis zwischen den Bäumen hervor, die rings um das Haus standen, aus dem Wald, um sich dann auf die Häuser von Corvesco herabzusenken. Die Straßenlaternen erhellten den Weg hinab ins Tal.

Erneut dachte er an das Foto. Hinter dem Bild drängten sich die Fragen: Wer war dieser Mann? Ein magerer Kerl mit blonden Haaren und zweifellos verdächtiger Haltung. Was hatte er auf dem Parkplatz verloren? War es möglich, dass er Patocchi tatsächlich umgebracht hatte? Und Vukic, der instinktiv sein Handy gezückt hatte, um ein Foto zu schießen … es dann aber niemandem außer Contini gezeigt hatte. Er hatte sogar darauf beharrt, er sähe sich nicht imstande, es der Polizei auszuhändigen. Warum? Was verheimlichte der Trainer, welche Geheimnisse versuchte er zu hüten?

Tagtäglich fuhr Contini durch den Kanton Tessin in Richtung Süden bis zu seinem Büro in Paradiso, unweit von Lugano. An diesem Tag hielt er jedoch noch vor dem Monte Ceneri, um einem weiteren Training Vukics zuzuschauen. Er würde nicht den ganzen Tag bleiben können, da er am Nachmittag mit einem potentiellen Klienten verabredet war, doch er hatte den Eindruck, dass Vukic hier, wo er in seinem Element war, zugänglicher wurde.

Zwei Tage blieben noch bis zum Spiel, und die Jungs waren gerade dabei, auf Tempo zu trainieren; zu diesem Zweck hatte Vukic eine Abwehrübung bei zahlenmäßiger Unterlegenheit vorgesehen, sowie auf einer Spielfeldhälfte einige Angriffsübungen mit Konstellationen von sechs zu vier.

»Sind Sie von der Polizei?«, wandte sich einer der Spieler an Contini.

Contini schüttelte den Kopf.

»Und wer sind Sie dann?«

Der Spieler war um die zwanzig. Er hatte eine gewaltige Lockenmähne und das herzliche Lächeln all derer, die davon ausgehen, dass man ihnen wohlgesonnen ist.

»Ich heiße Contini und bin Milovan ein wenig behilflich. Und Sie?«

»Bruno Perez. Ich bin Stürmer … und habe seit drei Tagen kein Tor geschossen!«

»Schwierige Zeiten, was?«

Perez lächelte erneut. »Das kommt vor …«

Ein weiterer Spieler näherte sich.

»Vorsicht, wenn Bruno einmal anfängt zu quatschen, läuft gar nichts mehr …«

Contini erklärte den beiden, dass er Privatdetektiv sei und Vukic helfen wolle, die Gründe für Patocchis Tod zu verstehen. Die beiden Spieler machten finstere Gesichter. Der, der als Zweites gekommen war, der Ältere, legte eine Hand auf Perez' Schulter.

»Am besten lässt du mich sprechen.«

»Komm schon, Bicio!« Der Jüngere lächelte immer noch. »Mich würde interessieren, was er denkt …«

Der ältere Spieler, der Fabrizio Maggini hieß, erklärte, dass er kein Profispieler, sondern Hobby-Fußballer sei.

»Eigentlich bin ich Student … aber total über die Regelstudienzeit hinaus, und ich weiß nicht, ob ich nächstes Jahr weitermachen kann, in meinem Alter …«

Maggini war höchstens dreißig. Contini war nicht an eine Welt gewöhnt, in der Dreißigjährige als alt galten. Und sich auch so verhielten. Maggini hatte das ein wenig überlegene und lässige Gebaren eines Menschen, der das Leben kannte, und er wollte den jüngeren, offenbar recht vielversprechenden Spieler beschützen. Die Challenge League, also die zweite Liga der Schweiz, konnte ein gutes Sprungbrett für ein zukünftiges Talent sein. Es sei denn, man versackte in einer auf den Abstieg zusteuernden Mannschaft …

»Die Situation ist nicht einfach«, sagte Maggini. »Wir haben hier dauernd Journalisten, alle wollen Geld …«

»Dabei sollten wir doch eigentlich nur spielen, oder?«, warf Perez ein. »Mit diesen anderen Geschichten haben wir nichts zu tun, Hauptsache, wir gewinnen.«

»Was für andere Geschichten?«, wollte Contini wissen.

»Na, die üblichen …«, begann Perez.

»Bruno«, ermahnte ihn Maggini.

Doch Perez hörte sich gern reden: »Garantiert hat jetzt irgendjemand Angst, dass alles rauskommt …, weil sie glauben, wir hätten von nichts gewusst! Aber wie sollte man hier ein Geheimnis wahren?«

»Das ist sicher nicht einfach«, bemerkte Contini.

»Dabei ist es die übliche Geschichte, einer, der mit einer anderen ins Bett springt, einer, der, statt zu zahlen, verspricht, das Doppelte auf den Tisch zu legen …«

»Bruno!«

Vukics Stimme kam scharf wie ein Rasiermesser.

Die beiden Spieler standen instinktiv stramm. Vukic sah sie finster an. Contini verstand, in welcher Lage er sich befand. Einerseits wäre er ihn und seine Fragen gerne losgeworden, um sich ganz und gar dem Training seiner Jungs zu widmen. Andererseits konnte er nicht vergessen, was er gesehen, und vor allem, was er gespürt hatte, an jenem Abend, an dem Patocchi zu Tode gekommen war.

»Zurück an die Arbeit, ihr zwei!«

Die beiden Jungs entfernten sich im Laufschritt. Vukic und Contini standen sich gegenüber und schwiegen. Bis der Trainer schließlich fragte: »Wird es noch lange dauern?«

Contini nickte. »Wir müssen Geduld haben, auf Abwehr gehen ...«

»Hm«, Vukic zog eine Grimasse. »Und hoffen, dass wir uns kein Tor einfangen.«

»Sie sind aus Deutschland hierhergekommen?«

»Aus Zürich ..., doch zuerst war ich in Deutschland, ja, und davor in Österreich. Und geboren bin ich in Serbien. Aber so eine Mannschaft habe ich noch nie gesehen.«

»Sind es schwierige Typen?«

»Nein, nein, auf dem Spielfeld sind sie gut aufgestellt und mit Begeisterung dabei. Aber wenn es im Fußball nur darum ginge zu gewinnen, wäre das für die Jungs alles ein Kinderspiel ...«

»Und worum geht es noch?«

»Im Fußball sind die Gegner immer gleich, nur die Trikots ändern sich. Doch hier gibt es Dinge, die ich nicht begreifen kann ...«

Vukic hielt inne, um einmal tief Luft zu holen. Contini kam sich vor wie ein Entdeckungsreisender, der in einen Urwald vordringt. Vukic trug seinen Trainingsanzug, als würde er einen Smoking tragen, das melierte Haar fiel ihm mit einer an die siebziger Jahre erinnernden Tolle in die breite Stirn. Die Augen wurden immer wachsamer.

»Der Präsident hatte seine eigenen Vorstellungen, und ich hatte meine. Doch wir versuchten zusammenzuarbeiten, und auch mit Minoli und den anderen aus dem Vorstand komme ich gut klar ... aber manchmal fühl ich mich irgendwie nicht wohl.«

»Nach Patocchis Tod oder ...«

»Schon vorher. Es gab zum Beispiel Sitzungen, bei denen alle schon seit einer Weile da waren, wenn ich den Raum betrat. Es war, als wüssten alle irgendwelche Dinge, die sie gar nicht erst zu erwähnen brauchten. Ich weiß nicht, ob Sie verstehen ...«

»Ging es um Geld?«

»Das weiß ich nicht. Ich kenne diese Leute noch nicht so gut.«

»Belastet es Sie, dass Sie Ausländer, ein Fremder sind?«

»Soll das ein Witz sein?« Vukic verzog die Lippen. »Ich bin ein Fremder, solange ich denken kann, egal wo ich hinkomme. Und auch hier, wir kommen praktisch alle von auswärts. Einige von nicht so weit weg, aus Italien, andere sind Afrikaner, Südamerikaner.«

»Die beiden, die ich kennengelernt habe ...«

»Maggini stammt aus dem Tessin, aber er spielt so gut

wie nie. Perez ist Einwanderer der zweiten Generation, wie so viele.«

Sie wurden »Secundos« genannt: Spitzenspieler mit doppelter Staatsbürgerschaft, die sich entschieden, für die Schweiz zu spielen, und die eine gemischte Nationalmannschaft bildeten, mit den unterschiedlichsten Hautfarben und Abstammungen, aber mit unbezweifelbar helvetischer Seele. Was hielt sie zusammen? Manche behaupteten: das Geld. Aber es ist zu simpel, das Geheimnis der Schweizerischen Geschlossenheit auf eine Frage des Geldes zu reduzieren. Vielleicht trieb eben dieses Geheimnis Contini dazu an, in seinem klapprigen Wagen kreuz und quer durchs Land zu fahren, in der Hoffnung, dass auch er diese Leute verstehen möge, er, der mitten unter ihnen aufgewachsen war und sich bisweilen so fremd fühlte wie kein anderer.

»Geht es um Geld?«, fragte er Vukic erneut.

»Ich glaube nicht. Zuerst habe ich das auch gedacht, aber … es muss etwas anderes sein.«

Unterdessen leitete Kovacs das Training, und hielt sich von den beiden Männern fern. Die Spieler spähten ab und zu herüber, aber eher zurückhaltend. Vukic war offenbar respektiert, vielleicht sogar gefürchtet.

»Es sind gute Jungs …«, murmelte der Trainer, während er Continis Blicken folgte. »Viele von ihnen sind Berufsspieler, die wenig verdienen, das ist das Härteste an diesem Sport.«

»Man sieht, dass sie sehr jung sind.«

»Fußball lässt dich altern. Das anstrengende Training, der Gedanke an die Gelegenheiten, die du verpasst hast, der nagende Wunsch, den Durchbruch zu schaffen oder

der Versuch, dich damit abzufinden, dass es dir nicht gelingen wird … sie haben diese ganze Sache nicht verdient, das haben sie wirklich nicht verdient!«

»Diese ganze Sache …«, wiederholte Contini mit leiser Stimme.

»Diesen Mord«, sagte Vukic entschieden.

»Sie sind also inzwischen sicher?«

»Wissen Sie, woher mein Name stammt, Signor Contini? Von einem serbischen Wort mit der Bedeutung ›Wolf‹. Und das heißt, dass ich nicht lockerlassen werde, soviel kann ich Ihnen versichern. Ich habe dieses Zimmer gesehen, und ich bin sicher, jemanden auf der Treppe gehört zu haben.«

»Den Mann auf dem Foto?«

»Keine Ahnung. Als ich rausging, war niemand da und es regnete.«

»Um wie viel Uhr war das?«

»Das Foto habe ich um 22.35 Uhr aufgenommen.«

»Als Sie kamen, war Patocchi seit wenigen Minuten tot. Hat die Polizei Sie gefragt, ob Sie die Schüsse gehört haben?«

»Als ich auf dem Parkplatz war, nachdem ich mich von Viola verabschiedet hatte, habe ich es zwei Mal donnern hören. Ich dachte, es sei ein Gewitter …«

Schweigen. Bis Contini in beiläufigem Ton erklärte: »Wenn wir den Todeszeitpunkt kennen, ist es nicht schwer zu prüfen, wo die verdächtigen Personen zu dieser Zeit waren. Die Polizei wird das ebenfalls tun. Sie geht zwar davon aus, dass es Suizid ist, aber …«

»Haben Sie verdächtige Personen gesagt?«, unterbrach ihn Vukic. »Und wer soll das sein?«

»Alle«, erwiderte Contini. »Natürlich sind alle verdächtig. Die Spieler, die Vorstandsmitglieder, Patocchis Ehefrau … und auch Sie, Herr Vukic.«

Vukic presste die Lippen aufeinander. »Verstehe. Nun, tun Sie das, was Sie tun müssen. Ihre Ermittlungen, Ihre Fragen. Lassen Sie nichts unversucht. Und ich …«

Er blickte zu den Spielern hinüber, gleichsam verträumt.

»Und Sie?«, fragte Contini.

»Ich werde versuchen, das nächste Spiel zu gewinnen.«

Patocchis Ehefrau lächelte, ohne die Lippen zu öffnen.

»Ein Detektiv hat uns gerade noch gefehlt … Milo muss verrückt geworden sein!«

»Und weshalb?«

»Weil wir schon genug am Hals haben, mit den Geldfragen, den Journalisten, den Ermittlungen der Polizei. Sind Sie sicher, dass Sie sich da auch noch einmischen wollen?«

Sie saßen im düstersten Winkel der Bar am Stadion. Contini hatte es merkwürdig gefunden, dass sie sich dort mit ihm treffen wollte, aber dann hatte er begriffen, dass es ihr half, sich sicherer zu fühlen. Viola hatte eine Art Freizone um sie geschaffen. Die Journalisten spähten herüber, kamen aber nicht näher, und die Fans, selbst die, die den Präsidenten nicht gemocht hatten, schienen seine Frau zu schätzen.

»Mir wäre es lieber gewesen, mein Mann hätte sich anderen Dingen gewidmet«, sagte Verena Patocchi. »Aber er hat sich auf den Fußball versteift.«

»Sie können ihm nichts abgewinnen?«

Verena musterte ihn von unten bis oben, hinter einem Vorhang aus Haaren.

»Wollen Sie wirklich, dass ich Ihnen darauf antworte?«

Sie entsprach nicht der Vorstellung, die sich Contini von ihr gemacht hatte: Lederstiefel, Markenjeans mit Löchern, weißer Kaschmirpullover, dunkler Lidschatten und volle, sinnliche Lippen.

»Es gibt Leute, die nichts anderes im Kopf haben, wissen Sie, selbst in einem Städtchen wie diesem … Aber wer da nicht drinsteckt, kann das nicht verstehen.«

»Wer sagt Ihnen, dass ich nicht auch ein Fußballfan bin?«

»Sie haben andere Vorlieben, das sieht man sofort. Sagen Sie, glauben Sie, dass Milo gut daran tut, im 4-3-2-1-System zu spielen, um die Arbeit mit den beiden Außenstürmern sinnvoll zu nutzen?«

Schweigen.

»Spendieren Sie mir etwas zu trinken, Detektiv …« Die Andeutung eines Lächelns. »So einen Satz zu sagen, fühlt sich gut an, man kommt sich vor wie im Film …«

Contini ordnete Verena in die Kategorie der Eisberg-Frauen ein: Alles, was sie an der Oberfläche sichtbar werden ließen, verbarg tiefgreifendere Schichten … und alles, sowohl oberhalb als auch unterhalb, war eisig, trotz der bezaubernden Wirkung.

»Wo waren Sie an jenem Abend?«

»Großartig. Sie fragen mich nach einem Alibi.«

Contini wartete.

»Ich war daheim, während mein Mann … glauben Sie wirklich, man hat ihn umgebracht?«

Die Frage war ihr plötzlich herausgerutscht, als habe

sie es nicht geschafft, sie zurückzuhalten, und Contini war erstaunt: Sie wirkte aufrichtig.

»Darf ich Ihnen eine indiskrete Frage stellen?«

Verena lächelte. »Ich vermute, ich habe keine Wahl ...«

»Ich bin kein Polizist. Sie sind nicht verpflichtet ...«

»Ach, lassen Sie das! Nur zu.«

»Haben Sie Ihren Ehemann geliebt?«

Von außerhalb der Schutzzone drang das Geräusch von Gläsern herüber, Violas Stimme, die jemanden bat, Platz zu nehmen, ein Gast, der nach einer Zeitung fragte. Innen hingegen bohrte Contini noch ein Stück tiefer: »Er war deutlich älter als Sie ...«

»Wollen Sie wissen, ob ich ihn wegen des Geldes geheiratet habe?«

Contini sagte nichts. Und Signora Patocchi überraschte ihn aus Neue: »Das frage ich mich selbst manchmal.« Sie legte eine Pause ein. »Und es könnte sein. Geld hat einen gewissen Stellenwert. Allerdings gefiel er mir nicht schlecht am Anfang, denn er strahlte Begeisterung aus.«

»Und dann?«

»Worte allein reichen nicht immer.«

Schweigen folgte. Dann gestattete Verena sich ein weiteres Lächeln: »Ich habe ihn nicht umgebracht, Herr Detektiv ... Und die Polizei spricht, wie mir scheint, von Suizid. Wieso gibt sich Milo, dieser alte Dickkopf, nicht damit zufrieden? Oh, ich meine, eigentlich finde ich es gut, dass Sie ermitteln, er war schließlich mein Ehemann, aber ...«

Sie ließ den Satz in der Schwebe. Contini fragte: »Was wird jetzt mit der Mannschaft geschehen?«

»Das fragen sich alle, ich inbegriffen. Ich habe keine Ahnung, wirklich nicht.« Sie schob sich die Haare aus der Stirn. »Ich denke, ich werde mit Minoli sprechen müssen.«

»Kommen Sie und Minoli gut miteinander aus?«

Ein Zögern. Oder bildete er sich das ein? Contini vertraute seinem Instinkt nicht mehr: Bei Eisbergen treibt dich der Instinkt bloß in die Irre.

»Auch er ist ein Enthusiast«, sagte sie. »Wie alle hier. Alle sind traurig, wie Sie sehen, tief betrübt über Alfio Patocchis Tod, aber innerlich sind sie, ohne es zu wollen, in Gedanken bereits beim nächsten Spiel.« Verena erhob sich, griff nach ihrer Handtasche. »Denn übermorgen wird gespielt, und das ist es, was zählt.«

»Ich verstehe das ja, ich sag nicht, dass ich das nicht verstehe!«, rief Frangio, während er die leeren Bierkrüge vor sich aufreihte. »Auch Sie haben mit der Signora gesprochen, Sie haben gesehen, was sie für eine ist ... Aber ich weiß nicht, an dem Punkt hätte ich einen Rückzieher gemacht. Zum Wohle der Mannschaft, verstehen Sie?«

Das Wohl der Mannschaft. Contini nickte, mit der gebührenden Ehrerbietung.

Frangio war einer der jungen Fans, die sich an diesem Abend, dem gefrierenden Regen und der Traurigkeit zum Trotz, in die Arme Violas geflüchtet hatten.

»Nur virtuell, nicht, dass Sie auf falsche Gedanken kommen!«, beeilte sich Lucas klarzustellen. »Aber Viola ist für uns wirklich eine Institution ...«

Sie waren ein seltsames Gespann. Was hatte ein krummer Alter mit spitzem Gesicht und stolz zur Schau getragenem Vereinsschal um den Hals mit einem jungen Hünen mit Irokese und Tattoos gemeinsam? Worüber sollte sich Lucas, der geistreiche Student, der sich in die Arme Violas flüchten wollte, mit jemandem wie Raimondo, um die fünfzig, schütteres Haar, schwere Augenlider, unterhalten können? Über Fußball, natürlich. Als hätten sie darüber zu entscheiden, ob man auf Perez setzen sollte oder ob Mahmoudi im Abwehrzentrum aufzustellen sei.

Das war es, was Contini erstaunte: das Gefühl der Mitverantwortung. Die Mannschaft, das Stadion, sogar die Bar gehörten ihnen, ihnen, die Präsidenten und Trainer kommen und gehen sahen, einen nach dem anderen, und die gleichzeitig mit ihnen alt wurden, wobei jeder seine Fußballleidenschaft auf eigene Weise auslebte. Die Jüngeren bezeichneten sich selbst als »Ultras« und hatten sich zu einem Bündnis zusammengeschlossen, die Älteren gaben sich damit zufrieden, alljährlich die Dauerkarte für einen überdachten Tribünenplatz zu bezahlen.

Das Gefühl der Mitverantwortung beschränkte sich nicht nur auf die Mannschaft.

»Sie ist eine schöne Frau«, sagte Frangio. »Ich glaube, dass sie dem Verein wohlgesonnen ist. Und du wirst sehen, dass sie das fehlende Geld lockermachen wird. Wie viel wird das sein? Zweihunderttausend Franken, kaum mehr …«

»Marino Minoli glaubt …«, setzte ein anderer Typ an.

»Hör mir auf mit Marino!«, mischte sich ein junger Mann um die dreißig, mit vom Alkohol geröteten Wangen ein. »Ich finde, es ist dieser Trainer, dem wir zu viel zahlen. Außerdem ist der ziemlich eng mit Signora Verena …«

»Das ist seine Sache, oder?«

»Nicht in dieser Stadt«, sagte Frangio. »Nicht, wenn du der Trainer bist.«

Niemand widersprach ihm.

Der Regen draußen wurde stärker, der Parkplatz lag dunkel und verlassen da. Um diese Uhrzeit waren keine normalen Gäste mehr anwesend, nur noch erbitterte Fans. Contini war am Nachmittag nach Lugano runtergefahren und hatte mit einem Vater verhandelt, der sich Sorgen um die Tochter und den von ihr gepflegten schlechten Umgang machte. Und was sollte ein Detektiv dagegen ausrichten? Er solle sie beschatten, alles dokumentieren, die Namen aufschreiben, ihn, den Vater informieren. Aber was sollte das bringen, hatte Contini gefragt. Das solle er nur ihm überlassen, hatte der Vater geantwortet.

Und er hatte recht. Ein Detektiv muss ermitteln, ohne alles infrage zu stellen. Doch Contini nahm Aufträge anfangs immer nur widerwillig an, hatte dann allerdings oft Mühe, nicht übers Ziel hinauszuschießen. Auch an diesem Abend konnte er sich nicht zurückhalten: Er versuchte zu provozieren, sie aus der Reserve zu locken. Die Fans wüssten von nichts, sagten die Journalisten und die Polizei. Vielleicht war es so: Aber auch irgendein fadenscheiniges Geschwätz kann helfen, einen Zipfel Wahrheit zu erhaschen.

»Blicken wir den Dingen in die Augen«, fuhr ein rothaariger junger Kerl dazwischen. »Vielleicht hat ja der Tod des Präsidenten auch etwas Gutes!«

»Lorenzo, ich bitte dich …«, rief Raimondo, der Typ mit den schweren Augenlidern.

»Lass mich ausreden! Wenn kein Geld da ist, okay. Aber wenn Patocchi bloß keine Lust hatte zu zahlen, bin ich sicher, dass Verena sich jetzt nicht einfach zurückziehen wird.«

»Und warum?«, warf Contini ein.

»Weil sie Männer mag, deshalb!«, rief der in den Schal gemummelte Alte. Es war das erste Mal, dass er sich einmischte, und nachdem er gesprochen hatte, sah er sich herausfordernd um.

»Puh … « Raimondo schüttelte den Kopf. »Jungs, wir sollten aufpassen …«

Lucas unterbrach ihn, an Contini gewandt: »Sie sammeln Informationen, stimmt's?«

Contini nickte.

»Aber wer bezahlt Sie, wer steckt dahinter? Sind Sie Polizeiberater? Wird jemand verdächtigt? Wir müssen das wissen!«

Contini musste beinahe unwillkürlich lächeln. Polizeiberater, nichts weniger als das … dieser Junge schaute zu viele Fernsehfilme. Aber warum sollte er sich eigentlich nicht auf das Spiel einlassen? Er erhob sich bedächtig und bevor er zu sprechen begann, bedeutete er den Fans, näherzukommen. Dann sagte er mit leiser Stimme: »Das sind vertrauliche Angelegenheiten. Topsecret, versteht ihr?«

Ein Raunen ging durch die Anwesenden.

»Wir sind dabei, verschiedene Profile auszuwerten, und wenn wir wollen, dass die Hintergründe ohne großes Aufsehen erhellt werden, müssen wir, angesichts der möglicherweise gefährlichen Situation – gefährlich, versteht ihr! –, alle unsere Pflicht erfüllen. Auch zum Wohle der Mannschaft. Kann ich auf euch zählen?«

Die Fans nickten bewegt.

Contini zog genüsslich den Regenmantel über und setzte einen dunklen Hut auf, ehe er die Bar verließ, um sich in das Labyrinth der Nacht zu begeben, wobei er zum Gruß zwei Finger an die Hutkrempe legte. Nicht einmal Humphrey Bogart hätte das besser gekonnt, und sobald die Tür hinter ihm zufiel, breitete sich ein bedeutsames Schweigen unter den Fans aus. Alle schauten einander in die Augen, bis der Alte mit dem Schal sich schließlich mühsam aufrichtete und mit feierlicher Stimme verkündete: »Nun, Jungs, ich würde sagen, darauf trinken wir einen, was meint ihr?«

Er zündete sich eine Zigarette an, während er im Schutz des Dachvorsprungs wartete.

Der Regen rauschte ununterbrochen, schluckte jedes andere Geräusch. Die wenigen Autos auf der Straße fuhren langsam, mit hektischen Scheibenwischern vorbei. Contini beobachtete die Wasserfäden im Licht einer Straßenlaterne und dachte an das aufsässige Mädchen, das er in den nächsten Tagen beschatten musste.

Laut dem Vater war sie nach Mailand gezogen, aber offiziell war sie noch in Mendrisio gemeldet, in einem Haus in der Via Vela. Mit zusammengebissenen Zähnen war Contini in die sumpfigen Niederungen der sozialen Netzwerke vorgedrungen und hatte es geschafft, die Spuren des Mädchens zu rekonstruieren: Er würde ihr am Samstagabend in einer Diskothek begegnen.

Während des Wartens hatte er Zeit, sich in Gedanken Milovan Vukic zu widmen. Der Trainer hatte ihm einen Vorschuss gezahlt und Contini wollte ihm noch vor dem Spiel am Samstag einen Bericht vorlegen. Er hatte also noch einen Tag, um hausieren zu gehen und jemanden ausfindig zu machen, der dem Blonden auf der Fotografie einen Namen geben könnte.

»Was treiben Sie da vor meinem Haus?«

Violas Stimme riss ihn aus seinen Gedanken.

»Ich habe auf Sie gewartet …«

»Was wollen Sie? Hören Sie, ich lass mich nicht von ein paar Worten täuschen …«

Contini drückte die Zigarette aus und suchte nach einem Mülleimer. Viola zeigte ihm einen, dann steckte sie den Schlüssel ins Schloss. Contini trat näher.

»Haben Sie Zeit, ein paar Fragen zu beantworten?«

»Hätten Sie mir die nicht in der Bar stellen können?«

»Zu viele Fans.«

»Hm … Ich bin übrigens selbst ein Fan. Und zwar ein richtiger Fan!«

»Ja eben, das ist es, was mir Sorgen bereitet …«

Er hatte den Eindruck, als lächelte Viola, durch das Regenrauschen hindurch.

»Zwei Minuten. Aber nicht länger, ich bin müde!«

Violas Tochter Lorena war fünf Jahre alt. Zwei Wochenenden im Monat nahm der Vater sie, die übrige Zeit behalf Viola sich mit einer Babysitterin. Bevor sie sich an diesem Abend Contini widmete, verabschiedete sie sich von Sara, einer Fünfzehnjährigen, die im selben Viertel wohnte. Contini ließ sich die Gelegenheit nicht entgehen: »Darf ich dir eine Frage stellen …«

»Sara ist minderjährig«, mischte Viola sich ein.

»Ich weiß. Und ich bin kein Polizist. Ich wollte nur wissen, ob sie an Patocchis Todesabend auf dem Heimweg irgendetwas gesehen hat …«

Sara senkte den Blick. Contini fand das erstaunlich, denn eigentlich machte sie auf ihn nicht den Eindruck einer schüchternen Jugendlichen, sondern eher im Gegenteil. Sie trug enge Jeans, ein leichtes schwarzes Top und darüber eine dicke Winterjacke. Ihre Füße schlüpften in ein paar Springerstiefel, dann sagte sie: »Ich habe nichts gesehen.«

»Um wie viel Uhr bist du raus?«

»Hm, weiß nicht …«

»Gegen zwanzig vor elf«, schaltete Viola sich ein. »Und jetzt …«

»Ich bin sofort nach Hause, ich habe niemanden gesehen«, wiederholte das Mädchen.

»Sobald Sara losgeht, rufe ich ihre Mutter an«, erklärte Viola. »So weiß sie, dass sie in drei Minuten da ist.«

»Ah«, bemerkte Contini. »Deine Mutter ist also sehr besorgt …«

»Zu sehr.«

Mit diesen letzten Worten stürzte das Mädchen hinaus ins schlechte Wetter, während Viola bei den Eltern anrief. Dann bot sie Contini eine Tasse Kaffee an, die sie am Küchentisch tranken. Es war ein gemütlicher, freundlicher Raum, mit an den Kühlschrank gehängten Zeichnungen von Lorena

»Was wollen Sie noch wissen?«, fragte Viola.

»Ich gehe Ihnen auf die Nerven, stimmt's?«

»Das ist nicht Ihre Schuld.« Violas Tonfall wurde sanfter. »Sie sind nicht schlimmer, als all die Journalisten. Es ist Milo, der Sie bezahlt, oder? Das wird ihn ganz schön was kosten.«

»Sie waren mit Milo zusammen am Abend des ... des Vorfalls?«

Viola nickte. »Ja, und ich glaube, ich habe die Schüsse gehört, als ich hierher zurück bin. Es war um halb elf, das habe ich auch der Polizei gesagt. Ich weiß das deshalb so genau, weil ich auf die Uhr geschaut habe, nachdem ich mich von Milo verabschiedet hatte.«

»Auf dem Parkplatz war niemand?«

»Ich glaube nicht, nein.«

»Haben Sie auf die Autos geachtet? Haben Sie ein Nummernschild erkannt?«

»Nein. Aber wonach suchen Sie? Sind Sie sicher, dass es sich nicht um Selbstmord handelt?«

»Ich weiß es nicht.« Contini trank einen Schluck von dem schwarzen, brühheißen Kaffee. »Woher soll ich das wissen? Die Polizei stellt ihre ballistischen Berechnungen, ihre Analysen an, derweil ich ein wenig mit den Leuten aus dem Viertel rede ...«

»Dann mal viel Glück.« Viola warf ihm einen ironischen Blick zu. »Sie lassen sich da übrigens auf einen Haufen Geschwätz ein ...«

Nachdem er Violas Haus verlassen hatte und eilig auf seinen Wagen zusteuerte, fragte sich Contini, ob es immer so war – ob eine Fußballmannschaft immer für so viel Gerede sorgte, oder ob das vielmehr dem Präsidenten Patocchi geschuldet war.

Das Wasser drang in seinen Kragen, in die Schuhe. Ein Detektiv mit nassen Socken, der allein durch die verlassene Stadt läuft, dachte Contini. Jetzt schweifte sein Blick zu den erleuchteten Fenstern und über den im Regen glänzenden Asphalt. Ob wohl Philipp Marlowe und Sam Spade jemals nasse Socken hatten?

Das Auto parkte vor dem Stadion. Bevor er, völlig durchnässt, die Wagentür öffnete, schaute er sich um. Es war gleich elf. An dem Abend, an dem Patocchi gestorben war, hatte es nicht so stark geregnet: Irgendjemand musste doch einen Rollladen runtergelassen, mit dem Hund vor die Tür gegangen oder den Müll rausgebracht haben …

An der Straße standen einige alte Villen aus dem 19. Jahrhundert mit ihren von schmiedeeisernen Zäunen eingefassten Gärten, dazwischen ein paar kleinere Villen, die in den siebziger Jahren hinzugekommen waren, und zwei, drei Wohnhäuser jüngeren Datums, wie das, in dem Viola wohnte. Durch den Regen schimmerten Lichterketten, das Ladenschild einer Apotheke, phosphoreszierende Weihnachtsmänner. Im Hintergrund die dunklen Umrisse des Stadions.

Contini fuhr langsam aus der Stadt hinaus, nahm die Autobahn nach Norden. Er wollte nicht länger an Patocchi denken, zumindest nicht an diesem Abend. Vielleicht hatte er sich tatsächlich umgebracht und er, Contini, hatte ein paar hundert Fragen umsonst gestellt. Dazu konnte er stehen, das war sein Job. Er schaltete die Anlage an und die Stimme von Charles Aznavour erfüllte das Wageninnere.

Es war nicht die passende Nacht, nicht der passende Ort. Die Autobahn war ein reißender Fluss, die Dörfer in den Bergen waren wie die Schweinwerfer ferner

Leuchttürme, inmitten eines Ozeans aus Regen. Und Aznavour, mit seiner warmen Stimme, besang die Schönheit eines sonnigen Morgens. Contini kraxelte über die kurvenreiche Straße nach Corvesco hinauf. *J'aime Paris au mois de mai …* Während er das letzte Stück hinauffuhr, sah er von unten die Lichter seines Hauses. *Il me plaît à me promener, en souriant aux filles, dans les rues qui fourmillent …*

Moment mal. Wieso war Licht in seinem Haus?

Contini war noch bei Helligkeit aufgebrochen, er konnte also nicht das Licht angelassen haben. Und der graue Kater konnte es garantiert auch nicht gewesen sein …

Vorsichtig näherte er sich dem Haus, lief hinten herum. Er steckte den Schlüssel ins Schloss und zog, sobald er drin war, die Schuhe aus. Langsam schlich er über den Flur, mit dem unangenehmen Gefühl der nassen Socken und des tropfenden Regenmantels. Und mit der hundertprozentigen Gewissheit, dass Humphrey Bogart sich in so einem Fall nicht die Schuhe ausgezogen hätte.

Milovan Vukic war nicht blöd.

Die Frau war voller Verheißungen, aber nicht für ihn. Das Wohnzimmer war zu groß, die Möbel zu weiß. Er hatte das Gefühl, seine Falten würden von Minute zu Minute tiefer, die Gelenke steifer.

Und dennoch lächelte Verena. Sie umfing ihn mit einem Lächeln, das aus ihrem Mund, den Augen sprach, aus den in engen Jeans steckenden Beinen und den schmalen Füßen mit den rotlackierten Nägeln. Vukic hatte genügend Städte und genügend Frauen kennengelernt, um zu begreifen, dass Verena mit ihm flirtete, ohne es wirklich zu tun: Es war dieses Zögern, diese Kunst, immer langsamer zu reden, die Worte durch Blicke zu ergänzen und für sich sprechen zu lassen.

Aber was bleibt von einem Blick?

Nichts, noch weniger als der Widerhall eines Wortes.

»Ich weiß, dass du in Sorge bist, Milo. Ich habe meinen Mann verloren, wenn ich dich daran erinnern darf, er war mein Ehemann, wir waren seit fünf Jahren zusammen, auch wenn …«

Sie ergänzte den Satz durch Blicke, wartete auf eine Antwort. Doch Vukic spielte lieber auf Abwehr.

»Wann ist die Beerdigung?«

»Nächste Woche …« Verena machte eine Handbewegung. »Ich hätte gern mehr Zeit, um Alfio zu betrauern, und auch, um über die Zukunft nachzudenken. Aber dieser Detektiv …«

Schweigen.

»Wir sind Freunde«, begann die Frau erneut. »Das ist es, was zählt. Hast du mit Minoli gesprochen? Wir haben in den letzten Monaten viel zusammengearbeitet, Reisen, Abendessen … Wenn etwas entstanden ist, so müssen wir kämpfen …«

Erneut überließ sie es ihren Augen, den Satz zu beenden.

Vielleicht lag er vollkommen falsch. Sie war eine attraktive Frau: Vielleicht bräuchte er bloß zu versuchen, sie zu küssen. Aber er hatte das Gefühl, Verena würde sich nur allzu leicht auf den Kuss einlassen und ihn dann als Einverständnis werten. Vukic wollte dagegen wirklich herausfinden, was dem Präsidenten widerfahren war. Es ging ihm dabei nicht um Freundschaften, um die Mannschaft, das Verhältnis zu den Fans oder um die Ratschläge Marino Minolis. Ein Mensch war praktisch vor seinen Augen gestorben. Einer, den er gekannt hatte.

»Wofür müssen wir kämpfen?«, fragte er.

Einen Moment lang war Verena verblüfft. »Wie bitte?«

»Du hast gesagt, wir müssten kämpfen«, sagte Vukic. »Aber wofür?«

Sie saß auf dem weißen Sofa, die Beine angezogen wie ein kleines Mädchen. Bevor sie antwortete, schob sie eine Haarsträhne aus dem Gesicht.

»Für uns, Milo.«

Die übliche Geschichte, dachte Vukic, wir gegen sie. Das Schöne am Fußball war, dass nach dem Anpfiff des Schiedsrichters alles klar war: Wer wir sind, wer sie sind.

Aber an diesem Abend gab es keine Schiedsrichter.

Es gab keine Regeln.

»Ah, Contini …«

Da stand sie, auf der Küchenschwelle.

»Fang schon mal an, über eine gute Entschuldigung nachzudenken. Aber eine wirklich gute …«

Francesca, in Gesellschaft eines genervten grauen Katers. Schlagartig kam Contini zu Bewusstsein, dass er zum Abendessen verabredet war. Schlimmer noch: Er hatte Francesca zu sich zum Essen eingeladen.

»Francesca …«

Sie deutete auf ihr Handy. »Wieso hast du nicht geantwortet?«

»Oh!« Contini griff mit einer Hand in die Tasche, zog

das Handy hervor. »Es ist nicht geladen. Ich war zerstreut und habe nicht daran gedacht …«

»Bitte sehr.« Francesca warf ihm ein Ladegerät zu. »Du wirst ein paar Nachrichten auf der Mailbox finden. Hör sie dir an, sie werden dir nützlich sein …«

Da hast du diesmal echt was angerichtet, Detektiv. Du hast deine Dark Lady in diesem Kaff hier alleingelassen, während … Genug! Contini schob den Kater beiseite, der widerwillig den Kopf schüttelte. Dann trat er auf Francesca zu, streckte eine Hand aus, um ihre Wange zu berühren.

»Keine Tricks …« Francesca lächelte. »Zum Glück weiß ich, wo du die Schlüssel versteckst, was hätten der Kater und ich sonst machen sollen?«

»Verzeih mir. Ich war mit dieser Fußballgeschichte beschäftigt und …«

»Immer noch? Aber in den Nachrichten hieß es, dass die Polizei nun fest von Suizid ausgehe.«

»Mag sein.« Contini zuckte die Schultern. »Doch irgendwie bin ich mir nicht ganz sicher …«

Das Wohnzimmer war ein großer Raum mit weißen Wänden, an die Contini ein paar Fotografien von Füchsen gepinnt hatte. In einer Ecke hing eine Hängematte und der Boden war übersät mit Kakteentöpfen, Flaschen, Schallplatten und CDs, einem Laptop, einem alten Bakelit-Telefon, alten und neuen Zeitungen. Contini griff nach einem Korbsessel. Er bot ihn Francesca an und fragte dann: »Hast du schon zu Abend gegessen?«

»Wie bitte? Willst du mich veräppeln?«

»Ich will damit sagen, ich hab's noch nicht geschafft zu essen, und wenn …«

»Ich habe mit dem Kater zusammen den Kühlschrank inspiziert. Der gibt nicht gerade viel her.«

»Aber ich könnte was improvisieren ...«

»Ach so, ja ...«

Francesca und Contini unterhielten seit Jahren eine unstete Beziehung ... So definierte sie es, wobei sie darauf verwies, dass »unstet« ein absolut typisches Contini-Adjektiv sei. Hin und wieder, insbesondere an kalten und verregneten Winterabenden, hätte Francesca sich gewünscht, Contini würde sich bereit erklären, im Sottoceneri zu leben, vielleicht gar in Lugano, um näher an seinem Büro, und ganz allgemein, näher an der zivilisierten Welt zu sein. Aber er beharrte darauf, jeden Abend hinauf in die Berge zurückzukehren, und Francesca hatte sich damit abgefunden, bewahrte gute Miene und versuchte, der Wildwest-Atmosphäre etwas abzugewinnen.

An diesem Abend brachte Contini immerhin eine ordentliche Portion Pasta e fagioli zustande.

»Ich habe Glück: Der Sheriff kommt nach Hause, legt den Pistolengurt ab und verwandelt sich in einen perfekten ...«

»Sieh mal nach, ob du noch ein bisschen Lardo findest.«

»... Hausmann. Lardo ist keiner da. Willst du Pancetta, Cowboy?«

»Contini wollte. Er ging eine Flasche Merlot entkorken, derweil Francesca Zwiebeln, Knoblauch, Sellerie, Karotten und Tomaten andünstete. Nebenbei brachte sie ein wenig Fleischbrühe zum Kochen.

Sie aßen am Küchentisch. Als Hintergrundmusik legte Contini eine Schallplatte einer französischen Band namens Les Haricots Rouges auf, und nachdem der Hunger gestillt war, konnte Francesca nicht anders, als ein nun wieder heiteres Lächeln aufzusetzen. Letztlich hatten auch verregnete Dezemberabende ihren eigenen Charme. Ja, vor dem Espresso wurde sie sogar überraschenderweise noch zu einem Fußballspiel eingeladen.

»Das wird eine spannende Begegnung. Vukic bereitet sie sehr gründlich vor.«

»Ah … aber, gehst du da wegen der Arbeit hin oder …«

»Ich will sehen, wie das Stadion ist, die Atmosphäre, wie die Spieler sich bewegen. Wenige Tage nach dem Tod des Präsidenten schon wieder auf dem Spielfeld zu erscheinen, ist sicher nicht so einfach. Und ich will dabei sein.«

Contini legte eine Pause ein.

»Außerdem hätte ich Lust, einen Abend mit dir zu verbringen.«

Francesca lächelte: »Ah, also schön …«

»Allerdings …« Contini war gerade etwas eingefallen. »Danach muss ich weg.«

»Wie bitte?«

»Samstagabend nach dem Spiel muss ich in die Diskothek, nach Mailand.«

»In die Diskothek?«

»Ja, es gibt da ein Mädchen, das ich beschatten muss, und deshalb …«

Francesca legte ihm eine Hand auf den Mund. »Pst, sag nichts mehr.«

Sie schenkte Wein für sich und ihn nach, und sagte dann kopfschüttelnd: »Ach, Contini, Contini, ich weiß wirklich nicht, was ich mit dir anfangen soll.«

Marino Minoli stand selten vor zehn Uhr morgens auf. Er war Zeit seines Lebens Journalist gewesen und daran gewöhnt, nachts zu arbeiten. Doch während dieser hektischen Tage begannen die Verpflichtungen bereits zu früher Stunde: Polizisten, Journalisten, Fußballer, alle hatten sie ihren Teil zu sagen.

»Ein Mensch ist gestorben, hier, ein Mann, der uns allen Gutes getan hat.«

»Was hat er für Sie getan?«

»Was sagen Sie?«

»Hat er auch Ihnen Gutes getan?«

Als Chefredakteur des Sportteils hatte Minoli Anspruch auf einen eigenen kleinen Raum, vollgestopft mit Papierpacken, signierten Trikots von Fußballern oder Hockeyspielern, Stapeln an Zeitungen, Büchern, DVDs. Contini saß auf einem bequemen Ledersessel. Es herrschte ein warmes Licht, vermischt mit dem vagen Hauch von Zigarettenrauch, der von langen Abenden in der Redaktion zeugte, an denen man vor dem stets laufenden Fernseher und mit allmählich überquellendem Aschenbecher darauf wartete, dass die Verlängerung irgendeines Spiels endlich vorbei sein möge.

»Wenn Sie konkrete Fragen haben«, sagte Minoli, »sollten Sie sich besser beeilen. Ich habe noch einen Termin.«

»Zunächst wüsste ich gern«, begann Contini, »wo Sie …«

»Ich darf Sie unterbrechen.« Minoli reichte ihm ein am Computer verfasstes Blatt. »Ich vermute, Sie wollen etwas über Alfios Todesnacht erfahren. Um Milo einen Gefallen zu tun, habe ich eine Aufstellung für Sie vorbereitet, aus der hervorgeht, was wir aus dem Vorstand und auch Verena jeweils gemacht haben.«

Minoli legte eine Pause ein. Dann fragte er in fast bedauerndem Tonfall: »Sonst noch was?«

Contini überflog den Bericht. »Verena Patocchi hat kein Alibi.«

»Sie war zu Hause.«

»Und Sie …« Contini betrachtete die Aufstellung: Minoli hatte Dienst in der Redaktion und war dort von acht bis zur Sitzung um Viertel nach elf geblieben. »Sie hätten weggehen können …«

Minoli zog die Augenbrauen zusammen: »Wie bitte?«

»Um 23.15 Uhr war die Sitzung. Aber gibt es jemanden, der Sie in den Stunden zuvor gesehen hat? Oder hatten Sie sich in Ihr Büro zurückgezogen?«

»Mein Wagen stand auf dem Parkplatz, die Videokamera kann das beweisen. An dem Abend bin ich mit dem Zug zurück, ich wollte nicht fahren, der Wagen ist also bis zum nächsten Morgen dageblieben. Aber entschuldigen Sie, legen Sie es wirklich darauf an, einen von uns da reinzuziehen?«

»Ich tue das, was ich tun muss. Ich muss jede Möglichkeit in Betracht ziehen. Sagen Sie, wie war Ihr Verhältnis zu Alfio Patocchi?«

»Er war ein sehr besonderer Mensch. Er hat nicht nur das Geld rangeschafft, sondern war mit Leib und Seele dabei, und er wollte den Führungsstil ändern.«

»Und das heißt?«

»Fußball brauche Kultur, sagte er. Man müsse Gefühle und nicht nur Nummern verkaufen. Deshalb versuchte er, Events zu veranstalten, in Zusammenarbeit mit der

Gemeinde; er band die Jungs in Aktivitäten außerhalb des Fußballs ein ...«

»Und Sie?«

»Was ich?«

»Waren Sie damit einverstanden?«

»Ich bin Fußballfan, Signor Contini. Solange die Ergebnisse stimmen, bin ich mit allem einverstanden. In den letzten Jahren ist es für uns gut gelaufen und es könnte das Jahr des Aufstiegs werden.«

»Könnte? Aber mir ist zu Ohren gekommen, dass kein Geld mehr da ist.«

»Wer hat Ihnen das gesagt, ein Kollege? Hören Sie, ich bin in der richtigen Position, um Ihnen das zu sagen: Vertrauen Sie nicht den Journalisten.«

»Kann ich Ihnen vertrauen?«

»Vertrauen Sie den Beweisen, die ich Ihnen geliefert habe.«

»Kommen Sie und Vukic gut miteinander aus?«

»Er ist ein integrer Mensch. Er hat Sie ja eingestellt, oder?«

«Und Verena?«

Schweigen.

»Was, Verena?«

»Kommen Sie auch mit der Frau des Präsidenten gut aus?«

»Natürlich ... aber welche Rolle spielt das? Sie gehört nicht dem Vorstand an.«

»Sie sind verheiratet, Minoli, haben zwei Kinder, stimmt's? Kam es vor, dass sich Ihre Familie mit Alfio und Verena Patocchi traf?«

»Das geht Sie nichts an«, sagte Minoli. Die Worte waren hart, aber der Ton blieb freundlich, als täte es ihm leid, unhöflich sein zu müssen.

»Und Vukic? Hat Vukic sich mit Signora Patocchi getroffen?«

Minoli stand auf und öffnete die Tür.

»Ich habe jetzt leider zu tun. Einen schönen Tag noch, Signor Contini.«

Es hatte aufgehört zu regnen. Der Wind hatte die Wolken auseinandergetrieben, die Luft war wie verfeinert. Alle Dinge wirkten zarter: die kahlen Zweige der Pflanzen, die Turngeräte auf dem Trimm-dich-Pfad, ein Mann, der zwei Hunde an der Leine führte, das graue Wasser des Ticino … und Milovan Vukic, der mit schweren, schleppenden Schritten rannte. Nur noch ein Tag bis zum Spiel, und noch immer hatte er nicht in die richtige Stimmung gefunden.

So arbeitete er. Abgesehen von technischen Konzepten und Körpertraining hatte Vukic gelernt, dass jedes Spiel seine eigene Stimmung hat. Man muss die richtigen Worte für die Jungs, für die Presse finden, muss zum Schauspieler werden: mal heiter, mal zuversichtlich, mal wütend …

Doch in diesen Tagen war Vukic weit abgedriftet von der Realität. Patocchis Tod hatte ihn getroffen, ebenso wie die allgemein fehlende Trauer. Vukic hatte seine Frau vor etlichen Jahren verloren. Rita war Deutsche, aus Köln, und er war ein paar Tage in ihrer Stadt geblieben, ohne sie. Der Abschied war schmerzlich gewesen, er wusste, dass er nie wieder nach Köln zurückkehren würde, und jede Kreuzung, jedes Werbeplakat war wie eine versteckte Botschaft Ritas, die sich nicht mehr entschlüsseln ließ. Dieser leere Brunnen, das Eis, das in die Erinnerung dringt nach dem Verschwinden eines geliebten Menschen … Nichts dergleichen für Alfio Patocchi. Es gab die Meisterschaft, das Spiel, die Haltung, die es vor den Journalisten zu wahren galt …

Das Handyklingeln lieferte ihm einen Vorwand innezuhalten.

»Milovan hier, wer spricht da?«

»Oh …« Verenas besorgte Stimme. »Milo, alles in Ordnung?«

Vukic hatte damit gerechnet. Heute Morgen, nach der taktischen Besprechung, hatte er mit Kovacs und mit Dünner, dem Athletiktrainer, gesprochen, und beide hatten ihn gewarnt. Selbst Cavalli, der Torwarttrainer, hatte den Kopf geschüttelt und gesagt, dass man ihn rausschmeißen würde, wenn er so weitermache.

»Das hat's ja wohl noch nie gegeben, dass ein Trainer einen Detektiv anstellt«, hatte Kovacs gerufen.

»Das hat's ja wohl noch nie gegeben, dass jemand den Präsidenten umbringt«, hatte Vukic mit finsterer Miene erwidert.

Und jetzt, eine halbe Stunde später, kam Verena ihm mit der Bitte, Contini zu entlassen. Er hatte sie noch nie so hektisch sprechen hören. Die Journalisten würden sich über sie lustig machen, die Polizei nicht lockerlassen, man befürchte Unruhen vor dem Spiel …

»Du musst einschreiten, Milo! Dieser Contini hat die Fans befragt, ist hier im Viertel von Haus zu Haus gegangen, hat mit Viola und mit dem Mädchen, das bei ihr babysittet, gesprochen, sogar mit diesem Mädchen, verstehst du … was sagst du?«

»Warum hat er mit der Babysitterin gesprochen?«, wiederholte Vukic.

»Was weiß ich. Ich habe mit Vereinsmanager Amedei gesprochen, aber er meinte, dass er nichts machen könne, solange er die Grenzen nicht überschreite …«

Vukic betrachtete den Nebel jenseits des Flusses. Mit einer Hand lehnte er an einem Baum, spürte die harte, rissige Rinde. Im Hintergrund das Rauschen der Autobahn. Was habe ich getan, fragte er sich, was geht vor sich. Zum ersten Mal seit Beginn dieser Angelegenheit verspürte er weder Schmerz noch Wut, sondern schlichtweg Angst.

Ein halb gebückter Mann hinter dem Kofferraum eines Wagens. Blondes Haar, dunkle Jacke. Eine Hand vor dem Gesicht.

Contini betrachtete das Foto, das vor ihm auf dem Tisch lag, und kümmerte sich nicht um das Gemurmel, das die Bar erfüllte.

Wer hatte ein Interesse daran, Patocchi zu töten? Da er, Contini, nicht über die Mittel der Polizei, ja nicht einmal über die eines großen Ermittlungsbüros verfügte, musste er sich auf seinen Instinkt verlassen. Und der Instinkt drängte ihn dazu, in der Nähe zu suchen, im Umfeld der Mannschaft, im Vereinsvorstand. Da waren Vukic, der unbeirrbare Trainer, die schöne Ehefrau, Vizepräsident Minoli, die Spieler, die Fans …

»Na, hat der Detektiv den Fall gelöst?«

Viola brachte ihm einen Kaffee in einer großen Tasse, so wie er es am liebsten mochte. Als gute Kellnerin hatte sie sich seine Vorlieben gleich gemerkt.

»Weiß nicht.« Contini legte die Hände um die Tasse.

»Detektive lösen ihre Fälle in der Vorstellung.«

»Und in der Wirklichkeit, was macht ihr da?«

»Hm ... vielleicht den Menschen behilflich sein. Aber das stimmt nicht immer. Manchmal passiert das Gegenteil ...«

Viola trat hinter ihn, um eine Zeitung in den Ständer zu schieben. Dann beugte sie sich vor und flüsterte: »Kommen Detektive in der Wirklichkeit gut mit der Polizei aus?«

Contini blickte sie verständnislos an. Dann folgte er ihrem Blick und bemerkte am Ende des Tresens eine altbekannte Gestalt.

»Kommissar De Marchi.«

Der Kommissar trug eine schwarze Mütze auf dem kahlen Kopf und einen dicken Wollpullover. Er sah aus wie ein Fischer am Ende eines Arbeitstages: einer jener Tage, an denen nichts ins Netz geht.

»Contini, freut mich, Sie zu sehen.«

Sie schüttelten sich die Hände. Contini fragte: »Meinen Sie das ernst?«

»Ja, es freut mich. Persönlich, meine ich. Aus technischer Sicht und bei einem Schlamassel wie diesem, ist ein Privatmann, der rumläuft und tendenziöse Fragen stellt, allerdings nicht gerade das, was einen erfreut.«

»Mir scheint jedoch, Sie nehmen es mit Humor.«

»Je mehr ich mich aufrege, desto mehr amüsiert das die Kollegen. Da ist Contini, sagen sie zu mir, sprich mit ihm. Frag ihn nach diesem Foto.« De Marchi hob die Hand, um einen Espresso zu bestellen. »Es ist noch zu früh für einen Aperitif ... auch wenn ich dringend einen gebrauchen könnte. Nun, was ist mit dem Foto?«

»Vertrauliches Material.«

De Marchi stieß ein Stöhnen aus. »Nicht zu fassen … Muss ich Ihnen wirklich erklären, was Ihnen bei Unterschlagung von Beweismaterial droht, das …«

»Das hat damit nichts zu tun.«

»Was sagen Sie?«

»Das Foto hat nichts mit Patocchis Tod zu tun.«

De Marchi legte eine Pause ein. »Sind Sie sicher?«

»Ziemlich.«

»Und wieso sind Sie dann dem halben Viertel hier auf die Nerven gegangen?«

»Hören Sie«, erwiderte Contini. »Lassen Sie uns so verbleiben: Wenn etwas dabei herauskommt, rufe ich Sie an. Einverstanden?«

»Hm.«

»Sie werden die erste Person sein, bei der ich mich melde … nach meinem Klienten.«

Contini war klar, dass er sich in einer schwierigen Situation befand. De Marchi sandte ihm eine Botschaft: Achtung, wir behalten dich im Auge, mach keinen Blödsinn. Die Polizei ermittelte nicht offiziell wegen Mordes, aber auch sie hatte gemerkt, dass etwas faul war.

Und er, was sollte er tun? Vielleicht war der Mörder ein Dieb gewesen, vielleicht hatte die Geschichte nichts mit der Mannschaft zu tun.

Vielleicht …

Jeder muss seinen Job machen. Für Contini hieß das, hier zu bleiben, auf diesem Parkplatz, in dieser Bar, und der Spur seiner Intuition zu folgen. Wenn ihn das auf Abwege führen würde, halb so wild, es war nicht seine Aufgabe, den Schuldigen zu verhaften. Er musste lediglich den Gespenstern Milovan Vukics Einhalt gebieten, versuchen, ihnen Gehör schenken, sie zu befragen.

Als die Zeit des Aperitifs kam, erschienen einige Fußballspieler in der Bar. Sie wollten alles wie gewohnt laufen lassen, als wäre das Spiel am nächsten Tag nur irgendein Spiel, als ginge es um Sieg oder Niederlage, nicht um Leben und Tod.

»Erinnern Sie sich an mich?«

Bicio Maggini zog die Augenbrauen zusammen. »Ach ... Sie sind's, der Detektiv! Nun, was haben Sie herausgefunden?«

Es war Schicksal, dass ihm jeder diese Frage stellte. Contini antwortete: »Nichts.«

Maggini war überrascht. »Tut mir leid ...«

Außer Maggini und Bruno Perez waren zwei weitere Spieler um die zwanzig anwesend: ein Süditaliener und ein dunkelhäutiger Bursche mit Tessiner Akzent. Die Jungs akzeptierten die Einmischung des Detektivs, vielleicht aus Neugierde. Contini seinerseits versuchte, ihr Vertrauen zu gewinnen, indem er über Fußball sprach, über die italienische Meisterschaft und die Trainer, die sich in der Champions League gegenüberstehen würden. Das eine oder andere Spiel hatte er tatsächlich gesehen, und er wusste genug darüber, um ein Kneipengespräch am Laufen zu halten.

Zwei junge Männer kamen und baten um ein Foto mit Bruno Perez. Selbstverständlich wahrten sie dabei Zurückhaltung: In der italienischen Schweiz liegt das Recht auf Privatsphäre allen derart im Blut, dass jeder zunächst zweimal überlegt, ehe er auch nur um ein Autogramm bittet. Abgesehen davon, dass die Fußballer einer Kleinstadt nicht unbedingt Stars sind. Doch die Tatsache, das Trikot dieser Mannschaft, mit ihrer Tradition, ihrem Ansehen und den Erfolgen der Vergangenheit zu tragen, genügte, um diese Jungs zu etwas Besonderem werden zu lassen: vielleicht gar zu einem Zeichen der Beständigkeit, dem Sinnbild eines Gefühls, das sich von einer Generation auf die nächste überträgt. Im Grunde, so dachte Contini, war der Kult um eine Mannschaft auch ein Weg, um nicht an den Tod zu denken.

Beim dritten Glas Weißwein gewann diese Art der philosophischen Betrachtung allmählich die Oberhand über den Ermittlungsdrang. Doch Contini ließ sich nicht beirren, und als die Jungs aufbrachen, begleitete er sie nach draußen. So kam es, dass er irgendwann mit Perez allein war.

»Wohnen Sie hier in der Nähe?«, fragte ihn Contini.

»Lass uns duzen«, sagte der junge Mann. »Die Siezerei kommt mir so komisch vor.«

Sie liefen los, und wie durch Zufall kam das Gespräch auf Minoli, der in der Gegend wohnte, ganz in der Nähe von Perez. Contini fragte ihn, ob er die Familie Minoli kenne. Der Fußballer erwiderte, dass er die Ehefrau einmal auf einem Fest der Mannschaft gesehen habe. Contini schlussfolgerte daraus, dass Signora Minoli vermutlich kein allzu großes Interesse am Vereinsleben hatte.

»Das glaube ich auch«, rief Perez. »Anfangs ließen sich Minoli und die Frau des Präsidenten oft in der Bar blicken, vor aller Augen, und ich weiß nicht, wieso Patocchi nicht eingeschritten ist.«

Es gibt nichts Schlimmeres für ein Klatschmaul als

das mangelnde Vertrauen in seine Worte. Contini sagte: »Vielleicht ist das alles nur Gerede …«

»Von wegen«, reagierte Perez prompt. »Es scheint vielmehr, als sei der arme Präsident auch aus diesem Grund umgebracht worden. Ich weiß mit Sicherheit, dass er sie zwei Monate vor seinem Tod zusammen erwischt hat, an einem Tag, an dem sie ihn auf Reisen glaubten. Sie benutzten den Sitzungsraum im Stadion, über dem Büro, wenn Minoli von der Arbeit kam.«

»Aber arbeitet der nicht immer bis spät?«

»Genau, es muss so gegen elf, zwölf Uhr nachts gewesen sein. Ich weiß es, weil Patocchi von Nunzio Gervasi, dem Geschäftsführer, begleitet wurde, und der Präsident, als er sich zu ihm umdrehte, weiß war wie ein Laken …«

»Vielleicht war er nur müde.«

»Ach was! Gervasi hat alles gesehen. Und wenig später hat er gekündigt …, weil er vor Verlegenheit kaum noch ein und aus wusste, glaube mir. Und du kannst sicher sein, dass Minoli auch beim Geld die Finger im Spiel hatte.«

»Beim Geld, das nicht vorhanden ist.«

»Die haben wahrscheinlich Millionen von Franken verbraten, einfach so, und dann kommen die Gehälter nicht, verstehst du … aber genug jetzt, ich will nicht schlecht daherreden, das erscheint mir nicht richtig.«

»Du hast recht«, pflichtete Contini ihm bei. »Du solltest nur ans Spielen denken. Wer weiß, vielleicht schießt du ja morgen ein Tor …«

»Wollen wir's hoffen!« Perez ließ sein Lächeln aufleuchten. »Wollen wir's wirklich hoffen!«

Contini verabschiedete sich von dem jungen Mann

und kehrte endlich nach Corvesco zurück. Es war ein langer Tag gewesen. Wie stets verbargen sich die Informationen dort, wo man es am wenigsten erwartete. Man spricht von Geschwätz und denkt an eine alte Klatschbase, an eine Jungfer und eine Tasse Tee, niemand zieht dabei die Kategorie der Fußballspieler in Betracht. Wohingegen …

Später, als er am Küchentisch Brot und Salami aß, verspürte er beinahe ein schlechtes Gewissen. Hatte er nicht übertrieben? Er schenkte sich etwas Rotwein ein und entschied, dass dem nicht so war, dass er lediglich seine Arbeit getan hatte. Ein anderer hätte vielleicht Mikrophone installiert, den E-Mail-Verkehr abgefangen. Contini zog es hingegen immer noch vor, mit den Leuten zu reden, einen Aperitif zu spendieren, an Türen zu klopfen.

Er legte sich in die Hängematte im Wohnzimmer, um eine Zigarette zu rauchen. An diesem Tag hatte er brisantes Material zusammengetragen, und er war unsicher, ob er mit dem Schreiben des Berichts bis zum nächsten Tag warten sollte. Musste er zuvor nicht mit Kommissar De Marchi telefonieren?

Am Ende beschloss er, dem alten Trainer treu zu bleiben. Alt? Er war vielleicht um die fünfzig … Aber er gehörte zu jener Sorte Männern, die bereits mit vierzig alt wirken und dann bis achtzig unverändert bleiben. Er gehörte auch zu denen, die immer ans Telefon gingen, selbst abends um elf.

»Contini? Ist was passiert?«

»Nein, aber ich glaube, ich verstehe jetzt.«

Schweigen. Dann sagte Vukic mit gesenkter Stimme: »Legen Sie los.«

»Morgen werde ich den Bericht für Sie schreiben. Aber ich dachte, Sie würden sich freuen …«

»Legen Sie los«, wiederholte Vukic.

»Ich habe mich gefragt, wer der blonde Mann auf dem Foto sein könnte.«

»Der Mörder?«

»Nicht unbedingt. Aber garantiert jemand, der sich verstecken wollte. Aber vor wem? Wer hatte sich kurz zuvor auf dem Parkplatz aufgehalten?«

»Ich war da …«, murmelte Vukic mit rauer Stimme.

»Genau der Gedanke ist mir auch gekommen. Wer könnte ein Interesse haben, sich vor Ihnen zu verstecken? Ein Fußballspieler, ein Vorstandsmitglied?«

»Niemand«, unterbrach ihn der Trainer.

»Eben. Dasselbe habe ich auch gedacht. Und dann ist mir eingefallen, dass auch Viola, die Barkeeperin, mit Ihnen auf dem Parkplatz war.«

»Und wer sollte sich vor Viola verstecken?«

»Sie wissen, wie Jugendliche sind. Zwar haben Sie nie einen Babysitter gebraucht, vermute ich …«

Vukic stieß ein Schnauben aus, das für ein Nein stand.

»Ich auch nicht. Aber ich kann mir vorstellen, dass ein junges Mädchen von fünfzehn Jahren, an einem so langen Abend … und wo andererseits die Eltern sie immer im Auge behalten … von daher, Sie wissen schon …«

»Worauf wollen Sie hinaus?«

»Wenn Viola abends in der Bar arbeitet, hat sie für ihre Tochter Lorena eine Babysitterin. Meistens ist es Sara, ein Mädchen aus dem Viertel. Und während Viola bei der Arbeit ist, nutzt Sara das, um ihre große Liebe

Gregory, einen hochgewachsenen blonden Siebzehnjährigen, zu treffen …«

»Ich verstehe nicht«, stammelte Vukic. »Was hat dieser Gregory damit zu tun?«

»Gregory hat sich an besagtem Abend um ein Haar von der heimkehrenden Viola erwischen lassen, die ein wenig früher als sonst aus der Bar gekommen war. Deshalb hat er sich zwischen den Autos herumgedrückt und ist ein paar Minuten später klammheimlich verschwunden, genau in dem Moment, als Sie das Foto geschossen haben.«

»Ah, Sie wollen damit sagen …«

»Gregory war dort, zum Zeitpunkt des Mordes, und er hielt sich versteckt, aus Angst, dass Viola ihn sehen und den Eltern seiner Holden alles verraten könnte.«

»Aber dann hat er vielleicht gesehen …«

»Er hat beobachtet, wie jemand in ein Auto gestiegen ist. Von daher …«

Vukic vervollständigte den Satz: »Von daher ist auf meinem Foto möglicherweise das Auto des Mörders zu sehen … mit dem Mörder darin!«

»Das ist kein Beweis, aber garantiert ein Element, anhand dessen die Polizei ihren Ermittlungen weiter nachgehen kann. Gregory könnte Minoli identifizieren, und dessen Beziehung zu Verena ist ja mehr oder weniger allen bekannt.«

»Was sagen Sie da?«, fuhr Vukic auf. »Schon wieder diese Geschichte? Das ist Gerede, Sie werden doch nicht auch an diese Lügen glauben …«

»Minoli hat ein Alibi«, fuhr Contini unbeirrt fort. »Er war in Lugano, in der Redaktion. Und sein Wagen stand den ganzen Abend auf dem Parkplatz. Aber auf Ihrem Foto sieht man vor dem Stadion einen grauen Nissan, und man erkennt sogar den Anfang des Nummernschildes. Wissen Sie, wem der Wagen gehört? Giulia Minoli, der Frau von Marino.«

Vukic sagte nichts, aber Contini merkte, dass er den Atem anhielt.

»Er hatte mir erzählt, dass er an dem Abend mit dem Zug zurück sei, da er keine Lust gehabt habe, zu fahren. Mir war das von Anfang an komisch vorgekommen … Doch er hatte den Wagen seiner Frau in der Nähe der Redaktion geparkt und ist für eine gute Stunde verschwunden: Er wird so gegen 21.45 Uhr losgefahren sein, hat dann gegen 22.30 Uhr die Tat begangen und war zur Sitzung um 23.15 Uhr bereits wieder zurück, erschöpft, aber er war zurück. Alle glaubten ihn die ganze Zeit über im Büro. Aber wenn die Polizei sein Handy und die Überwachungskameras der Autobahn prüfen würde …«

An diesem Punkt konnte Vukic sich nicht länger zurückhalten: »Das ist unmöglich! Marino ist ein anständiger Kerl, ich kenne ihn gut …«

»Auch anständige Leute können töten. Bedenken Sie, dass Minoli Gefahr lief, alles zu verlieren: die Familie, die soziale Stellung. Und vielleicht hatte Patocchi ihn auch in finanzrechtlicher Hinsicht in der Hand: Offenbar hatte bei dem Fehlbetrag auch Minoli seine Finger mit im Spiel …«

»Es gibt keinerlei Beweise!«

»Es ist nicht unsere Aufgabe, Beweise zu suchen. Aber Ihr Handy mit dem Foto könnte Minoli in Schwierigkeiten bringen.«

»Und weiter?«

»Minoli hat einen Menschen umgebracht, und wenn er herausfindet, dass Sie etwas wissen …«

Vukic wollte das nicht glauben. Contini schaffte es, ihm das Versprechen abzuringen, Minoli nicht anzurufen und den nächsten Tag abzuwarten. Aber er war besorgt, und so beschloss er, noch am selben Abend den Bericht zu schreiben und auch Kommissar De Marchi eine kurze Zusammenfassung zu liefern.

Er setzte sich an den Computer und nach einer Stunde im Zwei-Finger-Suchsystem hatte er alles fertiggestellt. Dann fasste er den Entschluss, nach seinen Füchsen zu schauen, um Minoli, das Geschwätz, den Regionalfußball und irgendwelche verliebten Babysitter aus dem Kopf zu bekommen.

Wenn im Winter kein Schnee lag, war es schwierig, die Spuren zu entdecken. Aber Contini hatte vor ein paar Wochen den neuen Bau ausfindig gemacht, in der Nähe eines kleinen Felshügels. Wenn der Wind aus der richtigen Richtung wehte, würde er ein paar schöne Fotos schießen können. Er zog den Regenoverall über und begab sich mit einer Thermosflasche heißem Tee, einer Taschenlampe und dem Fotoapparat in die Wälder von Corvesco.

Die Kunst, Füchse zu fotografieren, besteht zu einem Gutteil in der Fähigkeit, reglos zu verharren. Oft nutzte Contini ebendiese Fähigkeit auch zur Lösung seiner Fälle. Doch diesmal, da ein Mord im Spiel war, kam er einfach nicht zur Ruhe. Zwischen die Felsen gekauert fragte er sich, ob es klug gewesen war, mit Vukic zu reden. Er war sein Klient, das war er ihm schuldig. Und dennoch …

Contini behielt den Abhang im Blick, den dunklen Flecken des Fuchsbaueingangs und die kahlen, knochigen Bäume, die in Mondlicht getaucht waren. Nach tagelangem Regen troff alles von Feuchtigkeit: die Pfade, die Erde, das Unterholz. Doch der eisige und harte Wind brachte die Trockenheit zurück. Und die Füchse? Die ließen in dieser Nacht auf sich warten …

Wenn man rennt, ist alles viel einfacher. Der Körper reagiert auf Reize, die Füße schnellen über die harte Erde, Herz, Lungen und Muskeln geben ihr Bestes, die kalte Luft dringt in die Kehle und der Geist lässt nach und nach alle düsteren Gedanken zurück. Schritt für Schritt entfernte sich Vukic von dem Spiel am Nachmittag, von seiner Zukunft in der italienischen Schweiz, von seiner Verabredung mit Minoli.

Er hatte nicht auf Contini gehört. Der Detektiv hatte zwar Informationen gesammelt, aber die Entscheidung, wie damit umzugehen war, lag nicht bei ihm.

Warum hätte Minoli jemanden töten sollen? Nicht einmal der kurze Atem und die schmerzenden Beine konnten diese Frage vertreiben. Selbst wenn Patocchi sie erwischt hatte … ein Seitensprung, verdammt, das hatte heutzutage doch nichts mehr zu bedeuten! Schon, aber Minoli war verheiratet, hatte zwei Kinder, eine soziale Stellung und war in das katastrophale Vereinsmanagement verwickelt. Und vielleicht wollte er auch nicht auf Verena verzichten.

Verena …

Vukic dachte an ihre Fähigkeit, Wärme zu entfachen, an ihre knappen Gesten, die schleppenden Worte. Und kam zu dem Schluss, dass Minoli vielleicht tatsächlich den Kopf verloren hatte.

Auf dem Foto – Vukic hatte noch einmal nachgeschaut – war der Nissan von Minolis Frau gut zu sehen. Was hatte er um diese Uhrzeit hier zu suchen? Das Ganze kam ihm vor wie ein Kinderspiel, wie eines von diesen Steckspielen, bei dem ein Teil zum anderen passt. Doch wenn alles zusammengesetzt war, kam ein Mord dabei heraus. Und dieser Gregory, der Liebhaber der Babysitterin, hatte jemanden gesehen, jemanden, der vielleicht Marino Minoli war und vielleicht …

In diesem Augenblick hob er den Kopf und sah ihn am Ende der Straße.

Man konnte ihn keinesfalls für einen Jogger halten, denn er trug einen Mantel über einem eleganten Anzug, mit einer roten Krawatte, die von Weitem ins Auge stach. Es war Marino Minoli, mit einem seiner Hunde an der Leine.

Der Pitbull. An der Leine hatte er den Pitbull. Er war leicht geduckt, mit angespannten Muskeln und halb geöffnetem Maul. Keine Spur von dem Foxterrier.

Vukic beschleunigte den Schritt.

Warum hatte Minoli nicht auf ihn gewartet? In einer halben Stunde waren sie im Stadion verabredet. Wieso kam er ihm also am Flussufer entgegen? Und weshalb hatte er den Pitbull dabei?

Es blieben noch wenige Stunden bis zum Spiel. In der Bar war eine gewisse Spannung zu verspüren. Contini trank seinen schwarzen Kaffee und sah sich um, während er auf De Marchi wartete. Am Telefon, als Contini ihn angerufen hatte, schien der Kommissar nervös gewesen zu sein. Natürlich hatte er darauf bestanden, sofort das Originalfoto zu bekommen, aber Contini hatte nichts weiter tun können, als ihn auf Vukic zu verweisen, der an diesem Tag scheinbar unauffindbar war.

»Kommen Sie zum Spiel?«

Die Stimme, kaum mehr als ein Flüstern, war direkt hinter ihm. Contini fuhr zusammen, drehte sich um und sah Verena Patocchi. Sie trug einen dunklen Rollkragenpullover und einen knielangen Rock, der ihre Figur betonte. Er blickte ihr in die Augen und begriff, dass sie alles wusste.

»Haben Sie mit Milovan Vukic gesprochen?«

Verena nickte. Es folgte ein Schweigen, in dem die Geräusche der Bar sie umfingen und von der Außenwelt abschnitten, wie es am Tag zuvor bereits geschehen war. Contini hatte geglaubt, es sei der Geschicklichkeit Violas zu verdanken, doch jetzt spürte er, dass Verena selbst diese Fähigkeit besaß: Sie hatte die Gabe, eine unsichtbare Trennwand zu errichten, hinter der jeder noch so harmlose Wortwechsel sofort zu etwas Intimem wurde.

»Wo ist Vukic gerade?«, fragte Contini.

»Tut mir leid«, sagte Verena, ohne auf die Frage einzugehen. »Vielleicht ist es meine Schuld. Oder vielleicht darf man nicht spielen.«

»Spielen?«

»Sie glauben, dass ich etwas wisse, dass ich vorher etwas hätte wissen müssen? Ich war schockiert, und wenn ich nicht in Tränen ausbreche, so deshalb, weil ich Milovan und Marino versprochen habe zu warten, bis das

Spiel vorbei ist und alle aufhören, mich in den Blick zu nehmen …«

Sie machte eine vage Geste, deutete auf den Gastraum, und einen kurzen Moment hatte Contini den Eindruck, als würden alle sie beobachten und belauschen. Doch kurz darauf schloss sich die Trennwand wieder sanft um sie, als Verena nun, jede Silbe in die Länge ziehend, fragte: »Glauben Sie, dass ich schuldig bin?«

»Ich weiß es nicht …« Contini war abgelenkt durch etwas, das sie zuvor gesagt hatte. »Warum sollten Sie?«

»Ich will nicht dastehen wie eine, der alles egal ist. Und ich weiß, dass es hier nicht um mich geht, aber ich will Ihnen etwas sagen. Hören Sie mir zu?«

»Ja, aber ich frage mich …«

»Sagen Sie nichts und lassen Sie mich zu Ende reden. Wie Sie sich denken können, habe ich meinen Mann nicht geliebt, zumindest nicht so, wie ich es hätte tun sollen. Und ebenso wenig Marino. Aber warum hat das alles dann geschehen müssen? Vielleicht wollte ich mit Marino spielen, aber ich hatte geglaubt, es würde auch ihm gefallen! Stattdessen hat er ein Drama daraus gemacht und mir mein Leben zerstört … er wollte Beteuerungen, Versprechen, er wollte, dass ich alles aufgebe für ihn …«

Das war es! Sie hatte gesagt: *weil ich Milovan und Marino versprochen habe zu warten.* Aber warum hatte sie das auch Minoli versprochen, der theoretisch noch von nichts wusste? Verena redete weiter, suchte nach einer Rechtfertigung, als sei Contini ein Surrogat ihres Gewissens. Doch Minoli wusste inzwischen, dass Vukics Foto ihn in Schwierigkeiten bringen konnte. Und wenn er den Kopf verlieren würde …

»Hören Sie, ich muss mit Vukic sprechen.«

»Weshalb?«

»Begreifen Sie nicht? Minoli weiß jetzt, dass man ihm auf der Spur ist, und wenn er Vukic begegnet, könnte es gefährlich werden.«

»Das glaube ich nicht. Minoli ist im Grunde ein gutmütiger Mensch. Aber ich *weiß*, dass er schuldig ist, als Milovan mit mir darüber gesprochen hat, wusste ich sofort, dass er recht hat. Er trifft keine Unterscheidung mehr, verstehen Sie?«

»Hören Sie, können Sie mir helfen, Vukic zu finden?«

»Seine Familie, ich, die Fußballspiele, die Arbeit bei der Zeitung, alles hatte dieselbe Bedeutung, er wollte alles retten, er hat nicht mehr zwischen Gut und Böse unterschieden. Ich frage mich, wie ich das nicht habe merken können.«

Contini fasste sie an den Schultern. »Hören Sie, darüber reden wir später. Wo ist Vukic?«

»Oh, ich weiß nicht, er war mit Marino verabredet ...«

»Mit Minoli!«

»Ja, sie wollten miteinander reden, sich aussprechen. Aber innerlich habe ich bereits alles vor mir gesehen. Marino und Alfio im Büro, allein, erst reden sie, dann schreien sie, und am Ende beschließt Marino, der weiß, wo Alfio seine Pistole aufbewahrte, am Ende beschließt er, dass er nicht mehr warten kann, dass er ein Recht hat, sein Leben so zu leben, wie er es will ... so ist es immer, jeder hat alle möglichen Rechte ...«

Contini ließ sie einfach allein und trat aus der Bar hinaus auf den Parkplatz. Er wählte Vukics Nummer: Keine Antwort. Dann rief er De Marchi an, der beim ersten Klingeln ranging und erklärte, er sei schon unterwegs.

»Es gibt eine kleine Programmänderung, Kommissar.«

»Was sagen Sie?«

»Wir müssen Vukic finden.«

Die beiden Männer standen sich gegenüber und starrten einander an, ehe sie zu sprechen begannen. Der eine im Trainingsanzug, in den Farben des städtischen Vereins, der andere im eleganten Anzug. Wenn jemand vorbeigekommen wäre, hätte er sich sicher nach ihnen umgedreht, denn sie wirkten fehl am Platz, aus dem Rahmen gefallen, wie zwei Komiker, die aus Versehen in einem realistischen Film gelandet waren.

Aber es kam niemand vorbei: Es gab nur die beiden Männer, die an einer Verbreiterung des Weges standen. Die beiden Männer und der Hund.

Der Pitbull blieb ruhig, obwohl er nervös war. Vielleicht spürte er die Angst seines Herrchens. Die Leine spannte sich straff bis zu dem dicken Lederhalsband mit den Stahlnieten. Die Luft war kalt. Nur noch drei Wochen bis Weihnachten, und an diesem Nachmittag würde die städtische Mannschaft ihr letztes Spiel vor der Winterpause spielen.

»Du warst es ...«, murmelte Vukic.

Minoli bückte sich, um den Pitbull zu streicheln.

»Denkst du, ich hätte Angst?«, fragte Vukic.

»Das weiß ich nicht.« Minoli schüttelte den Kopf. »Aber ich denke, die solltest du haben.«

Vukic dachte über seine Worte nach. Dann fragte er: »Und warum? Was würde es dir bringen, mir etwas anzutun? Glaubst du, die Polizei würde nicht alles rekonstruieren können, ob mit oder ohne Foto?«

»Das Foto«, bemerkte Minoli mit leiser Stimme. »Wer hätte damit gerechnet ...«

»Wenn Contini dahintergekommen ist, indem er sich umgehört hat, kannst du sicher sein, dass auch sie dahinterkommen. Und eins muss ich dir sagen ...« Vukic kam einen Schritt auf ihn zu. »Eins muss ich dir sagen, du bist ein Schwein!«

Der Hund fing an zu knurren. Minoli hielt ihn zurück. »Vorsicht. Wenn du so bist, denkt er, du willst mich angreifen.«

Aber Vukic hatte die Beherrschung verloren. »Du stehst da mit deinem Scheißvieh und musterst mich von oben bis unten, als sei ich der Schuldige. Du hast ihn getötet, ist dir das eigentlich klar? Du hast ihn umgebracht, als wäre er ... aber warum, was hast du dir dabei gedacht?«

Minoli seufzte. Mit seinen roten, runden Wangen, den sorgfältig gekämmten Haaren, sah er aus wie ein Phantasiegeschöpf, wie ein Kobold in Anzug und Krawatte, einer Zauberwelt entsprungen.

»Ich weiß es nicht, Milo, deshalb habe ich dich gefragt, ob du Angst hast. Wie solltest du sie nicht haben? Sieh nur, was aus uns geworden ist ...«

»Aus uns?«

»Die Kumpels, die Fußballspiele, ein Team, das daran arbeitet, die Meisterschaft zu gewinnen. Aber eine Kleinigkeit genügt, eine winzige Kleinigkeit ... Ich habe bestimmt Dutzende solcher Artikel veröffentlicht: Familienvater verliert den Kopf und ersticht die Ehefrau, angesehener Profisportler tötet Ehemann der Geliebten … aber niemals würdest du es für möglich halten, dass so etwas tatsächlich geschieht. Und dann …«

»Marino.« Vukic sprach jetzt in ruhigem Ton und er war einen Schritt zurückgewichen. »Marino, erklär mir, warum du den Pitbull mitgenommen hast.«

»Ich …«, begann Minoli mit brüchiger Stimme. »Ich weiß nicht … ich dachte …«

Die Hand, die die Leine hielt, wurde zögernder, und als der Hund spürte, dass der Griff sich lockerte, begann er sich zu rühren. Er stieß ein leises Knurren aus.

»Marino», wiederholte Vukic, wobei er ein Stück zurückwich. »Halte diesen verdammten Hund fest …«

Im selben Augenblick, als sei noch immer ein Zauber wirksam, tauchten zwei bizarre Gestalten aus dem Gebüsch am Uferrand auf. Ein untersetzter Mann mit tief ins Gesicht gezogener schwarzer Mütze, und ein zweiter, schmalerer mit einer Winterjacke voller Taschen und einem Filzhut.

»Contini!«, rief Vukic.

Contini war außer Atem. »Wir sind gerannt … das hier … das ist Kommissar De Marchi … bitte, Minoli, halten Sie Ihren Hund fest …«

De Marchi machte einen Schritt nach vorn und sagte das, was jeder andere Polizist unter solchen Umständen gesagt hätte: »Also, was geht hier vor sich?«

»Zu schnell zu Ende gegangen?«, fragte Francesca verblüfft. »Das soll ja wohl ein Witz sein …«

»Es ist nur ein Gefühl …«

»Und was soll überhaupt zu schnell zu Ende gegangen

sein? Wir sind hier, oder? Der Kälte und dem schlechten Wetter ausgesetzt, auf dieser Zementtribüne …«

Das Spiel hatte noch nicht begonnen. Contini saß eingemummelt in seine Winterjacke neben Francesca. Weiter unten, unter dem Plexiglasdach der Sitzbank, war Milovan Vukic dabei, etwas in sein Notizbuch zu schreiben. In diesem Augenblick, zumindest in diesem Augenblick konnte er es sich erlauben, einzig und allein an Fußball zu denken. Die Mannschaft war bereit, mit Bruno Perez, der ungeduldig im Mittelfeld wartete, und mit Bicio Maggini, der sich die Hände auf der Reservebank rieb und ein paar Witze zum Besten gab, um seine Gefährten bei Laune zu halten.

Und Marino Minoli? Noch wusste niemand etwas. In Unkenntnis der großen Neuigkeit versuchten die Journalisten noch immer, ihn für ein Interview ans Telefon zu bekommen. Doch in diesem Augenblick wurde der Vizepräsident, gemeinsam mit seinem Anwalt, im Büro von Kommissar De Marchi durch ein langes Verhör in Anspruch genommen. Das Fußballspiel war innerhalb weniger Augenblicke aus seinem Leben verschwunden.

Auf der Tribüne, dort, wo sich die Plätze für den Vorstand befanden, waren etliche Sitze freigeblieben. Aber Verena Patocchi war anwesend: eingehüllt in einen roten Mantel, mit breitem, schwarzem Schal und einem Hut in derselben Farbe, saß sie steif zwischen den leeren Plätzen ihres Ehemanns und ihres Geliebten. Jemand beobachtete sie von Weitem mit dem Fernglas, aber ihr Gesichtsausdruck verriet keinerlei Regung. Verena hatte überlebt, ohne dass sie es in der Hand gehabt hätte, und nun war es an ihr, das Schiff zu steuern, zumindest bis zum nächsten Sturm.

»Danach gehen wir mit Vukic was trinken«, sagte Contini.

»Musst du nicht noch in die Diskothek?«, entgegnete Francesca.

»Da geh ich später hin. Die Nacht ist lang …«

»Das wird bestimmt lustig, du wirst sehen.«

Contini warf ihr einen finsteren Blick zu.

Francesca lächelte und trank einen Schluck heißen Tee aus der Thermoskanne, die Contini mitgenommen hatte, dieselbe, die er für seine nächtlichen Streifzüge auf der Jagd nach Füchsen benutzte. Er hatte ihr gesagt, dass in seinen Augen alles zu schnell zu Ende gegangen sei, ausgerechnet dann, als er das Gefühl hatte, allmählich zu begreifen. Aber Francesca wusste, dass nichts zu Ende war, sie wusste, dass Contini mit Vukic etwas trinken und dann darüber nachgrübeln würde, dass er wieder in der Bar vorbeischauen, Fragen stellen, mit anderen Leuten etwas trinken würde, immer auf der Suche nach der unauffindbaren Antwort auf eine alte Frage: Was treibt einen Menschen ins Verderben? Weshalb wird eine ruhige Stadt, wird ein verschlafener Fußballverein vom Tod erschüttert? Weshalb werden wir alle, früher oder später, von demselben Tod berührt und fortgerissen?

»Woran denkst du?«, fragte Contini.

»Oh, an nichts. Fußballangelegenheiten.«

Contini sah sie erstaunt an.

»Willst du mich auf den Arm nehmen?«

»Aber nein … Sieh nur, es geht gleich los …«

Der Lautsprecher krächzte ein paar Worte und endlich erhob sich das Publikum, um zu applaudieren. Es war kalt, ein eisiger Wind bewegte die Wipfel der Bäume und die Flaggen der Fans. Francesca nahm noch einen Schluck Tee und drückte sich dann enger an Contini. Auf dem Platz pfiff der Schiedsrichter das Spiel an.

Peter Zeindler

Tief aus dem Walde …

»Hier ist die Liste!«

Sie schaute an mir vorbei, als sie mir ein Bündel sorgfältig beschriebener Blätter entgegenstreckte. In der Wohnung duftete es nach Weihnachtsgebäck. Mehr als das, es roch nach Verbranntem.

Sie hatte es auch gerochen. Ich war allein. Sie rumorte draußen in der Küche. Ein Kuchenblech fiel scheppernd auf den Boden. Dann ertönte ein Schrei. Dann war es still. Ich saß da und starrte auf die vollgeschriebenen Blätter. »Manchmal habe ich es bis hier!«

Sie stand mit gerötetem Gesicht in der Tür und vollführte mit der rechten Hand eine schnelle waagerechte Bewegung auf Mundhöhe. Es sah aus wie ein scharfer, tödlicher Schnitt.

»Kochen. Das Kind. Seine Ansprüche. Sein Herumnörgeln. Seine Abstinenz im Haushalt …«

Sie starrte mich hasserfüllt an. »Ach was!«

Wieder diese messerscharfe Bewegung, diesmal in der Senkrechten.

Er spielt nicht mehr Klarinette, stand auf meiner Liste. *Er kann keinen Nagel gerade einschlagen. Er schnarcht. Er benutzt kein Deodorant. Er bohrt in der Nase. Er kann kaum kochen.*

Ich hob den Blick. Die Mängelliste war noch nicht zu Ende. »Ich dachte, es geht hier um Desirée!«

»Natürlich geht es um Desirée. Aus pädagogischen Gründen jedoch wäre es fahrlässig, nur Desirée allein mit ihren Mängeln zu konfrontieren.«

»Was ist mit dem Gebäck?« fragte ich, um Zeit zum Nachdenken zu gewinnen.

»Futsch!«

Wieder diese messerscharfe Bewegung. Sie hatte wirklich etwas Endgültiges. Und etwas sehr Unweihnachtliches. Ich starrte auf den langen weißen Bart mit den gekrümmten Drahtenden, auf die rote Pelerine, die Rute, den Jutesack, die silberne Glocke, die kopfüber auf dem Tisch stand. Sie schien meine Gedanken erraten zu haben.

»Du kannst jetzt nicht mehr aussteigen. Wir haben keinen Ersatz. Und Desirée wäre tief enttäuscht. Schließlich bist du so etwas wie ein Onkel für sie …«

Sie wusste, dass ich mich verkleidet nicht gut fühlen würde. Es war keine gute Maskierung. Sie war mir zu theatralisch. Sie bot keine Interpretationsmöglichkeiten. Diese Rolle war seit Jahrhunderten festgelegt. Jeder, der sie spielte, war ihr Gefangener. Mein ganzes bisheriges Leben lang war es mir gelungen, ihr zu entkommen. Mein jugendliches Aussehen schloss mich von Anbeginn aus. Ich war kein Kandidat. Meine ganze Verwandtschaft und Bekanntschaft war nie auf die Idee gekommen, auf mich zurückzugreifen. Meine Bewegungen waren zu hastig. Ich sprach zu schnell. Meine Stimmlage war die eines Tenors. Und mein Gesicht war faltenlos.

Vor zwei Tagen, als ihr Anruf kam, lachte ich zuerst

laut heraus. Dann sagte ich zu, noch immer lachend. Ein Witz! Später, als ich vor dem Badezimmerspiegel stand, gefror mein Lachen. Die Krähenfüße um die Augen sah ich zum ersten Mal. Dieses Netz von Falten und Gräben auf meiner Stirn. Die Augenlider hingen schwer über die Pupillen. Die Brauen wucherten unkontrolliert.

Es war so weit.

»Schwere Schuhe hast du wohl selbst.«

»Ich habe keine schweren Schuhe.«

Es war mein letzter schwacher Rettungsversuch.

»Du hast Schneestiefel. Ich kenne deine Garderobe, mein Lieber.«

»Mein Lieber«, hatte sie gesagt, aber es hatte gar nicht liebevoll getönt. Eher spöttisch.

Sie löste die Knoten ihrer Schürze, zog sie aus und rollte sie zusammen. Ich war entlassen.

»Mein Schwiegervater. Meine Eltern. Desirée und Martin.«

»Und du?«

»Natürlich auch ich!«

»Das wird ein langer Abend«, sagte ich resigniert und überflog noch einmal die Liste. Meine Stimme klang heiser. Ein weiteres Indiz des fortschreitenden Zerfalls.

»Gib's ihm so richtig.«

Sie ließ die zusammengerollte Schürze wie ein Schwert durch die Luft sausen.

»Ihr. Du meinst doch Desirée!«

»Ich meine Martin. Mach ihn zur Schnecke!«

Ich wehrte ab.

»Denkst du, er nimmt das ganze Theater ernst? Der lacht mich doch einfach aus.«

»Tut er nicht. Denkst du, er wird Desirée in den Rücken fallen? Er wird mitspielen, darauf kannst du dich verlassen. Er liebt sein Kind. Immerhin.«

»Und du liebst ihn.«

Ich weiß nicht, warum ich das sagte. Es rutschte mir einfach so heraus.

»Das steht hier wohl nicht zur Debatte.«

Sie stand jetzt in der Wohnzimmertür, einen Fuß im Flur. Die Sitzung war beendet. Ich bückte mich, hob den Sack auf, stopfte die rote Pelerine hinein, kleidete die Glocke mit dem Bart aus und ließ sie ebenfalls hineingleiten und quetschte mich an Ines vorbei zur Haustür. Ich schaffte es nicht, den halbwegs gefüllten Sack sozusagen probeweise über die Schulter zu schwingen, sondern schleppte ihn wie ein Beutetier hinter mir her.

Ein Tag blieb mir zur schrittweisen Verwandlung, die ich vor dem Spiegel vollzog. Ich studierte meine Mimik. Ich fand keine Milde, nur gnadenlose Härte. Meine Augen unter den Schlupflidern funkelten böse. Der Mund wirkte verkniffen. Allerdings wurden all diese Signale einer inneren Verhärtung durch das wallende Barthaar gemildert, das von den Ohren an abwärts meinen faltigen Hals verdeckte. Als ob mit dem erdwärts strebenden Bart auch meine Stimme gleichsam in den Keller fiel, dort zerschellte, brüchig wurde.

Ein gewaltiger Foliant, ein goldgebundenes Exemplar von *Brehms Tierleben*, bildete die Attrappe, hinter der ich, auf verschiedenen Seiten, die Blätter verteilte, auf denen die Verfehlungen und Mängel der einzelnen Delinquenten aufgeführt waren. Und mit jedem Mal, da ich die menschlichen Mängel in der Liste zitierte, klang meine Stimme drohender, und mir war, als ob mein Zeigefinger immer länger und dicker würde.

Ja, ich begann mich in der Rolle einzurichten, und an diesem Abend vor meinem Auftritt zog ich auch den Bart nicht aus, sondern bettete ihn, auf dem Rücken liegend, sorgsam auf meine nackte Brust. Der gewichtige Foliant lag auf dem Nachttischchen, und in meinen Träumen hörte ich das Brüllen der Löwen, das Zischen der Schlangen, das Klappgeräusch von Krokodilmäulern und das Geheul der Hyänen.

*

Es hatte geschneit. Programmgemäß. Im Radio rezitierten Kinder St. Nikolausgedichte. Die Musik war weihnachtlich.

Als ich meine morgendlichen Einkäufe besorgte, stellte ich mit Verwunderung fest, dass mein Gang schwer geworden war. Ich trug die Winterstiefel, und bei einem prüfenden Blick über die Schulter registrierte ich, wie tief sich die Spuren in den frisch gefallenen Schnee geprägt hatten. Meine Augen tränten im scharfen Wind. Meine Haut war gerötet. Meine ganze Erscheinung hatte sich verändert. Über Nacht war ich in die Rolle des St. Nikolaus hineingewachsen.

Ich kaufte Nüsse, Mandarinen, Lebkuchen, Schokolade. Als ich dem Verkäufer das Geld in die Hand zählte, sah ich zum ersten Mal das Gewirr von Adern auf dem Handrücken, verknotete Blutbahnen unter der spröden Haut. Jetzt war die Verwandlung vollkommen, und nur ganz kurz, auf dem Nachhauseweg, streifte mich die ängstliche Vorstellung, es würde immer so bleiben, ich könnte nicht mehr in meine ursprüngliche Gestalt zurückfinden.

Der Hund des Nachbarn hatte mich trotzdem wiedererkannt. Er sprang an mir hoch und versuchte, mein Gesicht zu lecken. Ich weiß nicht, wie es kam, dass ich ihm diesmal, obwohl mir dieses Zeremoniell doch so vertraut war und ich es eigentlich immer genoss, einen Fußtritt versetzte und an ihm vorbei in meine Wohnung drängte. Mir war an diesem Tag nicht nach Zärtlichkeit, nicht nach unterwürfiger, hündischer Zuneigung. Ich setzte mich an meinen Schreibtisch und studierte die Liste. Ich musste den bevorstehenden Abend so gestalten, dass es nicht auffiel, wie unausgewogen die Mängelliste war, wie ungleich sich doch die einzelnen Rügen auf die Familienmitglieder verteilten. Nicht die Hauptperson dieses Abends, Desirée, das einzige Kind in der Runde, auf das mein Besuch zugeschnitten war, in dem sich Atmosphärisches, Gemüthaftes und erzieherische Elemente vereinigten, versammelte auf sich die meisten zu korrigierenden Mängel, sondern es war Martin, der mit Abstand die umfangreichste Anzahl von zu behebenden Vergehen aufwies.

Mein Auftritt war eindrücklich. Ich kündigte ihn schon von Weitem mit Glockengebimmel an. Ich drückte den Klingelknopf an der Wohnungstür länger und brutaler, als es sich schickte. Ich fühlte auf einmal in mir ein Machtgefühl wachsen, das ich sonst, unverkleidet, nie verspürt hatte. Ich bewegte mich gleichsam außerhalb des Gesetzes. Es war so etwas wie diplomatische Immunität, die mich schützte, himmlische Immunität. Ich war der Sendbote des Allmächtigen. Ich hatte das Sagen. Niemand würde sich trauen, sich mir in den Weg zu stellen, mir vorzuschreiben, wie ich mich zu verhalten hatte.

Als die Türe sich öffnete und Ines mich lächelnd empfing, wusste ich, wessen Sendbote ich war und wer die Allmacht in dieser Wohnung innehatte. Sie war es, die mir gestattete, mich so zu benehmen, wie ich es tat, polternd, autoritär. Ich war ihr Geschöpf. Sankt Nikolaus von Ines' Gnaden. Aber es war bereits zu spät. Ich musste die Rolle, die mir zugedacht war, zu Ende spielen. Musste?

Das Lächeln, das sie mir schenkte, irritierte mich zum ersten Mal. Natürlich hatte ich ihre herbe Schönheit immer zur Kenntnis genommen, nur hatte ich mich nie getraut, ihr Lächeln in für mich positivem Sinn zu deuten. Sie war die Frau eines Freundes, und erst der vergangene Tag, an dem ich ihre Mängelliste studierte, die Ansammlung von Unvollkommenheit im Wesen und Verhalten ihres Gatten, war mir bewusst geworden, dass mittlerweile zu viel die beiden trennte, dass sich da womöglich eine Lücke aufgetan hatte, die ich nutzen konnte. Dass ich das nicht vorher gemerkt hatte!

»Bitte, lieber Sankt Nikolaus, tritt ein!«

Sie trat einen Schritt zurück. Ich ging stumm an ihr vorbei und streifte dabei ihren Busen, obwohl diese Berührung durch den groben Stoff meines Mantels stark gedämpft wurde.

Sie waren alle versammelt. Auf dem Tisch brannte eine dicke rote Kerze, deren Flamme mit meinem Eintreten in die Waagrechte auswich und direkt auf Martins Herz zeigte, der, erwartungsvoll, so schien mir, meinem Auftritt entgegensah. Ja, er schien sogar ein einfältiges Grinsen unterdrücken zu müssen.

»Guten Abend, Sankt Nikolaus!«

Er übernahm die Rolle des Wortführers und zwinkerte mir konspirativ zu.

»Guten Abend, Sankt Nikolaus«, wiederholten die andern im Chor.

»Guten Abend!« erwiderte ich etwas mürrisch und schlug *Brehms Tierleben* auf.

Und während ich scheinbar darin herumblätterte, auf der Suche nach den Notizen, die ich mir das Jahr über in meinem stillen Häuschen im Schwarzwald gemacht hatte, sagte Desirée, die ihren Namen den französischen Vorfahren von Ines zu verdanken hatte, ihr Sprüchlein auf. Ich belohnte sie mit einem Lebkuchenherzen, und dann begann die große Abrechnung. Desirées Nachlässigkeit, was die Ordnung im Kinderzimmer betraf, erwähnte ich gleichsam im Vorbeigehen. Ines' (selbstbezichtigte) Unpünktlichkeit war nicht wirklich ein gravierendes Thema, und dass ihre Eltern zu viel Geld für Desirées Geschenke ausgaben, war eine Lappalie. Die schlechte Angewohnheit des Schwiegervaters, das Altersheim, in dem er zu wohnen gezwungen war, als »Heim für Beknackte« zu bezeichnen, konnte ich mit einem kleinen Verweis erledigen. Die Tatsache, dass sie alle meinen Tadel mit einem devoten »Ich will's nicht wieder tun« quittierten, um pädagogisch auf Desirée einzuwirken und deren Verfehlungen zu relativieren, machte es Martin, der sich als Letzter zu verantworten hatte, unmöglich, sich in eine zynische Position zu flüchten. Er musste so reagieren, wie es die andern vorgegeben hatten, wollte er nicht zum Spielverderber und erzieherischen Versager gestempelt werden.

Seine Verfehlungen hatte ich bei Brehm unter der Familie der Affen abgelegt. Sie lagerten zwischen Schimpansen, Orang-Utans, Pavianen und Gorillas, und als ich Martin zuerst einmal aufforderte, doch endlich wieder einmal seine Klarinette hervorzuholen, wie es sich Desirée seit Langem wünschte, und uns etwas vorzuspielen, schaute er mich anfangs ungläubig an. Doch umsonst wartete er auf ein verstecktes Grinsen unter meinem Bart, darauf, dass ich ein Auge schnell zukneifen würde. Ich verzog keine Miene, und so schlich denn Martin gehorsam davon und kam mit der Klarinette zurück. Er spielte, fehlerhaft allerdings, »O Tannenbaum«, legte dann die Klarinette wütend weg und schaute mich mit zusammengepressten Lippen an. Ich applaudierte, und die andern taten es mir nach, was ihn wieder halbwegs versöhnlich zu stimmen schien.

*

Aber das war auch schon der letzte Applaus, den er an diesem Abend erhielt. Zwar lobte ich ihn noch kurz dafür, dass er mit Rauchen aufgehört hatte, dann aber brach das Jüngste Gericht über ihm zusammen. Gnadenlos verlas ich, dies während einer geschlagenen halben Stunde, das, was die Familie der Affen in *Brehms Tierleben* hergab, beziehungsweise, was Ines an Verfehlungen seitens ihres Gatten aufgeschrieben hatte. Es ging um Nasenbohren, Nägelkauen, Schnarchen, manuelle Unfähigkeit, Phantasielosigkeit im Umgang mit Desirée, um seine verbesserungsfähigen Kochkünste, um die Verwendung falscher Fremdwörter, um zweideutige Witze, die er bevorzugte, um seine Phantasielosigkeit auch im Bett (wobei ich das, um Desirée nicht zu schockieren, als Phantasielosigkeit bei Spaziergängen in Casanovas Garten bezeichnete). Ich warf ihm, immer grollender, unerbittlicher, seine Vorliebe für Innereien vor, für Straußwalzer anstatt für Mozart, für erotische Literatur, für zu enge Anzüge, für Wollmützen, Wollsocken, Kneippsandalen.

Dazwischen betätigte ich wie auf einer Versteigerung oder während einer Hohen Messe warnend die Glocke und ließ die Rute durch die Luft sausen. Noch blieben zehn Mängel übrig, und ich hatte es geschafft. Aber so weit kam es nicht. Martin, der sein Grinsen längst verloren hatte, dem jeder Sinn für die Komik der Situation abhandengekommen war, hatte sich erhoben, warf Desirée einen letzten Blick zu (dass es der letzte war, wurde mir in diesem Augenblick bewusst), ging zur Tür und drehte sich dort noch einmal um. Alle starrten ihn an, betreten sein Vater und die Schwiegereltern, dem Weinen nah Desirée und mit einem Ausdruck von Triumph im Gesicht seine Frau Ines.

»Übrigens«, sagte Martin scheinbar leichthin, »ich beginne ab sofort auch wieder zu rauchen. Ich geh nur mal schnell ein Päckchen Zigaretten holen.«

Dann verschwand er aus unserem Leben. Endgültig. Phantasielos, wie er war, hatte er den sattsam aus der englischen Literatur bekannten Abgang gewählt.

Wir haben ihn von Stund an nie mehr gesehen. Es verstand sich von selbst, dass ich bald einmal, natürlich auch, um Desirée über ihre Vaterlosigkeit hinwegzuhelfen, Martins Stelle in der Hausgemeinschaft (allerdings ohne eheliche Bindung) einnahm und, da mir mittlerweile bewusst geworden war, was Ines von einem Mann erwartete beziehungsweise nicht erwartete, verlief unsere Beziehung selbst in Casanovas Garten problemlos, obwohl ich nicht mehr zu meiner pränikolaushaften Jugendlichkeit zurückfand.

Natürlich haben wir immer wieder mal nach Martin geforscht. Aber er blieb verschollen. Einmal berichteten uns Freunde, sie hätten ihn während einer sommerlichen Wanderung irgendwo im Schwarzwald gesichtet, allerdings sei er mit seinem langen weißen Bart und in der roten Pelerine nicht eindeutig zu identifizieren gewesen. Sie hätten ihn eigentlich nur an seinem staksigen Gang erkannt. Aber ähnliche Begegnungen wiederholten sich nicht. Es war wie beim Schneemenschen Yeti, der letztlich auch nur eine irritierende, bedrohliche Legende blieb.

Kurz vor Weihnachten, bevor Ines und ich unsere zehnjährige Hausgemeinschaft feierten, erzählten uns Nachbarn, sie hätten bei ihrem Weihnachtsausflug nach Paris den verschollenen Martin vor der Galerie Lafayette gesehen, wo er auf der Klarinette um Geld die französische Version von »O Tannenbaum« gespielt und auch gesungen habe: »Mon beau sapin …!«

»Das kann nicht Martin gewesen sein«, hatte Ines damals befunden und mich liebevoll auf die Stirn geküsst. »Der Mann ist und bleibt stur, unverbesserlich. Um nichts in der Welt würde dieser anglophile Bock je einen französischen Brocken über die Lippen bringen. Das wär ja der zweitletzte Punkt auf deiner Mängelliste gewesen.«

Milena Moser

Mamas Fest

23. Dezember

Liebes Tagebuch!

Vielleicht wird Weihnachten dieses Jahr nun doch nicht so ätzend wie befürchtet. Papa hat Besuch mitgebracht: Carola heißt sie und ist die Tochter eines Studienfreundes. Zufällig hat er sie in der Innenstadt gesehen, wo sie an einer Straßenecke ihren Auftritt hatte. Trotz der Schminke und allem hat er sie sofort wiedererkannt. Carola macht Straßentheater, kannst du dir das vorstellen? Sie war schon überall in Europa und sogar in Kalifornien, aber so ein verschlossenes Publikum wie hier hat sie noch nie erlebt. Na ja, es ist halt eine kleine Stadt. Liebes Tagebuch, wenn ich erwachsen bin, mache ich auch Straßentheater.

Mama hat wie blöd herumgeschrien, wegen des Essens und dass nicht genug für alle da sei und wo solle Carola schlafen und wir seien auf Gäste gar nicht eingerichtet und blablabla. Manchmal ist sie wirklich unglaublich bieder. Schlimmer als alle Mütter, die ich kenne. Papa ist eigentlich ganz in Ordnung, obwohl er Lehrer ist. Man würde es nicht für möglich halten.

Eigentlich wollte er Schauspieler werden, glaube ich, jedenfalls war er beim Studententheater, und es gibt ein paar wirklich wilde Fotos von ihm. Er hat heute noch Kontakt zur Theaterszene und bringt immer wieder mal irgendwelche Künstler mit nach Hause. Die sitzen dann da und trinken bis morgens um zwei und reden, und wir dürfen aufbleiben, mein Bruder und ich, damit wir auch was davon profitieren. So lernen wir an einem Abend mehr als in einem halben Jahr in der Schule, sagt Papa, und wenn ein Lehrer so etwas sagt, dann muss es ja stimmen.

Abends.

Liebes Tagebuch.

Ich hasse meine Mutter, ich hasse sie, hasse sie! Immer muss sie alles verderben. Hat sie sich doch glatt geweigert, das Abendessen zu kochen, nur weil Carola noch ein paar Kollegen vom Straßentheater mitgebracht hat. Sie sei doch kein Gasthaus, hat sie geschrien, und sie habe nicht eingekauft, und überhaupt. Dann ist sie nach oben gegangen und hat die Türe zugeknallt. Aber Carola ist ganz toll. Sie hat sich einfach kurz hingestellt und ein Chili in die Pfanne gehauen, dazu hat sie ganz laut Sound laufen lassen, und im Handumdrehen war das Essen für acht Personen fertig. Und das ganz ohne Stress und Gehetze und blöde Sprüche. Papa und ich haben ihr geholfen. Es hat sogar Spaß gemacht. Papa hat ein Glas Wein getrunken und ist in der ganzen Küche herumgehüpft. Mama hat sich unterdessen in ihrem Zimmer eingeschlossen. Sie habe wieder ihre Migräne, hat sie gesagt. Sebi war bei ihr. Typisch. Dass er auch immer zu ihr halten muss!

Er hat noch eigenhändig die Musik leiser gedreht, damit Mama schlafen kann. Manchmal frage ich mich wirklich, wie ich zu so einem Bruder komme. Lieber Gott, bitte mach, dass ich nie so werde wie meine Mutter. Lass mich lieber ein bisschen so werden wie Carola, wenn ich groß bin. Bitte.

Carola ist sooooooo tolllllll! Liebes Tagebuch, du machst dir überhaupt keine Vorstellung. Sie ist zwar schon achtundzwanzig, sieht aber noch total gut aus. Sie ist klein, zierlich und dunkelhaarig, also genau das Gegenteil von mir, ich bin leider eher groß, üppig und blond, was ich von meiner Mutter geerbt habe. Carola trägt nur Schwarz, so hautenge Sachen aus Stretch, in denen sie Akrobatik üben kann. Natürlich kann sie sich das auch leisten. Vielleicht sollte ich versuchen, weniger zu essen.

Manchmal denke ich, wenn Mama nicht gewesen wäre, hätte aus Papa etwas werden können. Die Ehe hat ihn kaputt gemacht, das ganze Drum und Dran und die Kinder natürlich, mein Bruder und ich. Es blieb ihm doch gar nichts anderes übrig, als seine Träume zu begraben und eine sichere Stelle anzunehmen. Einer muss ja das ganze Geld heranschaffen.

Andererseits, die Mutter von Franziska zum Beispiel, und ich kenne noch andere, die schlagen sich auch allein durch. Ich meine, die sind geschieden und arbeiten, und das geht auch irgendwie, und die Mutter von Franziska hat sogar einen Freund. Wenn sie ihn wirklich geliebt hätte, Mama, meine ich, dann hätte sie sich scheiden lassen und ihm die Freiheit zurückgegeben. Finde ich wenigstens. Ich meine, ich kann ja nichts dafür, dass ich auf der Welt bin. Ich kann ja nicht gut von ihr verlangen, dass sie mich abtreibt, das geht nun mal nicht im Nachhinein.

24. Dezember

Liebes Tagebuch.

Die Snowboard-Ausrüstung habe ich nicht bekommen. Macht aber nichts. Ich glaube, ich gebe den Sport auf. Ich will sowieso lieber Schauspielerin werden. Von meinem Bruder habe ich eine CD bekommen (Guns N' Roses), von Papa vier Bücher, von Mama einen Wintermantel und von Oma und Opa die üblichen Gutscheine. Das beste Geschenk war von Carola: Sie hat mir ein Plakat geschenkt von ihrem ersten Programm, selbst gemalt. Ein winzigkleiner schwarzer Clown, der auf einem Regenbogen balanciert, das ist natürlich Carola. Das Plakat ist an den Rändern eingerissen und ein bisschen schmutzig, und in den Ecken sieht man hundert winzige Löcher von Reißnägeln. Das Plakat war schon überall, in ganz Südfrankreich, Italien, Spanien und Portugal.

Es war ein wunderschönes Weihnachtsfest! So anders als sonst! Da sieht man einmal, was es ausmacht, wenn richtige Künstler dabei sind. Kreative Menschen, meine ich.

Carola hat das Fest gerettet, eindeutig. Ich meine, normalerweise geht die Hälfte des Tages drauf, weil man beim Putzen und Aufräumen helfen muss und beim Dekorieren. Später zieht sich Mama zurück, um sich schön zu machen. Ihr einziger Ehrgeiz besteht darin, perfekt auszusehen, wenn sie ihr fünfgängiges Menü auf den Tisch bringt, das sie aus einer Frauenzeitschrift nachgekocht hat. Vom Baum gar nicht zu reden. Jedes Jahr wird neuer Designer-Baumschmuck gekauft, und jedes Jahr sieht der Baum furchterregender aus. Meine Mutter liest zu viele Frauenzeitschriften, ich glaube, das ist ihr Problem.

Carola hat uns mitgenommen in die Stadt. Sie hat so einen alten vw-Bus, den sie bemalt hat, so psychedelisch, im Seventies-Stil, top angesagt, sogar mein Bruder war beeindruckt.

»So einen ähnlichen Wagen hatte ich auch einmal«, meinte Papa ganz wehmütig, und dann, stell dir vor, liebes Tagebuch, kam heraus, dass es derselbe Wagen WAR, den Papa nämlich im Jahre 1975 seinem Freund Kurt geschenkt hatte, Carolas Vater. Das war das Jahr, in dem sie geheiratet haben. Meine Eltern natürlich.

Sebi ließ sich vor einem cd-Discount absetzen und verschwand. Unterdessen weiß ich auch, warum: Er hatte noch keine Geschenke. Jeder Einzelne hat heute Abend von ihm eine cd bekommen. Sogar Opa. Würde mich nicht wundern, wenn sie geklaut wären.

Papa und ich begleiteten Carola in die Fußgängerzone, wo sie ihren Auftritt hatte. Vorher zog sie sich im Bus um und schminkte sich. Sie war einen Augenblick lang ganz nackt. Ich habe weggesehen, aber nicht schnell genug. Verglichen mit ihr habe ich jetzt schon einen Hängebusen, und ich bin erst vierzehn. Carola macht zuerst diese Nummer, in der sie minutenlang stumm dasteht wie eine Statue. Sie ist ganz weiß geschminkt und in weiße Tücher gehüllt und sieht aus, als ob sie aus Gips wäre. Die Leute bleiben stehen. Sie warten, dass etwas geschieht. Es geschieht aber nichts. Das macht sie nervös. Liebes Tagebuch, es ist so toll, was Carola in den Menschen dieser Stadt auslöst. Sie konfrontiert sie mit ihrer eigenen Unbeweglichkeit, mit ihrem eigenen Eingegipstsein – hey, das ist nicht schlecht formuliert. Ob ich vielleicht doch lieber Schriftstellerin werde?

Das Extremste ist aber, dass sie unter diesen paar Tüllstreifen ganz nackt ist. Und es war wirklich saukalt heute, eine Zeit lang hat es sogar geschneit, aber sie hat es überhaupt nicht gemerkt. Das ist die kreative Trance – ob ich so etwas wohl auch einmal erlebe?

Vielleicht könnte ich ein Stück für Carola schreiben. Wir könnten zusammen durch Europa reisen. In den Schulferien zum Beispiel. Morgen frage ich sie. Das heißt, vielleicht wäre es besser, wenn ich ihr schon etwas zeigen könnte. Sonst traut sie es mir womöglich gar nicht zu. Immerhin bin ich erst vierzehn. Ich muss mich aber beeilen. Wahrscheinlich reist sie schon bald wieder ab.

Mit Musik müsste es zu tun haben. Genau! Das ist die Idee! Ich schreibe eine Art Musical oder Oper, das ist international verständlich, und Carola singt auch und spielt Gitarre, und zwar genial gut! Zum Schluss haben die Leute auf ihren Absätzen mitgewippt, und Papa hat getanzt, er hat ihren schwarzen Samthut genommen und ist ganz nah beim Publikum vorbeigetanzt und hat so übertriebene Verbeugungen gemacht. Die Leute haben über ihn gelacht. Carola sagte nachher, sie hätte noch nie so viel eingenommen, und kaufte uns einen Falafel auf dem Weihnachtsmarkt. Unterwegs legte Papa einen Arm um ihre Schulter, und sie küsste ihn auf die Wange. Dazu musste sie sich auf die Zehenspitzen stellen, das andere Bein hat sie seitlich ausgestreckt und bis über die Schulter hochgehoben. Solche Sachen macht sie dauernd, es sieht einfach toll aus. Es ärgert mich maßlos, dass Mama mir nie erlaubt hat, Ballettstunden zu nehmen, womöglich ist meine Zukunft versaut. Ich werde wohl doch lieber Schriftstellerin.

Als wir nach Hause kamen, war natürlich der Teufel los. Carola, die im Wohnzimmer auf dem Sofa schläft, hatte ihr Bettzeug nicht weggeräumt und auch sonst einiges herumstehen lassen. Eine halbe Flasche Rotwein ist ausgelaufen, und ein Brandloch war wohl auch im Teppich – na und? Ich verstehe nicht, was daran schlimm sein soll. Wie kann man sich wegen so etwas aufregen, während in Bosnien Menschen erschossen werden? Das hat Carola auch gesagt.

Ehrlich, früher ist mir nie aufgefallen, wie sehr Mama an diesen materiellen Details hängt. Es war richtig peinlich, wie sie Carola angeschrien hat. »Die Gäste«, hat sie immer wieder geschrien, »die Gäste werden in weniger als einer Stunde hier sein, und es ist noch nichts gemacht, noch nichts, noch nichts!«

Die Haare hingen ihr ins Gesicht, ihre Haut war fleckig, und bei jedem Wort flogen winzige Spucketropfen von ihrer Unterlippe. Es war zum Sterben peinlich. Papa sagte gar nichts mehr, er flüchtete ins Bad, so ist er manchmal, aber diesmal konnte ich es ihm wirklich nicht übel nehmen. Ich blieb stehen, so ein bisschen hinter dem Türrahmen, ich wollte nicht unbedingt, dass sie mich sieht, Mama, meine ich, aber irgendwie hatte ich das Gefühl, Carola beistehen zu müssen. Es war irgendwie meine Pflicht. Es war so peinlich! Und das, nachdem Carola uns erzählt hat, wie gastfreundlich sie in südlichen Ländern aufgenommen worden ist! Also Carola hat ganz toll reagiert. Sie hat sich überhaupt nicht beeindrucken lassen von dem Gekeife, ist gar nicht erst darauf eingegangen. »Ist ja gut, ist ja gut«, hat sie gesagt, ganz sanft. Dann hat sie Mama ins Bad geschickt. »Geh nur und mach dich schön«, hat sie gesagt, »bis die ersten Gäste kommen, ist alles bereit. Ich schwör's!« Dabei hat sie drei Finger hochgehalten und mir zugezwinkert.

Carola hat den großen Seesack aus dem vw-Bus geholt und die ganzen Requisiten im Wohnzimmer verteilt. Kerzen, Masken, Fächer, Stoffblumen, alles schwarz oder rot. Sie hat das ganze Zimmer umdekoriert. Die Abfälle hat sie kurzerhand mit dem Fuß unter das Sofa geschoben, sieht ja keiner. Dann ist sie in die Küche gegangen und hat das Frauenzeitschriftenmenü, das Mama schon vorbereitet hatte, mit Lebensmittelfarbe, Kuchendekoration und einem herzförmigen Ausstecher behandelt. Es war ein toller Erfolg! Oma und Opa waren ganz hingerissen von Carola, vor allem Opa, das wundert mich auch überhaupt nicht, niemand kann Carola widerstehen. Dabei hat sie noch nicht einmal geduscht oder irgendetwas, sie trug auch gar nichts Besonderes und sah doch hundertmal besser aus als Mama, die vergebens versucht hatte, ihre schlechte Laune und ihre Tränen mit Schminke zuzukleistern. Natürlich ist Carola auch um einiges jünger.

Carola war wahnsinnig lieb, sie hat das ganze Essen

serviert und alles und nebenbei noch die Gäste unterhalten. Mama musste nicht einmal aufstehen. Trotzdem hat sie den ganzen Abend kein Wort gesagt, und um halb elf ging sie schlafen. Oma und Opa sind noch nie so lange geblieben. Ich glaube, sie haben sich noch nie so gut amüsiert. Wir haben berühmte Filme nachgespielt und getanzt, und später saß ich neben Carola auf dem Sofa, sie hatte einen Arm um mich gelegt, mit der anderen Hand kraulte sie Papas Kopf, der auf dem Boden vor ihr saß und sich an ihre Beine lehnte.

Mama kam noch zweimal herunter, um sich über die Musik zu beschweren.

25. Dezember

Den ganzen Tag Streit. Den ganzen Tag. Es ist schrecklich. Liebes Tagebuch, am liebsten würde ich sterben. Oder weglaufen. Meinst du, Carola würde mich mitnehmen? Mama ist absichtlich ganz früh aufgestanden und hat angefangen aufzuräumen und abzuwaschen. Sie hat derart laut mit dem Geschirr geklappert, dass wir alle aufwachten, sogar ich in meinem Zimmer ganz oben unter dem Dach. Ich wundere mich nur, wie Carola das ausgehalten hat. Aber sie hat sich nichts anmerken lassen. Mama war es natürlich ganz egal, dass da noch jemand zu schlafen versuchte. Sie weiß nicht einmal, dass Künstler ausschlafen müssen. Sie haben eben einen anderen Lebensrhythmus. Außerdem finde ich, nachdem Carola gestern den ganzen Abend geschmissen hat, ist es doch das mindeste, dass Mama heute aufräumt.

Ich habe versucht, so lange wie möglich im Bett zu bleiben, aber schließlich hatte ich doch Hunger. Also ging ich hinunter. Das nächste Mal verhungere ich lieber, das kann ich dir versprechen. Es war grauenvoll. Mama machte ihre »Schmerzensreiche Mutter«, das beherrscht sie wie keine Zweite, dieses Zittern der Unterlippe, der gesenkte Blick, die matte Stimme: Mama ist nicht böse, nur traurig. Ich könnte sie umbringen, wenn sie so ist, wirklich, das könnte ich. Sebi scharwenzelt wie ein kleiner Hund um sie herum, schenkt ihr Kaffee ein und bietet ihr Brötchen an, aber sie kann nichts essen, keinen Bissen bringt sie jetzt herunter, danke, mein Schatz. Na ja, kann auch nicht schaden. Dünn ist sie ja nicht gerade. Papa reagiert normalerweise genauso, er lässt sich genau wie Sebi von dieser Darbietung beeindrucken. Aber seit Carola hier ist, ist er anders. Wahrscheinlich ist ihm wieder einmal bewusst geworden, was er alles aufgegeben hat für Mama. Damit sie ihre bürgerliche Ader ausleben kann. Sie hat wirklich keinen Grund, sich so aufzuführen, und ich glaube wirklich, er wird sich das nicht mehr lange bieten lassen. Carola hat so getan, als würde sie nichts merken, sie hat mit gutem Appetit gegessen und geschwatzt, und dass sie wenig geschlafen hat, hat man ihr auch nicht angesehen. Carola kann essen, was sie will, sie nimmt niemals zu. Das finde ich toll. Ich wünschte, ich wäre auch so.

Die Erste, die es nicht mehr ausgehalten hat, war Mama. Dabei hat sie mit dem ganzen Theater ja angefangen. Papa ist wieder ziemlich schnell verschwunden und Sebi auch. Liebes Tagebuch, manchmal habe ich den Verdacht, dass Männer nicht sehr konfliktfähig sind, jedenfalls in unserer Familie nicht.

Mama hat herumgetobt wie eine Verrückte, und zum Schluss, als ihr nichts Besseres mehr einfiel, hat sie Carola vorgeworfen, sie hätte sie aus dem Ehebett vertrieben und mit Papa geschlafen. Carola hat es nicht einmal abgestritten, das fand ich schon ziemlich cool. Aber dann hat sie gesagt, Mama sei selber schuld, wenn sie das Bett verlassen habe, sie hätte eigentlich sehr gern auch mit ihr …

Ich habe die Tür ganz leise hinter mir zugemacht und bin nach oben gegangen. In meinem Zimmer habe ich die CD aufgelegt, die Sebi mir geschenkt hat, und voll aufgedreht.

Ich habe mir ausgerechnet, wie lange ich sparen muss, um mir die Snowboard-Sachen zu kaufen.

Erwachsene sind widerlich. Immer müssen sie alles verderben. Und Carola ist auch nicht besser.

26. Dezember

Mama ist weg. Wahrscheinlich für immer. Hat ihre ganzen Sachen mitgenommen. Und außerdem einen Brief hinterlassen. Papa hat ihn vor lauter Wut zerknüllt und weggeworfen, aber ich hab ihn aufgehoben und glatt gestrichen.

Liebe Familie

Diese paar Tage mit Carola haben mir die Augen

geöffnet. Ich habe in den Spiegel geschaut und mich selber nicht erkannt. Bin das wirklich ich, diese kleinliche, nörgelnde, verbitterte Hausfrau? Kann es wirklich meine einzige Sorge sein, ob das Essen rechtzeitig auf dem Tisch steht? Nein. Ich muss hier raus, bevor es zu spät ist. Das kann einfach noch nicht alles sein. Schließlich war ich einmal eine recht vielversprechende Schauspielerin.

Ihr seid schon groß, ihr braucht mich nicht mehr. Und Carola ist ja so eine wertvolle Hilfe im Haushalt.

Macht's gut, ich melde mich.

Mama

PS. Da ich ihn seinerzeit bezahlt habe, nehme ich den VW-Bus …

Was Papa am meisten ärgert, ist wahrscheinlich, dass Carola auch weg ist. Das heißt, dass er den ganzen Haushalt allein machen muss. Mich hat der Brief nicht so sehr erstaunt. Ich wusste es schließlich als Erste.

Ich konnte nämlich die ganze Nacht nicht schlafen, keine Sekunde lang. Immer und immer musste ich an Carola denken, wie sie ins Elternschlafzimmer schleicht und sich nackt zwischen Papa und Mama legt. Dann musste ich mir eine Hand vor den Mund halten, um nicht einfach zu kotzen. Liebes Tagebuch, ich will nie erwachsen werden. Erwachsene können nur noch daran denken, miteinander ins Bett zu gehen. Wie und wann und mit wem. Was anderes hat in ihrem Kopf keinen Platz. Ich hab mich oft gefragt, warum die Erwachsenen nicht mehr logisch denken können. Jetzt weiß ich es.

Wie auch immer, irgendwann bin ich wieder aufgestanden. Ich hatte den ganzen Tag noch nichts gegessen.

Nach meinen Berechnungen musste von der Götterspeise noch etwas übrig sein. Wenn nicht, würde ich mir ein paar Schokoladenschneemänner vom Weihnachtsbaum abschneiden. Na ja, ich geb's zu, ein bisschen hoffte ich, Carola wäre noch wach, hoffte, sie würde sich bei mir entschuldigen, mir erklären, sie habe das mit dem Bett nur erfunden, um Mama von ihrem Wahn zu kurieren. Aber im Grunde wusste ich sehr gut, dass es nicht erfunden war, und auf der Treppe traf ich Mama, die gerade dabei war, ihre Sachen in den vw-Bus zu laden.

»Wenn du erst einmal eine erwachsene Frau bist, wirst du mich verstehen«, flüsterte sie und sah mich dabei so ein bisschen traurig an, als könnte mir nichts Schlimmeres passieren. Langsam glaub ich das allerdings auch. Aber da ich eh nicht mehr vorhabe, erwachsen zu werden, sagte ich nichts. Ich half ihr, die Sachen im Bus zu verstauen. War nicht gerade wenig. Als Letztes kam Carolas großer Requisitensack. War verdammt schwer, dafür, dass die ganzen Sachen noch immer unser Wohnzimmer dekorieren.

Tom Zai

Warum liegt der Förster tot im Wald?

Kuno Sonderegger und Petra Hofstätter von der lokalen Polizei sowie die Forensikerin Philippa Rothenbühler stehen etwas ratlos im Wald. Es hätte ein friedlicher Ort sein können. Winterlich. Vögel pfeifen. Der Wind bewegt ganz leicht die oberen Äste der Föhren und Tannen. Schnee liegt, wenn auch arg zertrampelt. Die Zertrampelungen im Schnee werden ab sofort »Spurenlage« genannt, die lauschige Stelle im Wald »Fundort« beziehungsweise »Tatort«. Und die Person am Boden »Leiche«, obwohl es doch eigentlich der Oberförster Res Seidelbast ist beziehungsweise war.

Er liegt auf dem Bauch. Die Forensikerin dreht ihn nach einem ersten Augenschein auf den Rücken.

»Oha, der Res«, sagt Petra Hofstätter.

Immer wenn jemand spricht, bilden sich kleine Wolken, die wie (aus Datenschutzgründen) unkenntlich gemachte Sprechblasen noch eine Weile in der Luft schweben.

»Ja, der Res«, bestätigt Kuno Sonderegger die Faktenlage.

Dort, wo das Gesicht des Toten seitlich auflag, ist der Schnee verfärbt. »Erbrochenes«, konstatiert Philippa Rothenbühler und befiehlt dann: »Sichern!«

Die erste grobe Untersuchung der Leiche ergibt ein Bild, das rätselhaft ist. An ihrer linken Hand weist sie eine starke Verbrennung mit einem eigenartigen Muster auf. Durch die Innenfläche der rechten Hand zieht sich ein langer Schnitt, der notdürftig mit einem Taschentuch verbunden ist. Es hat sich mit Blut vollgesaugt und die Wunde hätte mit Sicherheit noch Probleme gemacht. Doch die Handfläche, wie der Rest des Körpers, macht, wennschon, nur noch der Polizei Probleme. Am Bauch gibt es ebenfalls eine Verletzung: Ein Stich von einem zwar dünnen, aber vermutlich doch stumpfen Gegenstand, der durch Jacke, Pullover, Hemd und Unterhemd gegangen war, aber den Bauch nur oberflächlich im Fettgewebe verletzt hat. Auf der Stirn prangt der Abdruck eines stumpfen Gegenstandes, der den Förster mit Wucht erwischt haben muss. Am eigenartigsten aber mutet an, dass Res Seidelbast keine Schuhe trägt. Der große Zeh des linken Fußes ragt nackt und bloß durch die wollenen Ringelsocken in die klare Winterluft.

Ob das schon ein erstes Motiv sein könnte? Raubmord? Wegen Schuhen?

Kuno Sonderegger weiß: »Der Res trägt doch immer diese Kampfstiefel – beziehungsweise hat sie getragen. Wo die nur sein könnten?«

Später, bei der forensischen Untersuchung der Leiche, wird sich eine weitere Verletzung zeigen. Die Netzhaut des linken Auges von Res Seidelbast wurde beschädigt – vermutlich durch einen starken Laser, so Philippa Rothenbühler.

Sie wird bei der Obduktion außerdem feststellen, dass der Tote Pilze zu sich genommen hatte, die in Verbindung mit Alkohol bei gewissen Menschen unverträglich sind. Doch die Reaktion auf den Pilz hat genauso wenig zum Tod des Försters geführt wie das Erbrechen, der Stich in den Bauch, der Schnitt in der Hand, die Verbrennung an der anderen Hand, der Schlag auf den Kopf oder die Verletzung der Netzhaut.

Res Seidelbast ist schlicht und ergreifend erfroren. Es kann der Schlag auf den Kopf gewesen sein, der ihn außer Betrieb gesetzt hat. Aber der Förster hatte 2.3 Promille Alkohol im Blut. Es dürfte für die Staatsanwaltschaft schwer zu beweisen sein, dass Res Seidelbast am Ende nicht einfach seinen Rausch an einem sehr ungeschickt gewählten Ort ausgeschlafen hat – und davon leider nicht mehr erwacht ist.

Die Verdächtigen beziehungsweise die Beteiligten können jedoch samt und sonders eruiert, die Geschehnisse, welche indirekt zum Tod von Res Seidelbast führten, rekonstruiert, verstanden, protokolliert und abgelegt werden – was erst den langwierigen nächsten Prozess in Gang setzen wird: jenen des Vergessens und Verdrängens.

Der Förster war ein pedantischer Mensch mit einem Hang zur Akribie, versehen mit ausgeprägter Engstirnigkeit, sturer als jeder Esel und flexibel nur, wenn es um die Auslegung der Treuepflicht als Ehemann ging. Mit seiner Smartwatch zeichnete er alles auf, was eine smarte Watch aufzeichnen kann. Sein Handy trackte nicht nur seine eigenen Bewegungen, sondern zeichnete auch sämtliche Bluetooth-Geräte auf, die sich in seinem Empfangsbereich befanden.

Die Auswertung aller Daten führt zu den Beteiligten, die allesamt geständig sind, wenn auch letztlich nicht zweifelsfrei schuldig. Die Rekonstruktion der Ereignisse ergibt eine Geschichte, die, hätte sie sich ein drittklassiger Krimiautor aus den Fingern gesaugt, als vollkommen unglaubwürdig, ja geradezu hanebüchen, abgetan worden wäre.

Folgendes hat sich zugetragen:

Am Freitagnachmittag gilt es noch ein paar Bäume zu fällen. Das Trüppchen des Forstamtes Überkirchen steht missmutig im Wald. Es könnte längst fertig sein, schon fast im Feierabend eigentlich – was gerade heute praktisch wäre: Der Weihnachtsmarkt ruft. Aber es läuft schlecht. Nicht schlechter als sonst. Aber schlecht. Es läuft immer schlecht, wenn der Chef dabei ist. Die Akribie, mit der er Abstände zwischen den Bäumen misst – messen lässt, wenn man es genau nimmt – haben alle so satt, dass sie noch nicht mal Vergleiche für den Sattheitsgrad heranziehen. Bloß keine Energie verschwenden! Energie, die es braucht, um die Selbstkontrolle nicht zu verlieren. Um dem Pedanten keine reinzuhauen oder ihn zumindest anzuschreien. Alle sind auf ihren Job angewiesen.

Oberförster Res Seidelbast will Struktur im Wald. Regelmäßige Struktur. Wann immer es das Gelände zulässt, bildet er gleichseitige Dreiecke aus möglichst gerade gewachsenen Bäumen. Deswegen spielen sich beim Auslichten der Jungtannen Dramen ab.

An diesem Freitagnachmittag ist es René Bissegger, der das Distanzmessgerät bedienen muss. Er wird vom Förster rumgescheucht, mal hierhin, mal dahin, muss ausmessen, nachmessen, vermessen, bis es in René Bissegger erst langsam köchelt, dann aber so richtig kocht. Um nicht auf der Stelle seinen Chef mit dem Stativ des Messgeräts aufzuspießen und dann totzuschlagen – oder umgekehrt – baut René Bissegger Adrenalin ab, indem er, wie durch Zufall, den Laser über das Gesicht des Oberförsters gleiten lässt. Der Förster wettert, jede verdammte Handpeilung sei besser, als das, was der Bissegger da mit seinem Laser abliefere. Res Seidelbast tritt gleich den Beweis an, indem er sich an den Stamm einer Tanne lehnt, das rechte Auge schließt und über den ausgestreckten Daumen der linken Hand die Winkel und Abstände zwischen den Bäumen prüft. Da verpasst ihm René Bissegger den Laser direkt ins weit aufgerissene linke Auge.

Das habe er mit Absicht gemacht, schreit der Förster im Wald rum und das werde noch Konsequenzen haben und überhaupt, er habe es satt, mit lauter Stümpern zu arbeiten. Eine verschworene Bande sei das, die einem dahergelaufenen Laserterroristen auch noch passivaggressiv zugrinse, jawoll. Und sie sollten sich alle zum Teufel scheren. Das würde er ihnen dann vom Lohn abziehen.

Also wird es dem Trüppchen zu blöd mit ihrem Chef, und sie lassen ihn zurück im Wald, wo er wie Rumpelstilzchen herumstampft und flucht, bis ihm klar wird, dass ihm niemand mehr zuhört.

Als er zu Hause aufschlägt, ist seine Laune nicht besser geworden. Aber immerhin lässt er sie nicht wie sonst an seiner Frau Vroni aus, die von den Allüren ihres Mannes dermaßen die Schnauze voll hat, dass sie ihm eine weitere Lektion erteilen will. Sie erteilt ihm immer wieder Lektionen – die ihn allesamt nicht zur Vernunft bringen. Seit er sie gezwungen hat, ihren drei Töchtern Blumennamen zu geben – Hortensia, Hyazintha und Viola – hat sie unzählige Male erfolglos versucht, ihn durch Schaden klug zu machen. Im Laufe der letzten Jahre haben sich ihre pädagogischen Maßnahmen immer mehr zu eigentlichen Racheaktionen entwickelt. Heute ist es mal wieder Zeit für eine Pilzsuppe. Pilze, von ihrem Göttergatten im Herbst höchstselbst gepflückt – er würde niemals fremdgepflückten Pilzen trauen –, hat er in großem Stil eingefroren und seiner Frau für später zur weiteren Verarbeitung überlassen. Er weiß nichts vom zweiten Vorrat an Netzstieligen Hexenröhrlingen. Die meisten Menschen vertragen diesen Pilz problemlos, selbst, wenn sie Alkohol dazu trinken. Ihr Mann allerdings gehört zu einer kleinen Gruppe, welche die »Netzhexe« nicht mit Alkohol verspeisen darf. Dürfte, um genau zu sein. Denn er selber hat keine Ahnung, dass die Magendarmgeschichten, die ihn immer mal wieder außer Gefecht setzen, irgendwas mit dem Verzehr von Pilzen zu tun haben. Vroni, welche nun mal für die Zubereitung zuständig ist, hat das vor ein paar Jahren eher zufällig entdeckt, weil Res – der Unfehlbare! – zu den Flockenstieligen Hexenröhrlingen, der »Flockenhexe«, versehentlich zwei Netzstielige ins Körbchen gelegt hatte. Oh, wie der ein paar Stunden später gereihert hatte. Und dann praktisch 24 Stunden nicht mehr aus dem Klo rausgekommen war. Herrlich.

Nun also Pilzsuppe. Ohne Alk. Der würde später fast wie von alleine in reichlichen Mengen den Weg zum Pilz finden und dann dem über den Zaun grasenden geilen Bock von einem Ehemann, diesem in fremdgestrickte Ringelsocken stinkenden, pedantischen, rechthaberischen Nichtsnutz nach der Zechtour über den Weihnachtsmarkt und dem Stelldichein bei der Fremdstrickerin die Nacht zur Hölle machen.

»Das gibt Boden«, sagt Vroni zum Förster, als sie das zweite Mal für beide nachschöpft. Ihr Mann ist so von sich selber überzeugt, dass er im Leben nicht auf die Idee kommen wird, dass die Kotzerei und Scheißerei, die ihm bevorstehen, irgendwas mit der Suppe zu tun haben könnten.

Überhaupt steht Res Seidelbast, dem Oberförster, auf den das Prädikat »Menschenfreund« so gar nicht zutrifft, noch einiges bevor. Also bevor er dann am Ende sterben wird. Aber davon weiß er in diesem Moment nichts. Das lässt sich, wie gesagt, erst im Nachhinein rekonstruieren. Wer rechnet schon im Voraus damit. Res Seidelbast zumindest nicht.

Er macht ein ganz kleines Schläfchen nach dem Süppchen, duscht, zieht Zivilkleidung an, die auch auf den zweiten Blick immer noch an einen Förster erinnert, und verlässt grußlos das Haus. Er nimmt das Auto, obwohl er mit Sicherheit nicht damit würde heimfahren können – wie immer, wenn er »in den Ausgang geht« (obwohl er eben hinfährt).

Er hat vor, so richtig Gas zu geben. Aber nicht mit dem Fahrzeug. Der blöde Schleier auf seinem linken Auge stört beim Lenken und will beruhigt werden. »Warte Durst, bis Abend ist!«, sagt er, als er das Auto auf den Parkplatz beim Weihnachtsmarkt fährt und wie immer die Tafel *Forstamt* auf die Ablage legt, weil er nicht vorhat, die lächerlichen Parkgebühren zu bezahlen.

Der Förster stürzt sich ins Getümmel und trinkt sich durch die Stände. Glühwein hasst er über alles, aber Bier, Sekt, Wein und Schnaps sind ihm willkommen. Bei jedem zweiten Stand kriegt er sein Getränk umsonst. Energiekrise sei dank wollen viele möglichst schnell an Brennholz kommen. Da führt kein Weg an fucking Oberförster Res Seidelbast vorbei. Er fühlt sich mit jedem Glas großartiger.

Irgendwann landet er beim Socken- und Waffelstand von Amalia Rosenkranz und, als ob es ihn den ganzen Abend genau da hingezogen hätte, auch *im* Stand der Kampfstrickerin. Es ist genau ein Jahr her, dass ihre Leidenschaft für den Oberförster entflammt wurde. Ab einem gewissen Pegel kennt dieser kein Halten mehr und das Verlangen, Frauen an die Wäsche zu gehen, wird übermächtig. Amalia Rosenkranz gehört zu der verschwindend kleinen Minderheit, die das zu schätzen weiß. Eigentlich ist sie die Einzige hier. Man kann es vielleicht wissenschaftlich erklären. Aber wen interessiert das? Sie möchte einfach nur gedrückt oder geliebt werden – wenn es sich einrichten ließe beides –, was ihr – leider auch beides – wiederum ihr Mann Norbert seit Jahren verwehrt. Sie fackelt nicht lange, will, dass der Förster mit ihr »kurz in den Lieferwagen« geht, der hinter dem Stand parkiert ist – »für ein kleines Hüpferchen«, wie sie sich ausdrückt. Doch Res Seidelbast will nicht recht oder ist noch zu wenig betrunken. Seine Frau habe in letzter Zeit so Kommentare gemacht, wenn sie geringelte Wollsocken an seinen Füßen sehe, sagt er. Vermutlich habe sie was spitzgekriegt. Es wäre wohl besser, wenn sie sich eine Weile nicht treffen würden.

Dass Amalia Rosenkranz eine ungeahnt furiose Leidenschaft entwickelt, weiß der Förster nur zu gut. Dass diese auch in weißglühenden Jähzorn umschlagen kann, ist neu für ihn. Nach einem kurzen aber heftigen Wortgefecht packt sie eine Stricknadel und rammt sie ihm mit voller Wucht durch Jacke und Hemd bis in den Bauch, wo sie nicht allzu tief eindringt. Dennoch zuckt der Förster vor Schreck und Schmerz zusammen. Er verliert das Gleichgewicht und stützt sich im Fallen auf dem heißen Waffeleisen ab. Als er sich fluchend aufrappelt, hat sich bereits eine Menge vor dem Stand versammelt. Res Seidelbast brummelt was von einer »Speziallieferung Tannenreisig« und macht sich unter dem Spott der Leute davon – weg vom Markttreiben, raus in die schützende Dunkelheit. Die Handfläche mit dem eingebrannten Muster des Waffeleisens kühlt er mit Schnee vom Straßenrand. Das ist definitiv nicht sein Tag.

In seinem Auto lagert an geheimem Ort eine Flasche Wodka für den Notfall. Da dies ein Notfall ist, schnappt er sich die Flasche und auch die starke Taschenlampe. Beides steckt er in seine Jackentaschen und tritt zu Fuß den Heimweg durch den Wald an. Wirklich weit ist es nicht. Drei Kilometer auf einem Forstweg, der parallel zur Autostraße durch den Wald führt. Sein Ziel ist es, die Strecke und die Flasche in unter einer Stunde zu schaffen.

Auf halbem Weg fällt ihm ein Fahrzeug auf, das an der Autostraße steht. Er bleibt stehen, horcht und späht in den Wald. Ein Kichern erreicht seine Ohren. Im Scheinwerferlicht der Lampe erkennt er zwei Gestalten, die an einer mächtigen Buche stehen. ›Ihr habt an Buchen nichts zu suchen!‹, geht ihm ein alkoholgeschwängerter Reim durch den Kopf, den er für sich behält, da er die beiden kennt. Nur zu gut. Ihm vergeht das Witzeln gründlich, als er die Zusammenhänge versteht.

Es sind Kevin Rüdisüli, sein Lehrling, und Viola Seidelbast, die in jugendlicher Blüte stehende, offenbar in einen Idioten verliebte Tochter. Als Förster und vor allem als Vater tritt er näher. Das Gekicher wirkt nun unsicher. Kevin versucht etwas hinter seinem Rücken zu verstecken. Doch Res Seidelbast hat nur Augen für *seine* Buche. Mitten in ihrem Stamm prangt eine frisch zugefügte, riesige Wunde: Ein Herz mit den Initialen *K. R. + V. S.* – V. S., ein Grund mehr für Viola, ihren

Vater zu hassen. Seit die Lehrerin in der 6. Klasse die Schweizer Kantone durchgenommen hat, nennen sie alle *Wallis* – seit ihre Namensvetterin aus dem Kanton mit dem Autokennzeichen vs Bundesrätin geworden ist, nennt sie ganz Überkirchen so –, was aber immer noch besser ist als *Vióleli* oder *Blüemli*, wie sie im Kindergarten genannt wurde.

Der Förster schäumt vor Wut und will sofort, kraft seines Amtes, das Corpus Delicti, die Tatwaffe, konfiszieren. Zerknirscht holt Kevin seine Hand hinter dem Rücken hervor und hält seinem Chef das Messer hin. Dieser greift mit der unverletzten Hand zu und zieht, in der Meinung, Kevin halte ihm den Griff des Messers hin – so, wie er es ihm in unzähligen Sicherheitsinstruktionen *verdammt noch mal* beigebracht hat. Dass er sich geirrt hat, merkt Res Seidelbast erst, als er die Klinge über die ganze Länge seiner Hand gezogen hat. Das Messer fällt in den Schnee, weil beide gleichzeitig loslassen. Blut und Fluchworte fließen heftig. Viola und Kevin, das muss man ihnen lassen, wollen sich sofort um den Verletzten kümmern. Schließlich haben sie sich beim Nothelferkurs ineinander verliebt und abgesehen davon sind sie einfach fürsorgliche, nette Menschen – etwas, das Res Seidelbast auf den Tod nicht ausstehen kann. Der Förster scheucht sie weg und will auch nicht von ihnen nach Hause gefahren werden. Sie sollten machen, dass sie vom Acker kämen, beziehungsweise vom Wald. Und das habe dann noch ein Nachspiel, faucht er sie an. Die beiden fügen sich und gehen wohl oder übel. Sie haben auf die harte Tour gelernt, dass man sich Res

Seidelbast besser nicht widersetzt. Das Messer nehmen sie mit.

Seine Hand verbindet der Förster behelfsmäßig mit seinem Taschentuch, einem alten Stofftuch mit den Initialen A. S., das er von seiner Mutter selig, die ihn immer bei seinem vollen Namen Andreas rief, vor einer Ewigkeit zur Erstkommunion bekommen hatte. Initialen auf Taschentüchern sind für Res Seidelbast ein Muss. Anderswo haben sie rein gar nichts zu suchen – schon gar nicht auf Buchen. Aber ihm ist nicht mehr nach Reimen. Es ist nicht mehr allzu weit bis nach Hause und er fängt an, daran zu glauben, dass nicht nur die Flasche Wodka, sondern auch dieser Tag zum Vergessen bald geschafft ist.

Aber da: Noch ein Auto. Diesmal mitten auf dem Forstweg. Spuren führen in den Wald. Trotz seines Zustands – stark steigender Alkoholpegel, multiple Verletzungen und ein unangenehmer werdender, geradezu schmerzhafter Druck in Darm und Magen –, will er der Sache auf den Grund gehen. Wenn da gleich einer in *seinen* Wald kackt, dann wohl er selber. Die Aussicht, jemanden mit blankem Arsch beim Freischeißen anzutreffen, beflügelt ihn geradezu.

Jetzt nochmals jemanden so richtig zur Schnecke machen – damit würde er diesem beschissenen Tag einen kleinen Sieg abringen.

Bald hört er das regelmäßige Geräusch einer Schaufel, die in den Boden eindringt. Das müsste dann ein überkorrekter Freischeißer sein, der seine Exkremente einbuddelt. Aber als der Lichtstrahl einen Hünen von einem Mann erfasst, versteht er, dass es hier um was ganz anderes geht. Ein Christbaum-Frevler ist am Werk und er, Oberförster Res Seidelbast himself, erwischt ihn in flagranti. Der Kerl hat es auf eine Jungtanne abgesehen, die er ausgräbt. Ein Modetrend. Nachhaltige Christbäume im Topf. Weil mehrjährig, weil öko, weil auf lange Sicht günstiger, weil hype oder hip oder hop. Ihm egal. Solange keine Bäume aus seinem Wald involviert sind. Als er dem Frevler ins Gesicht leuchtet, wird ihm klar, dass seine Pechsträhne nicht zu Ende ist.

Vor ihm steht Norbert Rosenkranz, der Mann von Amalia, der zwar keine Lust auf Kopulation hat, es aber gleichzeitig unerträglich findet, dass seine Frau ausgerechnet mit dem Ekelpaket von einem Oberförster ihrer animalischen Lust freien Lauf lässt. Es war nicht allzu schwer herauszufinden. Seither wartet Norbert Rosenkranz auf den Moment, es dem Förster heimzuzahlen. Einen seiner Bäume zu freveln, hat ihm bereits ein gutes Gefühl gegeben. Diesem Idioten nun auch noch ohne Zeugen eins mit der Schaufel überzubraten, ist eine Verlockung, der er einfach nicht widerstehen kann. Res Seidelbast sieht die Schaufel kommen, bevor er gar nichts mehr sieht. Sie trifft ihn mitten auf die Stirn und er denkt noch: ›Alles hat ein Ende, nur die Wurst hat zwei‹, was keinen Sinn ergibt, aber auch nicht muss.

Er bleibt recht lange einfach liegen – bis sein Körper die letzten Reserven mobilisiert, als die Netzhexe in Kombination mit dem Alkohol ihre maximale Wirkung entfaltet. Unbewusst dreht er sich auf den Bauch, damit er beim Kotzen nicht sofort erstickt. Dass er seine Hose füllt, nimmt er, wie alles andere, kaum mehr wahr. Er driftet gleich wieder weg, weil der Wodka zusammen mit den anderen Getränken so richtig reinkickt. Nachdem sich Res Seidelbasts Körper erleichtert hat, versetzt er sich in den Recovery-Modus, ehe das Gehirn in ein paar Stunden das System wieder hochfahren will. Was nicht geschehen wird, da er sich für den Ruhezustand einen denkbar ungünstigen Platz ausgesucht hat. Bis er sich wieder in den Betriebszustand versetzen könnte, ist er – einer kalten Winternacht geschuldet – nicht mehr funktionsfähig. Er zieht die Konsequenzen und stirbt in den frühen Morgenstunden.

Was bleibt, ist das Rätsel mit den verschwundenen Stiefeln des Res Seidelbast. Sie werden – eher durch Zufall – ein paar Monate später auf einem Schuhbaum gefunden. Überkirchens Jugend macht sich einen Spaß draus, immer wieder zusammengebundene Schuhpaare auf eine ganz bestimmte Esche am Dorfrand zu schmeißen. Was sie damit zum Ausdruck bringen will, erschließt sich den meisten Leuten nicht. Vielleicht will sie gar nichts zum Ausdruck bringen, die Jugend, sondern einfach nur ihren Spaß haben. Jedenfalls wird ausgerechnet diese Esche vom Falschen Weißen Stängelbecherchen, einem aus Asien importierten Pilz, befallen. Die jungen Triebe sterben ab. René Bissegger, der neue Oberförster von Überkirchen, wird gerufen, sieht sich die Sache an und fackelt nicht lange. Die Straße wird abgesperrt, die Esche gefällt, zerlegt und zur Verbrennung verladen.

Die Schuhe werden davor aus den Ästen entfernt und zur Belustigung der vielen Gaffer in Reih und Glied am Straßenrand aufgestellt. Dabei fallen dem Trüppchen vom Forstamt die Kampfstiefel von Res Seidelbast auf.

Die Polizei wird gerufen, welche von Anfang an einen unmotivierten Eindruck macht. Immerhin lässt Petra Hofstätter den bekennenden Schaufelschläger, Norbert Rosenkranz, antanzen, um ihn mit dem Fundstück zu konfrontieren.

Rosenkranz gibt zerknirscht zu, er habe die Stiefel mitgenommen, um »diesen Tropenkopf« in den Ringelsocken seiner Frau durch den Schnee heimlatschen zu lassen. Er habe die Schuhe allerdings auf dem Forstweg hingestellt, sodass er sie hätte finden müssen. Der Weg bis zum Försterhaus sei ihm doch etwas lang erschienen. Wie die Stiefel von dort auf den Schuhbaum gekommen seien, entziehe sich seiner Kenntnis. Ob das nun bei der Gerichtsverhandlung zu seinen Ungunsten ausgelegt werden könne, möchte Rosenkranz noch wissen.

Petra Hofstätter weiß es nicht. Aber sie hat auch nicht vor, die Angelegenheit unnötig kompliziert zu machen. Wenn sie etwas hasst, dann Papierkram. Sie bringt die Schuhe kurzerhand zur Witwe des Försters. Soll sie entscheiden, was damit geschehen soll.

Sie habe ihr da noch ein »Andenken«, sagt die Polizistin zu ihrer langjährigen Freundin Vroni, als sie ihr die verwitterten Stiefel in die Hand drückt. Nach einem kurzen Kaffee und einem Schwatz bleibt Vroni allein mit den Schuhen zurück.

Sie holt frische Erde und befüllt die Schuhe damit. In den linken Stiefel pflanzt sie Veilchen, in den rechten Hyazinthen. Sie stellt sie in ihren Garten vor die große Hortensie, welche diesen Sommer bestimmt wunderbar blühen wird.

Überhaupt wird es ein wunderschöner Sommer werden. Vroni zieht die Luft durch die Nase und meint, sie könne ihn schon fast riechen. Vor allem aber riecht sie noch was völlig anderes, das ihr Herz ganz froh macht: den Duft der Freiheit.

Stefan Haenni

Das Weihnachtspaket

Rentner Otto Baumberger war unterwegs zum Hauptbahnhof Bern. Hinter sich zog er ein zweirädriges metallenes Rollgestell durch den Schnee, auf das ein großes Weihnachtspaket geschnürt war. Darin befand sich die neueste Playstation in ihrer überdimensionierten Verpackung. Die Station war als Geschenk für den Enkel in Zürich bestimmt, den er heute besuchen wollte. Das Geschenkpapier war mit dunkelgrünen Tannenzweigen und roten Weihnachtssternen bedruckt sowie einer breiten zinnoberroten Schleife umschnürt. Schwer schien das Paket nicht zu sein. Bloß unhandlich. Entgegenkommende Passanten gingen ihm zuvorkommend aus dem Weg. Otto war froh, als er endlich Perron 3 erreichte, wo nach wenigen Augenblicken der Intercityzug nach Zürich einfuhr.

Alle Abteile waren stark besetzt. Endlich fand er noch einen freien Sitzplatz. Aber für das Weihnachtsgeschenk war dort kein ausreichend großer Stauraum vorhanden. Also legte er Mantel, Schal und Mütze auf den Platz, damit ihm diesen niemand mehr streitig machen konnte, und rollte das Gepäckstück in den Eingangsbereich des Waggons. Dort deponierte er es auf der Kofferablage.

Danach begab er sich zu seinem Sitzplatz zurück. Erschöpft ließ er sich in die Polster fallen.

Ihm gegenüber saß eine adrette Brünette um die dreißig. Sie starrte konzentriert auf ihren Laptop. Mit kirschrot lackiertem Zeigefingernagel tippte sie ab und zu darauf herum.

Ein Gespräch zwischen Otto und der Dame kam nicht zustande. Otto war's recht. Die beiden anderen Plätze blieben bis zur Abfahrt des Zuges frei. Erstaunlicherweise marschierten sämtliche Passagiere, die noch auf Platzsuche waren, blind an ihnen vorbei. Auch das war Otto recht.

Nach einer ruhigen Fahrt überraschte die Dame mit einer plötzlichen Bitte: »Entschuldigung. Könnten Sie kurz auf meine Sachen aufpassen?«

In zwanzig Minuten würde der Zug sein Ziel erreichen. Pünktlich.

Otto Baumberger reagierte erst, als sich die Frau bereits erhoben hatte. »Ja, ist gut«, brummte er und nickte dazu.

Die Mitreisende stöckelte durch den Mittelgang davon. Sie warf ihm über die Schulter ein melodiöses »Merci« zu. Kurz darauf wechselte die Toilettenanzeige über der automatischen Waggontür von grün auf rot.

Auf dem verlassenen Polstersitz in Fahrtrichtung befanden sich eine schwarze Lederhandtasche sowie die leere Textilhülle des Laptops. Das Gerät stand zugeklappt auf der Fensterablage. Auf dem Computer lag unübersehbar eine große, fette Brieftasche.

»Und ich soll all das hüten?«, wunderte sich Otto. »Dabei kennt mich diese Person doch gar nicht. Wie kann sie ausschließen, dass ich mich an den Wertsachen vergreife?« Andererseits fühlte er sich geschmeichelt, als vertrauenswürdig eingeschätzt worden zu sein. Exakt aus diesem Grund nahm er den Auftrag ernst. Das in ihn gesetzte Vertrauen sollte nicht erschüttert werden. Die gute Meinung der schönen Frau beabsichtigte er mit Auftragstreue und Zuverlässigkeit zu belohnen. Auf ihn war auch im Stadium nachdatierten Gammelfleisches absoluter Verlass. Noch in fortgeschrittenem Alter konnte er brauchen, was er einst bei der Armee in wochenlangem Wachdienst geübt hatte. Der Killerinstinkt des arthritischen Kettenhundes war jedenfalls geweckt, die mentale Alarmanlage aktiviert. Eine unsichtbare Schutzzone umspannte Hab und Gut der abwesenden Passagierin.

Vorerst passierte nichts.

Dafür ging es anschließend im Minutentakt zur Sache. Kurz nacheinander eilten ein Tamile und ein Zugbegleiter mit Pferdeschwanz den Mittelgang entlang. Beide offensichtlich harmlos. Danach jedoch schlurfte eine dubiose Figur undefinierbaren Geschlechts und Alters daher, unverhohlen auf die verwaisten Wertsachen schielend. Augenblicklich war die Luft vom süßsauren Gestank kalten Schweißes, von Alkohol und Urin erfüllt. Warnend hüstelte der wachhabende Otto, um eine mögliche Straftat im Vornhinein zu verhindern. Das personifizierte Böse polterte über die Treppe in den unteren Stock des Waggons und blieb weg.

Gefahr gebannt, dachte Otto Baumberger erleichtert.

Frontal näherte sich dafür eine entnervte Mutter mit schreiendem Baby auf dem Arm. Unverdächtig, sollte man annehmen. Otto ließ sich aber nicht so leicht täuschen. Er witterte die Gefahr und blieb aufmerksam.

Schon war auch sie vorüber und das Portemonnaie lag noch immer unberührt an seinem Platz. Fehlalarm.

Dann nahte ein Jugendlicher mit Strickmütze und blassem Teint. Ein potenzieller Schwarzfahrer auf der Flucht vor dem Zugbegleiter? Der Jüngling trug eine ärmellose wattierte Jacke in Ultramarin und reiste ohne Gepäck. Noch bevor der Rentner das Gefahrenpotenzial des Herannahenden abschließend eingeschätzt hatte, setzte sich dieser frech, grußlos und völlig überraschend auf den freien Sitzplatz der abwesenden Brünetten.

»Da ist jemand«, meinte Baumberger zum Besetzer, um in bewährter Manier Präsenz und Aufmerksamkeit zu markieren.

Der Angesprochene maulte spöttisch: »Wo denn?«

»Dort sitzt eine Frau«, antwortete Otto unbeirrt.

»Seh keine.«

»Doch. Sie kommt gleich zurück.«

»Wie schön«, frotzelte der Jugendliche. »Da freue ich mich.«

Otto Baumberger ließ sich nicht provozieren. Er erwiderte: »Sie wissen schon, wie ich's meine.«

»Opa, halt die Fresse!«, tönte es grob zurück.

Der unschöne Wortwechsel weckte das Interesse eines Mitreisenden. Fehlte gerade noch, dass der sich in die Unterhaltung einmischte und möglicherweise für den Halbstarken Partei ergriff. Hatte er alles schon erlebt, der Otto. Er begnügte sich daher mit einem mahnenden: »Wie bitte?«

Der vorlaute Schnösel ging nicht darauf ein. Wortlos erhob er sich, um überraschend von dannen zu ziehen. Mit Genugtuung nahm Otto Baumberger dessen

Abgang zur Kenntnis – bis er realisierte, dass mit dem Halbstarken auch die Brieftasche verschwunden war!

Sofort sprang der Alte auf. Ein stechender Schmerz im Rücken zwang ihn, sich umgehend wieder hinzusetzen. Was war zu tun? Wie konnte der Dieb angehalten, überführt und dingfest gemacht werden?

Otto Baumberger schrie mit brüchiger Stimme in den vollen Waggon: »Haltet den Dieb!«

Wie lächerlich.

Die meisten Mitreisenden reagierten kaum. Sofern sie nicht ohnehin mit auf- oder eingesetzten Kopfhörern in einer eigenen akustischen Sphäre schwebten, zeigten sie wenig Lust auf eine Verbrecherjagd.

»Der Bursche in der blauen Windjacke hat soeben eine Brieftasche geklaut«, doppelte der Rentner vergeblich nach. Hätte er doch nur den Zugbegleiter informieren können. Leider war der längst durch und vorbei und erwartete vermutlich an der Zugspitze die baldige Einfahrt in den Hauptbahnhof. Was die bestohlene Dame nur so lange auf der Toilette machte? Zu gerne hätte er ihr die Situation geschildert, den Dieb beschrieben und ihr die Verantwortung übergegeben. Das rote Besetztzeichen leuchtete noch immer. Also lag die ganze Last der Verantwortung allein auf ihm. Er musste handeln!

Erneut erhob sich Otto Baumberger aus dem Polster. Dieses Mal wesentlich vorsichtiger und bedächtiger. Dann eilte er hinkend dem entschwundenen Delinquenten hinterher.

Für den Jungen war es ein leichtes Spiel, den greisen Verfolger auf Distanz zu halten. Abwechslungsweise floh der Dieb durch die unteren und oberen Abteile.

Aus der Lautsprecheranlage war eine Ansage zu vernehmen: »Wir erreichen in Kürze Zürich Hauptbahnhof. Ausstieg in Fahrtrichtung links.« Danach dieselbe Ansage auf Französisch, Italienisch und Englisch. Die zusätzliche Bekanntmachung von Verbindungsmöglichkeiten im Bahnhof Zürich stellte die Geduld auf eine harte Probe, als auch sie mehrsprachig erfolgte.

Der Alte befand sich inzwischen mehrere Waggons von seinem angestammten Sitzplatz entfernt. Die Menschen ringsum begannen bereits unruhig zu werden und sich einzukleiden. Erste Passagiere erhoben sich, behändigten ihr Gepäck und drängten zum Warteraum vor den automatischen Türen. Der Rentner sah sich gezwungen, unverrichteter Dinge zu seinem Sitzplatz zurückzukehren. Sollte er die Bahnpolizei informieren? Er hatte sein Handy ja bei sich. Ob die Polizisten es noch schaffen würden, in den wenigen verbleibenden Sekunden Fahrzeit auf das Perron zu eilen, um den jugendlichen Dieb in Empfang zu nehmen? Ein Versuch konnte nicht schaden. Otto Baumberger tastete in seinen Hosentaschen nach dem Mobiltelefon. Dann erst erinnerte er sich, dass er es dummerweise im Trenchcoat zurückgelassen hatte, der zu Hause am Kleiderständer hing.

»Soll die vertrauensselige Dame doch selbst weiterschauen«, haderte der Alte mit seiner Situation. »Irgendwie ist sie selbst schuld. Eine Brieftasche lässt man nicht offen herumliegen. Gelegenheit macht Diebe.«

Otto Baumberger hatte nun ein anderes Problem. Wo genau hatte er bloß gesessen? Jetzt, da Bewegung in die Reisenden gekommen war, fiel es ihm schwer, den eigenen Sitzplatz wiederzufinden. Wenn die Dame inzwischen an ihren Platz zurückgekehrt sein sollte, musste sie den Verlust der Brieftasche bemerkt haben. Aber wie sah die Situation aus? Er war nicht an seinem Platz, um auf ihre Sachen aufzupassen. Musste sie nicht automatisch annehmen, dass er selbst die Brieftasche gestohlen hatte und abgehauen war? Dagegen sprach allerdings die Tatsache, dass sich sein Mantel, den er statt des Trenchcoats mitgenommen hatte, noch dort befand. Otto beabsichtigte, der Bestohlenen den Vorfall sachlich zu schildern und sich ihr als Zeuge anzubieten. Sie sollte wissen, dass er alles Menschenmögliche unternommen hatte, ihre Sachen getreulich zu bewachen und das Portemonnaie zurückzubekommen.

Als er endlich seinen Mantel am Kleiderhaken erkannte und sich erschöpft ins Polster fallen ließ, war der Platz der Frau bereits geräumt. Otto Baumberger hob den Mantel vom Haken, schlüpfte umständlich in die Armlöcher und knüpfte das gute Tuch mit arthritischen Fingern von unten nach oben zu. Er bewegte sich Richtung Kofferablage und wollte sein großes Weihnachtspaket herunterstemmen. Doch dort lag keines mehr!

Das hatte er nicht erwartet. Otto Baumberger erging es wie vielen Rentnern: Er wurde etwas vergesslich. Er bückte sich darum und starrte in die gähnende Leere des Stauraumes. Sonderbar! War es möglich, dass jemand das Paket verwechselt hatte? Müsste in diesem Fall nicht zumindest ein fremdes Geschenk liegen geblieben sein? Der Rentner wandte sich um. Hatte er das Weihnachtspaket allenfalls gar nicht hier, sondern auf der anderen Seite des Waggons deponiert? Er war auf einmal verunsichert. Die Zeit drängte. Die Einfahrt des

Zuges musste jeden Augenblick erfolgen. Dann konnte es schwierig werden, sich gegen den Strom von aussteigenden Passagieren zu bewegen.

Auch in der Kofferablage auf der anderen Seite fand er sein Gepäckstück nicht wieder.

Der Intercity kam zum Stillstand. Die meisten Menschen verließen den Zug. In kurzer Zeit hatte er sich fast entleert. In wenigen Augenblicken würde der Ansturm der neuen Passagiere das Aussteigen sehr erschweren. Otto Baumberger musste reagieren. Er spähte verzweifelt nach draußen. Dort erkannte er ihn wieder, den wattierten Burschen. Seite an Seite schlenderte er mit der eleganten Dame aus dem gemeinsamen Abteil den Perron entlang! Was Otto Baumgartner jedoch vollends den Glauben an die Menschheit raubte, war etwas ganz anderes.

Der Jüngling zog mit entspanntem Grinsen Ottos Rollwägelchen mit dem Weihnachtsgeschenk hinter sich her!

Mitra Devi

Merry Christmas

Feine Schneeflocken rieselten auf Alberts Glatze hernieder und ließen ihn vor Kälte erschauern. Er hätte doch die Wollmütze anziehen sollen. Seine Frau hatte ihm heute Morgen damit in den Ohren gelegen. »Albert, nimm die Kappe mit. Albert, du holst dir noch den Tod. Albert, mach dies, Albert, mach das.« Trudi war eine Nervensäge, schon immer gewesen. Er hatte sie vor vierzig Jahren nur geheiratet, weil sie so gut kochte. Denn er aß für sein Leben gern.

Einen Moment überlegte er, ob er sich eine Kopfbedeckung kaufen sollte, dann entschied er sich dagegen. Zu teuer, diese Zürcher Läden. Und außerdem: Die Genugtuung, dass sie recht gehabt hatte, gönnte er Trudi nicht. Wäre noch schöner, wenn er abends nach Hause käme, sie einen Blick auf seine neue Mütze werfen, ihre spröden Lippen triumphierend zu einem Lächeln verziehen und »na also« sagen würde. Nein, lieber fror er.

Albert fuhr selten in die Stadt, aber heute musste er. Er hatte Trudi ein Weihnachtsgeschenk versprochen, das neuste Kochbuch von Betty Bossi. Das war ja auch in seinem Sinn. Es war kurz vor Heiligabend, in den Schaufenstern glitzerten kitschige, mit fetten Engeln bestückte Christbäume. Es roch nach Zimt und Honig, und von irgendwoher säuselte ein Kinderchor »Jingle Bells«.

Er bog in die Löwenstraße ein, ließ die Migros hinter sich und stapfte weiter. Plötzlich nahm er in einer Seitengasse eine seltsame Bewegung wahr. Es war bereits dunkel, die Weihnachtsbeleuchtung schimmerte hier nur spärlich, sodass er zuerst meinte, er habe sich getäuscht. Er blieb stehen und kniff die Augen zusammen. Tatsächlich. Auf der gegenüberliegenden Straßenseite kletterten vier Nikoläuse mit Jutesäcken die Hausfassade hoch. Das heißt, drei verharrten, wie es sich für die menschengroßen Puppen gehörte, bewegungslos an der Wand. Aber einer kletterte. Albert hatte es genau gesehen. Einer der vier arbeitete sich zentimeterweise die Außenmauer empor. Hielt immer wieder inne, erstarrte, dann glitt er eine Handbreit weiter. Gekleidet war er wie seine künstlichen Brüder, trug einen weißen Bart und einen roten Mantel mit passender Zipfelmütze.

Niemand außer Albert schien etwas zu bemerken. Die Leute eilten mit Geschenken beladen an ihm vorbei, rutschten im Schneematsch aus, ein Kind schrie, eine Mutter schimpfte, unter dicken Winterschuhen knackten Maronischalen. Albert starrte auf den Nikolaus. Dieser hatte nun einen Fenstervorsprung erreicht und hielt sich daran fest. Ganz langsam zog er sich hinauf.

»Das ist unglaublich«, murmelte Albert.

Ob das ein akrobatisches Training war? Eine Werbeaktion? Eine Wette? Mit offenem Mund – seinem typischen Gesichtsausdruck, wenn er sich unbeobachtet fühlte – starrte er auf die Szenerie. »Mach deinen Rüssel zu«, würde Trudi sagen, wenn sie ihn sähe. »So wirkst du noch dümmer, als du bist.« Doch Trudi war nicht hier, Albert konnte hemmungslos glotzen und den Profi-Einbrecher beobachten. Denn um so einen musste es sich handeln, das war ihm klar.

Privatbank Thomasin stand mit großen Lettern am Gebäude, das der Mann erklomm. Albert erinnerte sich, kürzlich etwas über die neu eröffnete Bank gelesen zu haben, die sich nach der Finanzkrise zu einer der rentabelsten gemausert hatte. Jetzt war der Kletterer beim »T« angekommen und stemmte sich im Zeitlupentempo auf den großen Querbalken des Buchstabens.

Unauffällig überquerte Albert die Straße und stellte sich unter das Bankgebäude. Inzwischen schneite es heftiger. Ein eisiger Wind pfiff um die Häuser. Die Leute stellten ihre Krägen hoch und hasteten an Albert vorüber.

In diesem Moment passierte es. Ein leises Klirren war im Flockengestöber zu hören, gleich darauf prasselten Scherben auf Alberts Glatze. Er sprang zur Seite und blickte nach oben. Der falsche Weihnachtsmann hatte eine Fensterscheibe eingeschlagen und war ins Innere des Hauses verschwunden. Potzblitz!, dachte Albert. Die Bank Thomasin musste sich nach den Feiertagen auf eine böse Überraschung gefasst machen. Sollte er die Polizei benachrichtigen? Unwillkürlich schüttelte er den Kopf. Nach allem, was diese Geldhaie sich in den letzten Jahren geleistet hatten, hielt sich sein Mitleid mit Banken in Grenzen.

Eine geraume Weile geschah gar nichts: Albert fror und wartete. Plötzlich war ein Stiefel zu sehen, ein Mantelsaum, ein prall gefüllter Sack. Dann gellte ein heiserer Schrei durch die Nacht. Der Dieb hatte den Halt verloren, versuchte, sich am Fenstersims festzukrallen und rutschte ab. Stürzte in die Tiefe. Um Haaresbreite sauste er an Albert vorbei, knallte auf den Boden und blieb mit schielenden Augen liegen. Albert näherte sich dem Mann und sah, dass sich um dessen Kopf eine Blutlache bildete.

»Mausetot«, stammelte er.

In diesem Moment segelte die rote Zipfelmütze herunter. Albert griff nach ihr. Dann riss er den Jutesack auf und kriegte mehrere Bündel Geldscheine zu fassen. Fünfziger, Hunderter, Tausender. Er stopfte sie in die Mütze und setzte sie auf. Endlich wurde sein kahler Schädel warm. Trudi würde spöttisch »na also« sagen, wenn er so nach Hause käme. Doch heute würde er es ihr durchgehen lassen. Er würde ihr das neueste Kochbuch kaufen. Ach was, die gesammelten Werke von Betty Bossi. Das war schließlich auch in seinem Sinn.

Roger Graf

Schöne Bescherung

Frau Blum trug ein Kleid, das vermutlich mehr gekostet hatte als die Jahresmiete meines Büros. Sie setzte sich elegant auf die Kante des Stuhls, auf dem in all den Jahren auch schon üblere Klienten Platz genommen hatten. Frau Blums Lächeln war derart entwaffnend, dass sie locker ganze Kriegsparteien entmilitarisiert hätte. Ich fühlte mich in einen dieser Filme versetzt, in denen es nur schöne Menschen mit edlen Motiven und geräuschlosem Rülpsen gibt.

»Ich komme zu Ihnen, weil ich mich mit Verbrechern nicht auskenne.«

»So sehen Sie auch aus. Sie glauben wahrscheinlich, dass Verbrecher ab einer gewissen Kredikartenfarbe nicht mehr als solche gelten.«

»Man hat mich bestohlen. Ein dreister Diebstahl. Die Art und Weise des Diebstahls verrät, dass der Dieb keinen Stil hat.«

»Wieso? Hat er keine Armani-Handschuhe benutzt?«

»Er hat ein Bild aus meiner Privatsammlung gestohlen. Und jetzt will er es mir zurückgeben. Für 100 000. Weil er es nicht verkaufen kann. Dieser Idiot.«

»Wie viel ist das Bild wert?«

»Zwei Millionen. Plus/minus. Der Versicherungswert liegt tiefer.«

»Und weshalb kommen Sie zu mir? Soll ich den Dieb zur Strecke und das Bild zu Ihnen zurückbringen?«

»Das wäre natürlich toll, wenn Sie das machen könnten.«

»Natürlich kann ich das. Die Frage ist vielmehr, ob ich auch will.«

»Ich besitze gute Kontakte.«

»Dann kontaktieren Sie mal schön.«

»Ich bin unter anderem mit einem Vizedirektor der Bank befreundet, bei der Sie Ihr Konto haben, Maloney.«

»Langsam dämmert mir, worauf Sie hinauswollen.«

»Ich glaube nicht, dass Sie es sich leisten können, mein Angebot auszuschlagen.«

»Und weshalb sollte ich Ihr Angebot annehmen? Tragen Sie sündhaft teure und sündhaft schöne Designerwäsche?«

»Die wurde nicht gemacht, um von Männern wie Ihnen ausgezogen zu werden. Besorgen Sie mir das Bild. Der Dieb hat mir den Übergabeort telefonisch mitgeteilt. Ich möchte, dass Sie dabei sind.«

»Als Beschützer oder als Einschüchterung?«

»Beides. Ich werde zwei kleine Koffer im Auto haben. In jedem sind 100 000 Franken. Der eine Koffer ist für den Dieb.«

Ich schluckte leer und hielt mich an der Kante meines Schreibtisches fest. Frau Blum lächelte, sie genoss es, mich leiden zu sehen. Ich dachte an all die schönen Vorsätze und an einhunderttausend Gründe dafür, alles zu vergessen, was ich mir je vorgenommen hatte. Ohne dass ich mich dagegen wehren konnte, saß ich eine

Stunde später in Frau Blums Wagen auf der Anhöhe einer einsamen Landstraße, umgeben von Nebel und ein paar hübschen Träumen, die allesamt fünf Nullen wert waren.

»Er müsste gleich kommen. Gespenstisch ist es hier. Ich hoffe, dass er nicht auf dumme Gedanken kommt. Ich bin es nicht gewohnt, keine Kontrolle zu haben. Ich liebe es, alle Fäden in der Hand zu halten. Macht ist etwas Tolles, Maloney. Sogar, wenn es nur die Macht über Männer ist.«

»Wie viele solcher Sprüche muss ich eigentlich für die 100 000 erdulden? Ich bin hier, um Ihnen zu helfen, und nicht, um mich zu unterhalten.«

»Sie mögen wohl keine Konversation? Kenne ich. Schweigsame Männer sind die schlimmsten. Man weiß nie genau, was in ihnen vorgeht, bis man kapiert, dass gar nichts in ihnen vorgeht.«

»Jetzt reicht es aber. Mein Innenleben geht Sie und Ihre Kreditkarte nichts an.«

»Da vorne. Das ist er.«

Sie zeigte auf eine Gestalt, die sich unsicher umschauend auf uns zubewegte.

»Zu Fuß? Das ist doch idiotisch. Und dann wankt er auch noch.«

»Ich sagte doch, dass der Dieb keinen Stil hat. Jetzt sehen Sie es selbst. Entsetzlich, dass ich mich dermaßen demütigen lassen muss.«

Ich beachtete ihre Demütigung nicht weiter und stieg aus. Der Betrunkene wankte über die ganze Fahrspur auf mich zu. Er schwenkte eine leere Flasche in der Hand und zeigte zum Himmel. Doch mit jedem Schritt, den wir uns näher kamen, ging eine seltsame Verwandlung einher. Aus dem Betrunkenen wurde eine Frau, was die Sache auch nicht viel besser machte.

»Dieser Idiot, ausgesetzt hat er mich. Wollte eine ganz spezielle Nummer und dann nicht bezahlen. Diese Überlandfritzen können mir in Zukunft gestohlen bleiben.«

»Glauben Sie, dass die Sitten im Unterland besser sind?«

»Das kann Ihnen doch egal sein. Ist das Ihr Wagen da vorne?«

»Nein.«

»Verstehe. Auf einer ganz speziellen Spritztour, eh?«

»Immerhin hat Ihr Freier Sie mit einer Pulle besten Champagners versorgt.«

»Ist nicht mein Freier. Bin keine Nutte. Wir haben uns bei einer Party kennengelernt und festgestellt, dass wir beide Rollenspiele mögen. Capito? Ich spiele die Hure und er den Freier.«

»Aha, und jetzt sind die Spielregeln mit ihm durchgegangen?«

»Nein, dieser Idiot hat sein Autotelefon nicht ausgeschaltet, und prompt hat ihn seine Frau angerufen. Da hat er Panik gekriegt und mich rausgesetzt.«

»Und wieso jammern Sie darüber, dass er Ihnen kein Geld gegeben hat?«

»Das ist wie beim Glücksspiel. Mit richtigem Geld macht es mehr Spaß.«

»Verstehe.«

»Vielleicht könnten wir beide weiterspielen? Oder hat die Glucke im Wagen etwas dagegen?«

»Die Glucke hat Angst, und ich stehe ihr bei. Und Sie sollten von hier verschwinden.«

»Klingt wie im Krimi. Ich habe mal in einem mitgespielt. *Flammen über Bern-Bethlehem.* Eine ziemlich wirre Geschichte. Ich musste einen Typen anquatschen und stellte dann fest, dass er tot war. War ganz lustig, aber der Film war nie zu sehen. Der Regisseur sagte, ich sei ganz toll gewesen.«

Vermutlich hatte sich der Regisseur in ihre inneren Werte verliebt, so wie das der moderne Mann oft und gerne tut. Ich persönlich bin in dieser Beziehung ein wenig altmodisch. Frau Blum bestand darauf, weiterhin im Nebel auf ihr Bild zu warten. Als zwei Stunden vergangen waren, erbarmte sie sich meiner und fuhr uns zurück in die Stadt. Es war kurz nach sechs Uhr früh, als ich mich endlich unter meinen Schreibtisch legen konnte. Ich schlief kurz und träumte heftig und war alles andere als wach, als Frau Blum in meinem Büro auftauchte und mir ihre blank polierten Zähne zeigte.

»Es ist etwas Entsetzliches passiert.«

»Haben Sie aus Versehen Ihre Nachtcreme zum Frühstück gegessen?«

»In meinem Haus, da steht ein Weihnachtsbaum.«

»Das ist nicht weiter ungewöhnlich zu dieser Jahreszeit.«

»Unter dem Baum liegt etwas.«

»Was Sie nicht sagen? Ist es ein Würfel, hübsch eingepackt mit einer bunten Masche drum herum?«

»Keine Scherze, Maloney. Unter dem Weihnachtsbaum liegt ein toter Mann.«

»Das ist aber eine schöne Bescherung. Haben Sie sich einen Mann zu Weihnachten gewünscht?«

»Natürlich nicht. Es wurde eingebrochen, als wir weg waren. Es sind mehrere Bilder gestohlen worden. Und dieser Mann, er ist tot.«

Ich nickte artig und wartete darauf, dass Frau Blum zusammenbrach, sich mir an den Hals warf oder sonst etwas tat, um dem Tag etwas mehr Dramaturgie zu verleihen. Stattdessen blieb sie schweigend stehen und schüttelte monoton den Kopf.

Das Haus von Frau Blum hätte in jedem Fernsehkrimi einen Ehrenplatz erhalten. Die Möbel standen dekorativ herum, und selbst die Leiche unter dem Weihnachtsbaum gab sich Mühe, kunstvoll drapiert auszusehen. Es war ein Mann Mitte dreißig. Die Polizisten zeigten sich vom teuren Interieur unbeeindruckt und versahen ihre Arbeit so, als kriegten sie einen Bonus für jede teure Vase, die sie zerdepperten.

»Ich bitte Sie, sagen Sie Ihren Männern, sie sollen etwas rücksichtsvoller und mit mehr Respekt vor meinen Möbeln ihre Pflicht tun.«

»Wir sind hier, weil in Ihrem Haus eine Leiche herumliegt. Vielleicht sollten Sie Ihre Gäste etwas rücksichtsvoller behandeln, anstatt sie tot unter den Weihnachtsbaum zu legen.«

»Gäste? Das darf doch nicht wahr sein. Der Mann hat bei mir eingebrochen.«

»Und dann hat ihn das schlechte Gewissen gepackt, und er hat sich selber erschossen?« Hugentobler schüttelte den Kopf, und einige Schuppen fielen auf den teuren Teppich.

»Was weiß ich? Vermutlich hatte er einen Komplizen.«

»Und was machen Sie hier, Maloney? Sind Sie ein Komplize von Frau Blum? Oder gehören Sie zur Innendekoration des Hauses?«

»Ich recherchiere für ein Buch. *Polizisten bei der Arbeit.* Allerdings habe ich Probleme, mehr als drei Seiten zu füllen. Zwei davon sind Fotos, die einen gewissen Polizisten bei der Lösung von Kreuzworträtseln zeigen.«

»Mein Blutdruck sinkt, ich muss mich setzen«, sagte Frau Blum und setzte sich.

»Tun Sie, was Sie nicht lassen können, Frau Blum. Sie kennen den Toten nicht?«

»Nein. Aber das sagte ich schon Ihrem Kollegen.«

»Durch dessen Sieb tropfen die Worte schnell und schmerzlos«, sagte ich, und Frau Blum nickte.

»Wo waren Sie gestern Nacht, Frau Blum?«

»Ich war mit Herrn Maloney zusammen.«

»Üble Sache, Maloney. Was haben Sie zu Ihrer Verteidigung vorzubringen?«

»Sagen Sie ihm ruhig die Wahrheit, Maloney. Spielt jetzt keine Rolle mehr.«

»Und was ist mit meinem Erfolgshonorar?«

»Ach so, ja. Warten Sie einen Moment.«

Sie schaute sich um und griff in eine Schublade, aus der sie eine scheußliche Taschenuhr hervorklaubte. Mit dem Hinweis, dass die Uhr ein paar Tausender wert sei, übergab sie mir das edle Stück. Ich fuhr zurück in mein Büro, duschte und telefonierte mit einigen Händlern. Ernüchtert stellte ich fest, dass entweder alle Sammler von Taschenuhren gestorben waren oder auf bessere Zeiten warteten. Auf einige traf sogar beides zu. Am

Nachmittag erschien plötzlich ein Anwalt in meinem Gemach.

»Ich bin Frau Blums Anwalt. Ich komme in einer etwas delikaten Angelegenheit.«

»Klingt nach Reizwäsche und schmutzigen Fantasien.«

»Sehr gut, ich mag Männer, die ohne Umschweife zur Sache kommen. Ich möchte, dass Sie der Polizei mitteilen, dass Sie die vergangene Nacht mit Frau Blum verbracht haben.«

»Das habe ich bereits mitgeteilt. Vermutlich hängt darüber bereits ein dreckiger Witz am Schwarzen Brett des Polizeipräsidiums.«

»Ich möchte, dass Sie die Wahrheit ein wenig, wie soll ich sagen, ein wenig ausschmücken. Es wäre uns sehr gedient, wenn Sie der Polizei mitteilen würden, dass Sie die ganze Nacht mit Frau Blum verbracht haben. Sie verstehen schon, was ich meine.«

»Daran kann ich mich aber nicht erinnern.«

»Selbstverständlich würde sich Frau Blum erkenntlich zeigen.«

»Danke, eine hässliche Uhr genügt.«

»Frau Blum würde sich unter Umständen auch dazu bereit erklären, Versäumtes nachzuholen. Sie verstehen? Die Angelegenheit ist ihr sehr wichtig.«

»Darf ich raten? Die Obduktion hat ergeben, dass der Tote zu einer Zeit starb, als Frau Blum kein Alibi in Form eines frierenden Maloneys mehr hatte? Das ist Pech.«

»Meine Mandantin hat mit dem Einbruch und dem Mord nichts zu tun. Ich möchte ihr lediglich Unannehmlichkeiten ersparen.«

Ich stand auf und ersparte mir eine Fortsetzung dieser traurigen Begegnung, indem ich den Anwalt kurzerhand rausschmiss. Am Abend besuchte ich meine Klientin. Sie hatte Besuch, doch diesmal war es kein Mann, und es lag auch niemand unter dem Weihnachtsbaum.

»Sie sind schuld am Tod meines Sohnes«, sagte die Frau.

»Das ist albern. Ihr Sohn hat bei mir eingebrochen. Vermutlich hat ihn sein Komplize erschossen.«

»Mein Sohn war ein Einzelgänger, er hatte keine Komplizen.«

»War Ihr Sohn vorbestraft?«

»Ja. Aber das ist lange her. Er hatte keine Arbeit. Das hat ihn gedemütigt. Alles hätte er angenommen, nur um wieder arbeiten zu können.«

»Da haben Sie es«, sagte Frau Blum. »Ein leichtes Spiel für einen Profi.«

»Ein Profi lässt sich nicht mit Amateuren ein«, sagte ich.

»Er hat mir erzählt, dass er Arbeit in Aussicht habe. Bei einer reichen, schicken Frau.«

»Was starren Sie mich so an? In dieser Stadt gibt es Tausende reicher Frauen.«

»Aber weshalb lag der Mann ausgerechnet unter Ihrem Weihnachtsbaum, wenn er eine so große Auswahl hatte?« fragte ich lächelnd.

»Woher soll ich das wissen? Vielleicht gefiel ihm die Dekoration?«

»Das ist geschmacklos. Sie haben etwas mit dem Tod meines Sohnes zu tun. Ich werde Sie nicht in Ruhe lassen, bis ich herausgefunden habe, was heute Nacht in dieser Wohnung geschah.«

»Ich verbrachte die Nacht mit diesem Herrn hier. Möchten Sie Einzelheiten darüber erfahren?«

»Jetzt reicht es aber. Ich habe Ihren Anwalt rausgeschmissen. Ich lasse mir keine Liebesnächte andichten.«

»Da haben wir es. Ein Lügengebäude, das langsam zusammenbricht. Die Gerechtigkeit wird siegen.«

Der Frau gelang ein vorzüglicher Abgang. Ich unterhielt mich mit Frau Blum über wertvolle Uhren, die niemand haben wollte, doch sie zeigte sich unbeeindruckt. Am nächsten Morgen versuchte ich mein Glück in jenem Antiquariat, wo man ausgediente Polizisten besichtigen konnte.

»Es ist alles ganz anders, Maloney. Soeben habe ich die Ergebnisse der ballistischen Untersuchung erfahren.«

»Und die sagt Ihnen, dass der Mann einwandfrei erschossen wurde?«

»Die sagt mir, dass die Waffe, die wir im Garten gefunden haben, die Tatwaffe ist. Und die sagt mir, dass diese Waffe niemand anderem als Frau Blum gehört.«

»So viele Erkenntnisse auf einen Schlag müssen Ihren Kopf ganz schön durcheinanderbringen.«

»Auf der Waffe wurden die Fingerabdrücke von Frau Blum gefunden, Maloney. Was sagen Sie dazu?«

»Reich und doch zu geizig, um sich ein paar Handschuhe zu kaufen. Typisch.«

»Wir gehen davon aus, dass Frau Blum diesen jungen Mann angeheuert hat, um bei ihr einzubrechen. Sie hat ihn erschossen und die Gemälde verschwinden lassen, um die Versicherungsprämie zu kassieren. Klingt doch einleuchtend, oder?«

Ich fragte ihn, welchem Schachcomputer er seine Logik verdanke, doch Hugentobler ging nicht auf meine nette Frage ein, sondern wandte sich einem Sandwich zu, das aussah, als wäre es bereits mehrmals verdaut worden. Er biss herzhaft hinein. Ich tat, was ich in solchen Situationen immer tue: Augen zu und raus.

Meine Klientin wurde vorübergehend festgenommen, was ihr Anwalt gar nicht gerne sah. Ich verbrachte zwei angenehme Tage in meinem Büro und las in einem Sachbuch, dessen Inhalt ich nicht verstand, das aber hübsch gestaltet war und dessen Autor sich enorm Mühe gab, einfache Sachverhalte so zu beschreiben, dass sie wie mathematische Formeln klangen. Am dritten Tag tauchte jene Spielerin bei mir auf, die ich damals im Nebel beinahe aus den Augen verloren hätte.

»Mir reicht es. Ich habe genug. Ich möchte nicht mehr.«

»Klingt gut. Ist das Ihre Autobiographie?«

»Der Anwalt von Frau Blum will mich fertigmachen.«

»Sie kennen den netten Herrn?«

»Er hat mich aus seinem Wagen geschmissen.«

»Was denn? Er war der Spieler?«

»Ein Lügner ist er. Ist gar nicht verheiratet, kann gar nicht seine Frau gewesen sein, die im Wagen angerufen hat. Das ist ein mieses Spiel, ich mag das nicht. Jetzt möchte er, dass ich zur Polizei gehe und aussage, dass ich die ganze Nacht in seinem Wagen saß, oder lag, dieses Ekel.«

»Und was bietet er Ihnen für den erlogenen Liegesitz?«

»Was wohl? Könnte das Geld gut gebrauchen. Aber nicht mit mir. Das ist einer dieser Kerle, die einen benutzen. Habe keinen Bock darauf, eines Tages tot zu erwachen.«

»Das wäre ganz was Neues.«

»Sie wissen schon, was ich meine. Er spielt mit den Menschen. Und Spielzeug, das er nicht mehr will, schmeißt er weg.«

Es war an der Zeit, wieder einmal mein Büro zu verlassen. Gemeinsam mit dem griesgrämigen Hugentobler legte ich mich auf die Lauer. Er fand das zwar überflüssig, genoss es aber sichtlich, mich mit seinen laut formulierten Gedanken zu nerven.

»Eigentlich wollte ich meiner Frau einen neuen Staubsauger schenken, aber dann sah ich diese Küchenmaschine, die ist phantastisch, Maloney. Sie schmeißen alles oben hinein, und unten kommt ein dreigängiges Menü heraus. Fixfertig.«

»Verdaut die Maschine auch gleich alles, oder müssen Sie das selber machen?«

»Die moderne Technik, Maloney, erleichtert unser Leben ungemein. Das ist ein tolles Geschenk. Oder wissen Sie etwas Besseres, das ich meiner Frau schenken könnte?«

»Ziehen Sie für einen Monat in ein Hotel. Alleine.«

»Sie haben es leicht, Maloney, von Ihnen erwartet niemand ein Geschenk. Sie sind einsam und verbittert, deshalb ist Ihre Lebenserwartung auch tiefer als beispielsweise die eines protestantischen Pfarrers. Die leben unendlich lange, Maloney.«

»Liegt wahrscheinlich alles an der richtigen Küchenmaschine. Oben rein und unten wieder raus.«

»Genau. Mit drei Gängen.«

»Vielleicht sollten Sie jetzt langsam den ersten Gang reinlegen.«

»Ich trage die Küchenmaschine nicht mit mir herum.«

»Es genügt, wenn Sie den Motor dieses Wagens zum Kochen bringen.«

»Nur um diesem Anwalt nachzufahren? Ist er das? Sieht fürchterlich aus. Möchten Sie von so einem Kerl vor Gericht vertreten werden? Dann lieber lebenslänglich, Maloney.«

Der Anwalt stieg in seinen Wagen und fuhr weg. Wir folgten ihm unauffällig, was nicht einfach war, da der Polizist großzügig alle Tempolimiten unterbot und während der Fahrt ununterbrochen aus seinem düsteren Familienleben erzählte. Erst als der Anwalt Frau Blum abholte, wurde Hugentobler schweigsamer. Die beiden fuhren zu einer Lagerhalle. Wir folgten ihnen zu Fuß.

»Was soll das, Maloney? Stecken die beiden unter einer Decke? Ich verstehe das nicht.«

»Das ist ein wenig anspruchsvoller als all die Küchenmaschinen.«

»Wenn die beiden einen Versicherungsbetrug vorhatten, dann haben sie es ziemlich dämlich angestellt.«

»Vielleicht steckt etwas ganz anderes dahinter.«

»Die Cosa Nostra oder die Russenmafia? Erst neulich habe ich diesen Film im Fernsehen gesehen. Da waren lauter Russen, Maloney. Die stecken ganz schön dick drin. Also, wenn Sie mich fragen, liegt das an diesem Jelzin. Der soll ja angeblich noch mehr trinken als Sie, Maloney.«

»Jetzt reicht es aber. Sie sollten sich der NASA für die Erkundung des Jupiters zur Verfügung stellen. Die Menschheit würde es Ihnen danken.«

»Sehen Sie da vorne? Da ist eine Luke. Leise, Maloney. Die beiden sind da hinten. Hören Sie?«

Tatsächlich vernahmen wir die Stimmen des Anwalts und von Frau Blum. Doch es war alles ganz anders, als ich zuerst dachte. Weder bedrohte sie der Anwalt mit einer modernen Küchenmaschine, noch trieben sie es vor einem gestohlenen Matisse. Der Anwalt richtete eine Waffe auf Frau Blum.

»Sind Sie verrückt? Was soll das?«

»Sie haben mich auf die Idee gebracht, Frau Blum. Ich wusste, dass Sie alles tun würden, um das gestohlene Bild wiederzukriegen.«

»Sie waren das? Sie haben mich aus dem Haus gelockt? Aber wozu?«

»Wozu wohl? Schauen Sie sich um. Da hinten unter den Laken liegen ein Magritte und ein Hundertwasser.«

»Sie sind ein Scheusal. Wo sind die anderen Bilder?«

»Die behalte ich.«

»Jetzt verstehe ich gar nichts mehr.«

»Man wird Sie morgen früh hier vorfinden, Frau Blum. Mit einer Kugel im Kopf. Bedauerlich, aber verständlich. Ihre Schulden haben Sie dazu getrieben, Sie brauchten dringend Geld, so viele teure Bilder, aber nichts Bares in der Hand. Nie hätten Sie ein Bild verkauft. Also versuchten Sie es mit einem Versicherungsbetrug. Doch dann kam die Verzweiflung über den Mord, den Sie begangen hatten.«

»Sie waren das! Sie haben ihn erschossen. Das war alles geplant. Sie wollten mir von Anfang an den Mord in die Schuhe schieben.«

»So ist es, Frau Blum. Wissen Sie, was ich jetzt mache?«

Der Anwalt grinste diabolisch und hob die Waffe ein paar Zentimeter an. Sie fokussierte die Stirn meiner Klientin. Hugentobler flüsterte mir ins Ohr: »Wir wissen zwar nicht, was dieser Herr hier gleich macht, ich weiß aber, dass ich ihn liebend gerne in meine neue Küchenmaschine stecken würde. Wetten, dass unten mindestens vier Gänge rauskämen?«

»Ich bezweifle, dass dieses Futter genießbar wäre.«

Hugentobler schoß in die Lagerhalle. Der Anwalt erschrak und ließ die Waffe fallen. Frau Blum schaute zu uns hoch und zeigte weiße Zähne.

»Was bin ich erleichtert. Der Mann ist verrückt, er wollte mich umbringen.«

»Unsinn«, sagte der Anwalt. »Ich habe Frau Blum verfolgt und sie gestellt. Mir gebührt eine Auszeichnung.«

»Ihnen gebührt ein Strick um den Hals«, sagte Frau Blum.

»So nicht, Frau Blum«, sagte Hugentobler. »Wir quälen unsere Mörder lieber mit täglichen Spaziergängen unter dem Ozonloch. Eine Stunde pro Tag genügt fürs erste.«

Und so kam es auch. Frau Blum hatte ihre Bilder wieder, doch mehr als einen müden Tausender war ihr meine Arbeit nicht wert. Die Taschenuhr, die sie mir schenkte, besitze ich heute noch. Manchmal biete ich sie einem Bettler an, doch meistens ernte ich dafür nur Fluchtiraden. So geht das.

Alexander Oetker

Schneegestöber am Matterhorn

Der Schaffner pfiff laut durch seine metallene Pfeife, die Lok hupte, dann setzte sich der rot-weiße Zug langsam in Bewegung und glitt beinahe lautlos aus dem Bahnhof von Zermatt in Richtung Täsch. Nach diesem gab es heute keinen mehr, der Fahrgäste aus dem letzten Alpental auf Schweizer Boden herausfahren konnte. Zermatt war autofrei, das hieß, es gab nur diesen Zug, um von hier wegzukommen. Im Ortskern selbst fuhren nur kleine Elektrowägelchen, die Gustav Kant reichlich komisch fand. Sie surrten so lautlos an ihm vorbei, dass er schon mehrfach hatte zur Seite springen müssen. Dafür war die Luft hier unglaublich: kalt und klar und sauber, ganz anders als im smoggeplagten Berlin. In Zermatt hatte die Zukunft schon begonnen, so schien ihm. Und dennoch hatte er sich wie an den drei Abenden vorher wieder zum Bahnhof geschlichen, vor einer halben Stunde schon, hatte beobachtet, wie Dutzende Fahrgäste aus dem Zug ausstiegen, die wenigen Abreisenden in den Zug einstiegen und dieser sich dann in Bewegung setzte.

Gustav Kant hatte hinter einer Säule gestanden und dabei zugesehen. Er wusste, er würde nicht einsteigen. Sein Gepäck stand ja im Hotel. Dennoch mochte er die Möglichkeit, einsteigen zu können. Jetzt war die Möglichkeit passé.

Zermatt war eine Sackgasse. Und das hier war der Heilige Abend. Gustav Kant knurrte.

Wie hatte es so weit kommen können, dass er hier gelandet war, an dem Tag im Jahr, den er am meisten verabscheute?

Ganz einfach: Er hatte einmal im Leben Glück gehabt. Für ihn recht zweifelhaftes Glück. Die junge, hübsche Verkäuferin im EDEKA in den Schönhauser-Allee-Arcaden hatte ihn angesprochen, als er gerade eine Stange Porree und zwei Schweinenackensteaks in seinen Korb gelegt hatte. Ob er denn nicht an diesem Preisausschreiben teilnehmen wolle. Er wollte nicht, aber sie lächelte so freundlich, dass er sich überwand. Er füllte das merkwürdige Rätsel aus, die Frage war:

Für welches Wahrzeichen ist Berlin berühmt? A) Fernsehturm B) Eiffelturm.

Er überlegte einen Moment, das Falsche anzukreuzen, aber dann folgte er einem Instinkt und gab die richtige Antwort, er füllte sogar noch den Schein mit seiner richtigen Adresse aus.

Einen Monat später, es war Ende August, flatterte ein Brief aus der EDEKA-Konzernzentrale ins Haus. Er hatte gewonnen. Hauptgewinn. Eine Woche Urlaub im Fünfsternehotel Mont Cervin Palace am Fuße des Matterhorns – und zwar über die Weihnachtsfeiertage desselben Jahres. Für zwei Personen.

Gustav Kant kam aus dem Lachen gar nicht mehr heraus. Er. In Zermatt. An Weihnachten. Der Weihnachtshasser schlechthin.

Doch dann kam er ins Grübeln: Eigentlich war es auch egal, wo er das Fest der Liebe verbrachte. In Berlin würde er bei Cynthia am Tresen seiner Stammbar sitzen und grummelig in die beleuchteten Altbaufenster ringsum schauen. Und in der Schweiz gab es sicher auch Bars. Er hatte ernsthaft überlegt, ob er die Barfrau fragen sollte, ob sie ihn begleiten wolle – doch den Gedanken gleich wieder verworfen: Sie beide im Winterwunderland, das wäre nun wirklich mehr als ein Weihnachtswunder.

Also hatte er den Veranstalter angerufen und zu dessen Verwunderung angegeben, dass er allein reisen würde. So saß er am 21. Dezember im Zug, der ICE Richtung Interlaken hatte auf deutscher Seite noch 48 Minuten Verspätung und holte die auf wundersame Weise in der Schweiz wieder auf. Umsteigen in Spiez und in Visp, das Hotel hatte alles perfekt vorbereitet. Und schon eine Stunde später war Kant in Zermatt eingerollt. Auf dem Weg zum Hotel war er mehrere Male dem Elektroauto-Tod entgangen, er hatte die elegante Weihnachtsdeko auf der Bahnhofstraße angesehen mit einer Mischung aus Bewunderung und Abscheu. Minuten später stand er vor dem Prachtbau und wollte sich erst mal kneifen, was ihm nicht recht gelang, weil die Klimaanlage im Zug etwas stark eingestellt worden war und er einen steifen Nacken hatte. Sechs Etagen im schweizerischen Bergstil mit grünen Türmchen obenauf, es gab schmiedeeiserne Balkone vor den Fenstern und drum herum Nobelboutiquen, in denen sich Gustav Kant, nach einem Blick in die Schaufenster, nicht mal dann etwas leisten könnte, wenn er die Monatseinnahmen seiner Detektei mal eben verzehnfachen würde.

Seitdem hatte er schon drei Tage hier verbracht. Sein

steifer Nacken war auf wundersame Weise verschwunden, durch eine Massage bei einem jungen Mann, von dessen Worten Kant nicht ein einziges verstanden hatte – so stark war der Bergdialekt des Wallisers gewesen. Doch er hatte magische Hände. Stunden hatte Gustav Kant am warmen Pool zugebracht, während er eine alte Detektivgeschichte von M. R. C. Kasasian gelesen hatte. Immer wieder war sein Blick aus dem Fenster aufs Matterhorn gefallen. Was für ein Berg – das musste er zugeben. Dieses sanfte Ansteigen, und dann der auf einmal aufragende steile Gipfel – im Licht der Sonne eine strahlend weiße Kuppe, dicht mit weichem Schnee besetzt. Über 4000 Meter Fels und Eiswüste. Dahinter lag Italien. Doch dorthin kam man nur mit dem Helikopter oder auf Skiern. Gustav Kant konnte nicht Ski fahren. Deshalb ließ ihn bei aller Herrlichkeit des Aufenthalts das Gefühl nicht los, in diesem Alpendorf ganz schön eingesperrt zu sein.

Und das auch noch inmitten von Menschen, die irgendwie ganz anders waren als er. Nicht, weil er sie nicht verstand – dieses Walliserdeutsch war aber auch eine kehlige Angelegenheit, er hatte gelesen, dass nicht mal Züricher oder Basler diesen Dialekt verstanden.

Nein, es lag eher daran, dass alle hier wohlhabend zu sein schienen. Nein, nicht wohlhabend. Reich. Er sah auf der Bahnhofstraße Frauen in eleganten Roben und Pelzmänteln, Männer mit Uhren an den Handgelenken, augenscheinlich so teuer, dass man ganze afrikanische Dörfer jahrelang ernähren könnte.

Sein Gewinn war inklusive Halbpension, und Gustav Kant hatte gut daran getan, sich im KaDeWe extra noch einen dunklen Anzug zu kaufen, ein treuloser Ehemann hatte dieses edle Kleidungsstück über die Detektei-Zahlung seiner misstrauischen Frau finanziert.

So fühlte er sich nicht ganz so unwohl am Büfett seines Nobelhotels. Es war ein gediegener Raum, in dem sich die abendliche Fütterung der zahlenden plus eines nicht zahlenden Gastes abspielte. Wie das ganze Hotel war auch dieser Raum in hellem Holz gehalten, die Tische waren schick eingedeckt, und Kant versank am ersten Abend fast in dem ausladenden Sessel.

Er hatte einen einzelnen Tisch für sich, der aufmerksame Kellner hatte ihm einen am Rand ausgewählt, von dem aus er gut beobachten konnte, ohne selbst im Zentrum der Aufmerksamkeit zu sitzen. Er war schließlich der einzige Gast, der alleine speiste. In den Weihnachtsferien. *Quelle tristesse.*

So saß er hier und aß mittlerweile zum dritten Mal Speisen, die so exklusiv waren, dass er größtenteils nicht mal die Namen der Gerichte kannte – oder er verstand schlicht die junge Schweizer Köchin nicht, die an der Show-Cooking-Station anbot, was sie in der Pfanne hatte.

Es war ihm aber auch herzlich egal, denn die Alternative erlebte er immer am Mittag. Da sein Gewinn nur Halbpension bot, war er auch heute am Heiligabend zum Metzger Bayard auf der Bahnhofstraße gegangen. Für sechs Franken hatte er sich eine Bratwurst gegönnt – dazu ein Zermatt-Bier. Sechs Franken. Das waren fast sechs Euro. Und das war das günstigste Essen weit und breit. Da gab's in Berlin ein ganzes Hauptgericht für. Allerdings ohne Matterhorn-Blick.

»So, Monsieur Kant«, sagte der freundliche Kellner, und der Detektiv erschrak. Er hatte ihn nicht kommen hören – dieser junge Kerl schlich sich aber auch immer an. »War alles recht?«

»War sehr juut«, sagte Kant und verfluchte seine Altberliner Erziehung. Nicht mal hier schaffte er es, anständiges Hochdeutsch zu sprechen.

»Das freut mich. Ich weiß, Sie gehen normalerweise früh zu Bett, darf ich Ihnen aber heute etwas empfehlen? Es ist doch die Heilige Nacht. In der Pfarrkirche von Zermatt, in St. Mauritius, ist in einer Stunde unsere Mitternachtsmesse. Das ist wirklich ganz besonders, ein Spektakel aus Kerzen und Lichtern – und dann die Orgel. Es ist wirklich … magisch.«

Gustav Kant betrachtete den Kellner, als wäre er ein Außerirdischer. Nichts lag ihm, dem heidnischen Detektiv aus der heidnischen Stadt Berlin, ferner als ein Gottesdienst ausgerechnet hier, in der erzkatholischen Schweiz. Und dennoch lag da etwas in der Stimme des jungen Mannes, eine Aufregung, beinahe ein Drängen, sodass Kant nicken musste. Doch das reichte dem Kellner nicht, immer noch wartete er auf eine Reaktion.

»Gut gut, ich komme, wo ist das denn?«

»Nur die Straße hinauf, zweihundert Meter, dann sind Sie da. Es sieht aus wie eine … nun ja, Kirche.«

Kant ärgerte sich über seine – zugegeben – nicht besonders clevere Frage.

Er bedankte sich, hinterließ ein kleines Trinkgeld und ging kurz auf sein Zimmer, um sich seine Jacke zu nehmen, dazu eine Mütze, Schal und Handschuhe. Verkleidet wie ein Inuk ging er nach unten und machte einen Schritt aus dem Hotel, um gleich darauf zu wissen, warum er sich im Funktionskleidungsgeschäft in Berlin derart ausstaffiert hatte. Herrgott, war das kalt. Der Schneefall hatte pünktlich zur Mitternachtsmesse wieder eingesetzt. Der Kellner hatte recht gehabt, er war hier noch nie so spät draußen gewesen, stets war er der erste Restaurantgast, der sich auf sein Zimmer verzogen hatte. Nun aber stand er auf der Bahnhofstraße, es war Viertel nach elf, und das Licht der gelben Laternen beleuchtete die Fassaden der schönen alten Berghäuser, vor den Lichtern tanzten die Flocken. Schon beim ersten Atemzug sah er, wie eine Wolke aus seinem Mund kam, die Kälte drang sprichwörtlich durch alle Poren seiner Kleidung. Unter seinen Füßen knirschte der harschige Schnee, dass es eine Freude war. So stapfte er die Hauptstraße des Dorfes empor, es war eine ziemliche Steigung. Doch er war nicht allein hier, in dieser Nacht. Alle Zermatter, alle Touristen, schienen nur ein Ziel zu kennen: St. Mauritius. Die Gemeinde kämpfte sich durchs Schneegestöber, Kants Jacke war im Nu schneeweiß.

Den Turm der hoch aufragenden und schlichten Kirche hatte Gustav Kant natürlich schon gesehen, er hatte sie nur wie alle Gotteshäuser geflissentlich ignoriert. Als er vor der Kirche stand, zeigte die Turmuhr zwanzig vor zwölf. Das grüne Schindeldach der Kirche war teilweise noch von Schnee bedeckt, durch die Tür strömten die Leute in Scharen nach drinnen. Er wusste, dass er sich würde beeilen müssen, wollte er noch einen Platz ergattern.

Kurz zögerte er – sollte er einfach umkehren, in sein warmes Hotelzimmer, vor den Fernseher? Doch etwas in ihm verbot ihm diesen Gedanken. So knurrte er noch einmal, dann ging er die paar Schritte und betrat die Kirche durch das breite Portal.

Drinnen verschlug es ihm wirklich den Atem: Es gab kein einziges künstliches Licht, es wäre tiefdunkel gewesen hier drinnen, doch da waren Kerzen an Kerzen – es mussten Tausende sein. Im Widerschein des warmen Lichtes saßen die Menschen dicht gedrängt in den Reihen, in der Luft lag eine Mischung aus Weihrauch und Wachs. Vorn waren die beiden goldenen Altäre nur zu erahnen. All die Besucher sprachen ganz leise, und so war es wie eine dunkle Litanei, die von Reihe zu Reihe ging. Kant hatte so etwas noch nie erlebt. Wenn er sich einmal im Jahrzehnt in eine Berliner Kirche verirrte, weil er irgendjemanden beschatten musste, dann saßen da höchstens zehn Hanseln – was das Beschatten umso schwieriger machte.

Er suchte sich einen Platz in der hintersten Reihe, genau am Rand. Neben ihm saß eine ältere Dame im Sonntagsstaat, die ihn freundlich anlächelte. Ihr Krückstock lehnte vor ihr in der Bank.

Es dauerte nicht lange, dann begann die Orgel zu spielen, das Präludium erklang, im selben Moment schlugen auch die Glocken, so laut, dass es selbst auf dem Matterhorn noch zu hören sein müsste. Der Organist hatte echt was drauf, befand Kant, er legte sich ins Zeug, schlug die Tasten, als gelte es, ein Concerto grosso hinzulegen.

Die Menschen wurden nach und nach stiller, sie ließen sich ein auf diesen Augenblick der Magie, die Frau neben ihm hatte die Augen geschlossen.

Als der Organist endete, geschah erst mal: nichts. Was

niemandem aufzufallen schien. Die Menschen saßen in ihren Bankreihen, es war gänzlich still, bis auf einen, der ab und an hustete.

Erst nach Minuten fingen einzelne Besucher an, sich umzudrehen. Vor ihm beugte sich ein Mann zu seiner Frau, beide tuschelten. Irgendwann drehte sich auch eine Frau zu der alten Dame neben ihm um. »Was ist denn los?«, fragte sie. »Keine Ahnung, es sollte doch losgehen«, antwortete die Alte im Dialekt der Walliser. Sie schüttelten beide fragend den Kopf, der Blick zur Tür im Kirchenschiff. Nichts passierte.

Doch. Da. Die Tür öffnete sich. Die Frau neben ihm atmete auf. Doch heraus trat nicht etwa der Pfarrer, gefolgt von Dutzenden Messdienern, sondern ein kleiner Mann in Jeans und Hemd, der schnellen Schrittes in den Mittelgang trat. Er blieb an einer Reihe stehen, zwei Damen standen auf, dazu ein weiterer Herr. Sie steckten die Köpfe zusammen, immer wieder schüttelte eine Frau den Kopf, der Mann zuckte ratlos mit den Schultern. Die Verwirrung schien die Kirchenreihen zu ergreifen, es wurde bald ein Stakkato, ein Mantra: »Was ist los?«, raunten alle. Doch niemand schien die Antwort zu kennen. Dann traten auch noch die Messdiener aus der Tür im hinteren Teil der Kirche. In ihren Gewändern standen sie kurz darauf ein wenig verloren herum, aus dem Gefäß mit Weihrauch kam dichter Rauch, ohne dass die Messe schon begonnen hätte. Nun husteten deutlich mehr Besucher.

Irgendwann entschied sich der Mann in Hemd und Jeans und trat nach vorne an den Altar. Er betätigte den Knopf am Mikrophon, sodass die Rückkopplung erst mal durch die Kirche fegte. Dann räusperte er sich und sagte laut:

»Entschuldigen Sie, liebe Gläubige, es ist mir wirklich wahnsinnig unangenehm, dass das ausgerechnet heute passiert. Aber es ist eben so, ich weiß auch nicht, wieso. Wir können den Herrn Pfarrer nicht finden.«

Aus dem Raunen in den Bankreihen wurde nun ein Staunen, ein »Ah!« und »Oh!«, die Leute steckten die Köpfe zusammen, Einzelne standen auf und wollten Fragen stellen.

»Er hat sich nicht abgemeldet, und Sie wissen, dass es nicht seine Art ist. Aber er geht nicht an seine Tür, er nimmt das Telefon nicht ab, Sie müssen wissen, dass wir ernsthaft besorgt ...«

Ein Mann rief: »Polizei«, ein anderer »Ambulanz«, die Rufe unterbrachen den Mann am Mikrophon, doch er beugte sich gleich wieder vor.

»Sie wissen doch, wir sind hier abgeschnitten, besonders jetzt in der Heiligen Nacht. Niemand arbeitet. Die Polizei wäre erst morgen früh hier. Was machen wir denn bloß?«

Der letzte Satz war nicht geplant gewesen, er zeigte nur die Verzweiflung des Mannes, der die Schultern hängen ließ und vom Altar abtrat. Gustav Kant konnte es selbst nicht glauben, dass er aufstand und nach vorne ging, zu der Gruppe der vier Menschen, die sich wieder gebildet hatte. Sie hatten wieder die Köpfe zusammengesteckt, als berieten sie das weitere Vorgehen. Als Kant dazutrat, stoben die Köpfe auseinander, der Mann schaute ihn an, als würde er stören.

»Ja, bitte?«

»Entschuldigen Sie, mein Name ist Gustav Kant. Ich bin Detektiv in Berlin.«

»Ja?«

»Ich habe Übung darin, Menschen zu finden.«

»Meinen Sie?«

Der Mann schaute misstrauisch.

»Sie wollen Ihre Messe feiern, und ich würde Ihnen gerne dabei helfen.«

»Nun los, Beat, der Mann meint es gut«, sagte die ältere der beiden Frauen.

»Gut«, sagte Beat entschieden.

Er trat noch einmal ans Mikrophon und sagte:

»Wir werden den Pfarrer jetzt suchen. Bitte, gehen Sie erst mal nach Hause. Wir werden die Glocke läuten, wenn die Messe beginnen kann.«

Kant hatte erwartet, dass alle aufstehen und loslaufen, stattdessen blieb die Gemeinde genau dort, wo sie war. Niemand stand auf und bewegte sich von seinem Platz. Kant war beeindruckt. »Wo wohnt der Pfarrer? Wie heißt er denn überhaupt?«

»Er heißt Urs Hummel. Kommen Sie, ich zeige es Ihnen.«

Zusammen traten sie aus der Kirche hinaus in den Schnee, Kant zog seinen Schal enger. Es war drinnen wirklich herrlich warm gewesen. Sie gingen ein Stück bis zu einem hohen Holzhaus aus alten Balken, die von der Bergsonne ganz dunkelbraun geworden waren.

»Das ist unser Pfarrhaus«, sagte der Mann. Er klingelte beim Namen *Hummel.* Niemand reagierte.

»Gibt es eine Haushälterin?«

»Wir sind doch nicht in den Fünfzigern«, sagte der Mann. »Ich bitte Sie. Aber ich kann aufschließen.«

»Warum sagen Sie das nicht gleich?«

Vorsichtig drehte Beat den Schlüssel im Schloss, so, als beginge er eine Sünde. Dann öffnete sich die Tür. Sie stiegen zusammen die Treppe hinauf.

»Hier, in der ersten Etage, hinter dieser Glastür wohnt er.«

Die Lampe im Zimmer war angeschaltet.

Kant klopfte, doch da war niemand. Er drückte die Klinke herunter, die Tür ging auf. Langsam trat er hinein. Er ging ins Wohnzimmer und erstarrte, hinter ihm stöhnte Beat auf.

»Herrgott«, sagte er.

Kant trat näher an die Stelle heran, wo die Dielen in einen Teppich übergingen, beugte sich herab und wischte mit dem Zeigefinger durch die rote Flüssigkeit.

»Ohne Zweifel. Blut.«

»Sind Sie sicher? Oh Gott.«

»Das können Sie laut sagen. Es ist viel Blut.«

»Dass es wirklich wahr geworden ist.«

Der Mann war blass geworden.

»Was denn?«

»Das kann ich nicht … wirklich nicht, das ist eine Sache des Dorfes.«

»Mann«, sagte Gustav Kant, »hier ist vielleicht ein Verbrechen geschehen. Reden Sie …«

»Man sagt«, fing Beat schluckend an, »dass Pfarrer Hummel eine Affäre gehabt habe.«

»Mit wem?«

»Mit Regula Hänni, der Frau des Schreiners. Und der … Carl Hänni, ist ein echt übler Bursche.«

Kant überprüfte die restlichen Zimmer.

»Los, wir dürfen keine Zeit verlieren. Hier ist keine Spur vom Pfarrer. Wir müssen zu den Hännis, vielleicht lebt er noch …«

»Sie meinen, er könnte …«

»Los, führen Sie mich hin.«

Beat ging flinken Schrittes voraus, doch Kant sah, dass der Mann zitterte. Die ganze Sache war ihm nicht geheuer – wie auch?

Sie traten aus dem Pfarrhaus und gingen die Bahnhofstraße noch ein Stück hinauf. Das hier musste das alte Zentrum des Ortes sein, es gab keine Läden mehr, nur alte Holzhäuser, die niedriger waren als im heutigen Dorfkern. Auch die Laternen waren spärlicher.

An einem zweistöckigen Trutzbau hielten sie, hinter den Balken bellte ein Hund. Beats Hand zitterte noch mehr, als er die Klingel drückte. Drinnen hörten sie laute Schritte, als trüge dort jemand Holzpantinen oder Stiefel mit Stahlkappen. Die Tür wurde aufgerissen.

»Wer stört in der Heiligen Nacht?«

Der Mann nahm die gesamte Tür ein, so gewaltig waren seine Ausmaße. Seinen Kopf musste er einziehen, um herauszusehen. Kant sah seine Hände, weil er nach Blut suchte. Er fand aber nur die sauberen Riesenpranken des Schreiners, die schwielig waren und in der Tat so groß, dass er damit ganze Holzbalken mühelos würde durchbrechen können.

»Entschuldigen Sie, Herr Hänni, ich bin Beat Schneider von der katholischen Gemeinde. Und das ist Monsieur Kant, ein Detektiv. Dürfen wir eintreten?«

»Ein Detektiv?« Hännis Stimme knarzte, als habe er so etwas noch nie gehört.

Kurz darauf standen sie in der Stube, die viel gemütlicher war, als dieser Mann aussah. Im offenen Kamin brannte ein Feuer, und eine hübsche ältere Frau kam eben mit einem Tablett mit einer Flasche Rotwein herein.

»Guten Abend, Madame Hänni«, sagte Beat. »Entschuldigen Sie die Störung.«

»Was ist denn?«, fragte sie mit besorgter Stimme.

»Wir sind auf der Suche nach Pfarrer Hummel.«

»Und Sie suchen ihn hier?«, fragte der Schreiner, und seine Stimme hatte eine drohende Färbung angenommen.

»Wir haben die Annahme, dass ihm etwas zugestoßen ist«, sagte Gustav Kant und versuchte, gleichzeitig die verschiedenen Reaktionen der Eheleute wahrzunehmen. Doch beide blieben wie angewurzelt stehen, ihre Münder weit aufgerissen. Sie schienen schon lange zusammenzuleben, dachte der Detektiv, nicht ohne einen Funken Neid zu verspüren.

»Wie kommen Sie denn darauf?«, fragte Herr Hänni.

»Wir haben Blut gefunden, in seiner Wohnung.«

»Und da wollen Sie wissen, ob ich ihn …«

»Warum sollten wir das fragen?«

Der Schreiner lachte hämisch.

»Ach, Herr Detektiv, ich bitte Sie. Das ganze Dorf redet doch darüber. Dass meine Frau mir Hörner aufgesetzt haben soll – mit dem Pfarrer. Und nun soll ich ihn …«

Kant ging aufs Ganze.

»Haben Sie denn, Monsieur Hänni? Mit Ihrer Statur sollte das kein schwieriges Unterfangen sein.«

»Hör mal, du …«, schrie der Schreiner auf und wollte sich eben auf Kant stürzen, da rief die Frau:

»Reto, nicht. Hör doch auf.« Sofort blieb der gewaltige Mann stehen. »Es hat doch keinen Sinn. Wir waren den ganzen Abend zusammen, mein Mann und ich. Er hätte gar keine Gelegenheit gehabt, rauszugehen. Glauben Sie mir, Beat, wirklich nicht.«

Beat sah ihr flehendes Gesicht, und auch Kant wusste, dass die Frau die Wahrheit sagte.

»Gut, wir müssen dann morgen früh die Polizei rufen«, sagte Kant, »danke Ihnen in jedem Fall.« »Eine gute Heilige Nacht und verzeihen Sie die Störung«, fügte Beat hinzu.

Sie gingen aus dem Haus.

»Das war ja mal ein Reinfall«, sagte Kant.

»Und zwar nicht der von Schaffhausen«, sagte Beat. Kant sah ihn fragend an.

»Schweizer Witz«, sagte Beat schnell.

»Witzig.«

Hinter ihnen pfiff es, und Kant drehte sich um, suchte nach dem Ursprung des Geräuschs. Dort, da oben, da sah eine Gestalt aus dem Fenster. Es war …

»Madame Hänni«, flüsterte Kant.

»Ich weiß, wo er ist. Er hat es mir gesagt, dass er dorthin geht, wenn er nachdenken muss. Oben, auf halbem Weg zum Gornergrat, dort, auf der Riffelalp gibt es eine Hütte für Bergsteiger, die in Not geraten. Da schläft er manchmal, er fühle sich Gott dort näher, sagt er.«

»Aber warum denn am Heiligen Abend?«, fragte Beat, doch da hatte Madame Hänni das Fenster schon wieder geschlossen.

»Können wir dorthin laufen?«, fragte Kant, vom Jagdfieber gepackt.

Beat lachte. »Nicht mal am helllichten Tag schaffen Sie das unter drei Stunden. Sie sind ein Flachland-Heini. Aber jetzt, in der Nacht … ausgeschlossen. Warten Sie.«

Gut vernetzt war er, das musste man Beat lassen. Keine zehn Minuten später standen sie vor einer hell leuchtenden gelben Pistenraupe, die die Bahnhofstraße entlanggeschrammt kam. Es schneite wenigstens nicht mehr.

»Steigt ein«, sagte die junge Frau, die eine Weste der Bergwacht trug. »Riffelalp?«

»Genau, Vroni.«

Die Frau schien nebenbei Ralleys zu fahren, denn in weniger als zwei Minuten hatten sie das Dorf hinter sich gelassen und fuhren im Schein der hellen Lichter auf die Anhöhe, die den Ort begrenzte. Auf der Pistenraupe blinkte eine gelbe Rundumleuchte.

Irgendwann stand das Fahrzeug gänzlich schräg, so steil ging es aufwärts. Kant musste sich festhalten und kam dennoch nicht umhin, das Alpenpanorama zu bewundern. Der Schnee ließ Berg und Tal taghell erscheinen. Und das Matterhorn glänzte im Mondlicht. Es war unwirklich schön, wie ein Gemälde, das sich Kant nie aufhängen würde.

Höher und höher wand sich die Raupe empor, in Vronis Gesicht konnte er ein Strahlen erkennen, als bereite ihr das eine unbändige Freude. Sie erinnerte ihn an Cynthia in Berlin.

Auf einer Lichtung bremste sie. Eine glatte weiße Schneelandschaft breitete sich vor ihnen aus, als sei hier noch nie ein Mensch gewesen.

»Aussteigen«, sagte Vroni, und sie taten wie ihnen geheißen. »Braucht ihr mich?«

»Kannst du warten?«

»Klar. Bescherung ist erst morgen«, sagte sie lachend.

»Da, da sind Spuren«, sagte Kant und zeigte auf das einzige Paar Schritte, das augenscheinlich durch den Schnee gestapft war. Auf eine kleine Hütte zu, die am Rand des Hochplateaus stand. War das da ein Lichtschein?

»Los«, sagte Beat, doch Kant war schon vor ihm. Er war brennend interessiert, dieses Rätsel zu lösen. Er klopfte nicht, stattdessen öffnete er die Tür leise. Und da saß Urs Hummel am hinteren Fenster, auch in diesem Ofen war ein Feuer, und der Priester saß da in seiner Soutane und sah aufs Matterhorn und auf den Mond. Er erschrak kein bisschen, als die Männer eintraten.

»Beat. Und Sie …«

»Herr Pfarrer. Was machen Sie denn?«, fragte Beat vorwurfsvoll.

»Ich …«

»Geht es Ihnen denn gut?«, fragte Kant, »wir haben das Blut gesehen. Wurden Sie überfallen?« Er sah die Wunde am Arm und an der Hand, die der Pfarrer liederlich verbunden hatte.

»Was?«, fragte Hummel und sah an sich herab. »Ach, das meinen Sie. Nein, alles in Ordnung, das war so dumm. Ich habe die Flasche mit dem Messwein geöffnet, der Korken saß so fest, und dabei ist sie runtergefallen. Ich habe die Scherben aufheben wollen und mich dabei ganz schlimm geschnitten.«

»Und wir dachten schon …«, sagte Kant und atmete auf.

»Was dachten Sie? Wer sind Sie überhaupt?«

»Das ist ein Detektiv aus Berlin, Herr Pfarrer. Gustav Kant. Wir dachten, dass Monsieur Hänni Ihnen eins übergebraten hätte, aus Eifersucht.«

»Eifersucht worauf?«

»Weil Sie doch mit seiner Frau …«

»Regula und ich?« Hummel lachte heiser. »Ich bitte Sie. Sie ist ein so feiner Mensch. Und Reto, der ein guter Freund von mir ist, arbeitet ständig in der Schreinerei. Er ist anders als sie, das wissen sie beide. Und deshalb freut sich Reto, wenn Regula und ich Zeit miteinander verbringen. Wir lesen Gedichte zusammen, wir spielen die Orgel, das ist sehr schön. Sie ist ein sehr künstlerischer Mensch, aber sie brauchte jemanden, der sie fördert. Und das tue ich und bekomme dafür ihre wunderbare Gesellschaft. Ganz ohne Hintergedanken.«

Beat schüttelte den Kopf und rief: »Gut, Herr Pfarrer, alles schön und gut. Aber nun mal ehrlich, die Gemeinde wartet auf Sie. Es ist Weihnachten.«

»Das ist es ja«, sagte Hummel plötzlich düster und wandte den Blick zum Fenster hin. »Weihnachten. Ja, da kommen sie alle. Da sitzt die Kirche voll. Weil sie es erwarten, die Menschen, dass es da richtig heilig zugeht. Dass Wunder geschehen, dass wir sie aus ihrer hektischen und kommerziellen und eindimensionalen Welt reißen. Da muss ich liefern. Eine Predigt mit Weitsicht und Besinnlichkeit, aber bitte nicht zu religiös. Früher, ja, früher war Zermatt mal richtig katholisch. Wir haben uns auf uns besonnen, auf die Berge, das Holz, auf Gott überm Matterhorn. Doch heute geht es hier doch auch zu wie überall: Alles muss schnell gehen, und der Rubel muss rollen – und beim Kommunionsunterricht sitzen die Kinder da mit ihren Handys und hören nicht zu. Es ist … Ich weiß auch nicht. Es liegt ja nicht nur an den Menschen. Es ist Gott, der die Welt so macht, der die Regeln vorgibt. Ich konnte heute Nachmittag einfach nicht mehr, ich habe gezweifelt. Und deshalb habe ich die letzte Gornergratbahn genommen und bin hier raufgefahren; seitdem sitze ich hier und versuche, mit ihm zu reden, aber er antwortet mir einfach nicht.«

»Soll ich Ihnen mal was sagen?«, fragte Kant. »Ich bin nun wirklich der Letzte, der diesen ganzen Zirkus mit Weihrauch und Gedöns braucht – und doch fühle ich gerade, dass ich in diesem Moment ein bisschen mehr an all das glaube, als Sie es tun. Das ist doch schon mal was. Und dort unten in Ihrer Gemeinde, da sitzen die Menschen auf den harten Bänken und warten auf Sie. Weil das nun mal so ist mit den Wundern – an Weihnachten. Und das allein zeigt doch, dass die Menschen glauben. Also los, Sie sollten nicht der sein, der am wenigsten glaubt, an diesem Abend. Kommen Sie, sehen Sie es sich an – dann wird das schon wieder.«

Kant konnte selbst nicht glauben, dass er das eben gesagt hatte – und auch Beat schaute ihn an wie einen Außerirdischen.

Doch Pfarrer Hummel stand auf, zupfte seine Soutane glatt, dann löschten sie das Feuer im Ofen und gingen hinaus. Vroni hielt die Tür auf, alle stiegen ein, und dann raste die Frau wieder los, als gebe es eine Medaille zu gewinnen. Minuten später bremste sie vor der Kirche.

Drinnen saßen alle genauso da, wie Beat und Kant sie zwei Stunden zuvor zurückgelassen hatten. Die Kerzen waren mittlerweile ein Stück abgebrannt. Die

Messdiener standen gelangweilt herum, doch als sie Pfarrer Hummel sahen, nahmen sie Haltung an. Auch der Organist hieb sofort in die Tasten. Der alte Pfarrer betrachtete seine Gemeinde, und Kant sah, dass er sich eine Träne aus dem Auge wischte. Der Detektiv zwinkerte ihm zu.

Mit gemessenem Schritt, hoch aufragend, ging der Pfarrer den Mittelgang entlang, hinter ihm die Messdiener. Er verbeugte sich vor dem Altar, dann drehte er sich zur Gemeinde um. »Gott sagt: Welcher Mensch ist unter euch, der hundert Schafe hat und, wenn er *eins* von ihnen verliert, nicht die neunundneunzig in der Wüste lässt und geht dem verlorenen nach, bis er's findet? Und wenn er's gefunden hat, so legt er sich's auf die Schultern voller Freude. Und wenn er heimkommt, ruft er seine Freunde und Nachbarn und spricht zu ihnen: Freut euch mit mir; denn ich habe mein Schaf gefunden, das verloren war.

An Weihnachten, meine Schwestern und Brüder, ist genau das das Wunder. Und dann kann auch ich mal das vermisste Schaf sein. Ich danke euch dafür, dass ihr mich gesucht habt.«

Diesmal war es Gustav Kant, der die Träne wegwischte. Als das Orgelspiel am Ende verklungen war, kamen sie alle zusammen: Der Pfarrer, Beat, die alte Dame, die sich als Beats Mutter herausstellte, sogar Regula und Reto Hänni waren gekommen.

»Ich habe Käsefondue zur Nacht bereitet«, sagte der massige Schreiner, und seine Frau fügte hinzu: »Das Käsefondue meines Mannes ist himmlisch.«

»Halt, hiergeblieben, Sie kommen mit, Sie Deutscher.«

Gustav Kant wollte eben verschwinden, doch die große Hand von Reto hielt ihn auf. Minuten später saßen sie zusammen um den alten Holztisch im Hause Hänni, aßen Fondue und tranken Himbeergeist und wünschten sich eine Heilige Nacht. Draußen begann der Schnee wieder zu fallen.

»Na, das ist ja ein Weihnachtswunder«, murmelte Kant, als der Intercityexpress von Interlaken nach neun Stunden Fahrt pünktlich in den Berliner Hauptbahnhof einfuhr. Er setzte sich in die Straßenbahn und ratterte durch Berlin. In der Nacht war Schnee gefallen, doch die Straßen sahen nicht aus wie im Weihnachtswunderland, eher wie eine graue matschige Piste in der Taiga.

In der Ferne hörte er die ersten Irren mit ihren Silvesterraketen, heute war Verkaufsstart.

Als er am Helmholtzplatz ausstieg, ging er schnurstracks ins Café Liebling an der Ecke, seinem zweiten Wohnzimmer.

Cynthia stand wie üblich in diesen Tagen am Tresen, sie machte die ruhigen Festtagsdienste. Aus den Lautsprechern erklang leise Rockmusik.

»Hey, Gustav«, sagte sie, und ein Lächeln huschte über ihr Gesicht. »Na, wie wars in der Schweiz? Hast du gut gegessen? Und gab es Schnee? Also, richtigen Schnee?« Sie wies hinaus zu dem Matsch vor dem Fenster.

»Es war scheußlich«, sagte er, »ein Weihnachten im Kitschparadies.«

»Hmm«, sagte sie und grinste, »dafür siehst du aber ganz schön gut gelaunt aus.«

»Du wirst mich nicht dazu kriegen, zuzugeben, dass

es mir gefallen hat. Mach mir lieber ein Bier. Ach ja, und fröhliche Weihnachten nachträglich.«

Und dann zwinkerte er ihr zu, während sie an den Zapfhahn trat und ihm lächelnd ein Glas füllte.

Nachweis

Mitra Devi
Merry Christmas. Aus: Mitra Devi: *Giftige Genossen. Mörderische Geschichten.* Copyright © 2010 by Appenzeller Verlag, Herisau.

Roger Graf
Schöne Bescherung. Aus: Roger Graf: *Üble Sache, Maloney! Die haarsträubenden Fälle des Philip Maloney.* Copyright © 2023 by Atlantis Verlag in der Kampa Verlag AG, Zürich.

Beat Grossrieder
Chlausbesuch am Züriberg. Originalbeitrag für diese Anthologie. Copyright © 2023 by Atlantis Verlag in der Kampa Verlag AG, Zürich.

Stefan Haenni
Das Weihnachtspaket. Aus: Stefan Haenni: *Todlerone. Winterkrimis*. Copyright © 2020 by Gmeiner Verlag GmbH, Meßkirch.

Marcel Huwyler
Ihr Kinderlein kokset. Aus: Marcel Huwyler: *Heilige Streiche. Weihnachten in Müntschisberg*. Copyright © 2022 by Atlantis Verlag in der Kampa Verlag AG, Zürich.

ATLANTIS

Gabriela Kasperski
Eiskalter Greifensee
Der erste Fall für Schnyder & Meier

Kriminalroman

Am Morgen des dritten Advents wird am verschneiten Ufer des Greifensees die Geigenlehrerin Isadora Heller tot aufgefunden, seltsam herausgeputzt mit Hut und silbernem Schal, aber mit Wanderschuhen an den Füßen. Werner Meier von der Kantonspolizei Uster verdächtigt ihre Schwiegertochter Jane: Ein Motiv hatte sie – Zeugen berichten von einem Streit –, und am Tatort ist sie auch gewesen, denn sie war es, die die Leiche beim Joggen entdeckte. Janes Freundin, die Psychologiestudentin Zita Schnyder, ist von ihrer Unschuld überzeugt und beginnt Nachforschungen anzustellen. Dann gibt es eine zweite Tote.
Meier und Schnyder stoßen auf eine verwirrende Geschichte, die weit in die Vergangenheit reicht. Meier recherchiert intuitiv, Schnyder hält sich an Fakten – und sie verlieben sich ineinander. Doch dann gerät Zita in die Hände des Mörders …

ATLANTIS

Marcel Huwyler
Heilige Streiche
Weihnachten in Müntschisberg

Müntschisberg, ein kleines Dorf in den Voralpen mit viel Wald und einem See. Wenn das Jahr zur Neige geht und der erste Schnee fällt, könnte es besinnlich sein – wäre Müntschisberg nicht Müntschisberg. Immer zur Adventszeit geschehen hier besonders kuriose Dinge: Mal liegt das ganze Dorf im Streit und wird erst durch ein veritables Wunder geheilt, mal verzaubert ein magischer Adventskalender die Leute. Ein anderes Mal will eine sture Kläusin unbedingt Sankt Nikolaus werden, und schließlich feiert Müntschisberg mitten im Sommer Weihnachten – samt Zimtbier und Grillwürsten mit Lebkuchenaroma. Für gewöhnlich sind Weihnachtsgeschichten besinnlich, Marcel Huwyler jedoch garniert sie mit einer Prise Humor. Und das Schönste ist: Müntschisberg kann überall in der Schweiz sein.

»Marcel Huwyler weiß, wie er seine Leserschaft begeistern kann.«
Thurgauer Zeitung

ATLANTIS

Mord im Chalet
Weihnachtliche Krimigeschichten
aus der Schweiz

Herausgegeben von Miriam Kunz

Das schönste und spannendste Weihnachtsgeschenk
für alle Fans von Schweizer Krimis

Krimigrößen wie Christine Brand, Christof Gasser, Silvia Götschi, Philipp Gurt, Gabriela Kasperski, Michael Theurillat, Stephan Pörtner, Peter Weingartner und Kaspar Wolfensberger gehören zu den erfolgreichsten Autorinnen und Autoren der Schweiz, ihre Bücher stehen ganz oben auf den Bestsellerlisten. In diesem Jahr machen sie ihren Leserinnen und Lesern ein ganz besonderes Weihnachtsgeschenk: spannende Erzählungen, mal feierlich, mal düster, die meisten davon exklusiv für diesen Band geschrieben.
Auch wenn es mitunter besinnlich zugeht, von friedlichen Weihnachtstagen kann wirklich keine Rede sein!